음식의 재발견

벗겨봐

김권제 지음

모아북스
MOABOOKS

음식의 재발견

벗겨봐

김권제 지음

모아북스
MOABOOKS

꼬리에 꼬리를 물며 펼쳐지는 유쾌한 지식 반전, '벗겨봐' 시리즈!

상식의 고수도 말해주지 않는 반전을 읽다!

우리는 삶에서 필요한 모든 지식과 지혜를 배우며 살아간다. 하지만 그 지식을 얼마나 잘 써먹는가는 별개의 문제다. 여러분은 어떤가? 학교와 사회에서 배운 지식들을 실생활에서 응용하고 있는가?

'벗겨봐 시리즈'는 우리가 평범하게 알고 있던 보편적 상식 속에 숨겨진 꼭 필요한 지식을 골라 취하는 여정이자 상식의 고수로 거듭나기 위한 것이다.

상식의 진짜 알맹이를 만난다!

10년 전에 통했던 대부분의 지식은 오늘날에는 그대로 적용되지 않는다. 그럼에도 바로 '아는 것이 힘'이라는 명제만은 지금도 여전히 유효하다. 우리 주변에는 우리도 잘 모르는 지식들이 많다. 또한 그 지식들이 바로 내 삶과 연결되어 있을 수 있다.

이처럼 지식의 세계는 끝이 없고, 인간은 무한대로 발전한다. 많이 알수록 즐거운 지식 세계에서 이제 지식의 업데이트는 삶의 질을 높이는 데 필수불가결한 요소이다. 이제 다양한 주제로 새로운 지식 세계를 펼쳐 보이는 '벗겨봐' 시리즈로 상식의 불필요한 껍질을 벗고 알맹이 지식을 만나기 위해 집필 되었다.

재미있고 활용도 높은 '벗겨봐' 시리즈!

삶이 빡빡하다고 생각하는 당신에게 '벗겨봐 시리즈'는 우리 삶과 가장 가까운 편견 없는 주제들을 통해 새로운 지식의 문을 열어준다.

또한 자기 성장을 위한 지식은 그저 알고만 있으면 소용없다. '아는 것이 힘이다'는 이제 '실천하는 것이 힘이다'로 바꿔야 한다. 실천만이 결과를 불러오며, 알고 있음에도 실천하지 못하면 '아는 것이 병, 모르는 게 약'이라는 말이 되어버린다. 이에 '벗겨봐' 시리즈는 새로이 배운 지식을 아는 것에 그치지 않고 실천할 수 있도록 돕는 데 최선을 다하고자 한다.

지금까지 틀에 박힌 상식으로 세상을 대했다면, 벗겨봐 시리즈는 편견을 벗어날 수 있는 새로운 기회를 제공한다. 어딜 가도 고리타분한 사람이라는 말을 듣지 않는 사람, 주변 사람에게 즐거움과 지식을 나눠주는 사람을 꿈꾸는가? 그렇다면 벗겨봐 시리즈가 우리 곁에서 훌륭한 조언자가 될 것이다.

이 책을 만든 이유는 나의 직업적인 호기심이 컸다. 광고 일을 하다 보니 새로운 제품이나 브랜드를 접하면 항상 그 역사부터 공부하였다. 호기심의 시발점은 모 주류백화점의 광고 일 때문이었다.

그때 위스키를 공부하던 중 그 의미가 '생명의 물'이란 점을 알고부터 음식의 유래와 어쩌다 그런 이름이 붙었는지 호기심이 생겼다. 음식을 조사하며 알아갈수록 자료가 하나둘씩 쌓이기 시작했다. 요점만 메모하여 간직했는데도 쌓이자 방대한 자료가 되었다.

누군가에게 혹은 어디선가에서 한 번은 들어본 듯한 이야기, 긴가민가 싶었던 단어의 뜻, 의미가 잡힐 듯 말 듯한 상식과 역사 이야기, 먼 옛날에서 최첨단 시대인 지금까지 이어오는 세계 역사와 문화 속의 재미있고 흥미 가득한 에피소드 등 재미있는 음식 이야기를 이 책 한 권에 담아 엉뚱한 호기심을 해결해 보고자 하였다.

본문의 내용 대부분은 『위키 백과사전』, 『브리태니커 백과사전』, 『네이버 지식 백과(두산 백과사전)』, 해럴드 맥기의 『음식과 요리』 등을 참조했다. 신화의 내용은 토마스 불핀치의 『그리스 로마 신화』 등을, 그 외의 내용은 이안 해리슨의 『최초의 것들』 등을 참고했다.

　20년 이상 그때 그때 중요한 내용만을 적어 놓았던 것으로 책 다수와 인터넷의 도움을 받아서 내용을 만들다 보니 근거와 출처를 밝힐 수 없는 것도 상당수 있다. 어원에 관련된 내용은 『위키 백과사전』을 가장 많이 의존했고 다음으로 『옥스퍼드 영어 대사전』을 이용하였다. 어원에 대한 언급이 없는 것은 이 두 사전에 나와 있는 설이다. 하지만 두 사전에 없는 내용을 주장하는 어원설이 있을 때는 무리가 없으면 대다수 근거를 언급하여 첨가했다.

　이 책에서는 보기 쉽게 음식을 종류별로 나누고 사전식으로 나열했지만, 사실 아무 곳이나 펼쳐서 읽어도 상관없다. 오늘 피자를 먹게 된다면 피자를 찾아 읽고 먹는 이들에게 유식하게 아는 척을 해보자. 나만 몰랐던 이야기일 수도 있지만, 그건 내 친구도 마찬가지일 것이다. 모임이나 회식 자리에서 음식에 대한 재미난 이야기를 들려주는 자신의 모습을 상상해 보라. 그 자리에 있는 사람들은 음식뿐 아니라 그 음식의 역사와 문화까지 함께 먹을 수 있게 된다.

　쉽게 접할 수 있는 이야기이기에 알고 나면 무릎을 치고 고개를 끄덕이며 금세 아는 척하고 싶어 입이 근질거리게 된다. 내 삶을 즐겁게 해 주는 맛있는 음식 지식은 아무리 과식해도 체하지 않는다.

무심코 지나갔던 흔한 음식에도 유구한 역사와 놀라운 비밀이 숨겨져 있으니 세상은 내가 조금만 관심이 있으면 좀 더 신나고 유쾌하게 살 수 있는 곳이 아닌가 한다.

김 권 제

머리말

| 차 례 |

1 알고 마셔야 제맛이 나는 술, 음료수 이야기

Alcohol (알콜)

Drink(음료)

2 알고 먹어야 제맛이 나는 빵, 케익 이야기

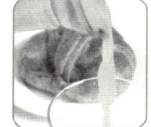

Bread(빵)

Cake(케이크)

3 알고 먹어야 제맛이 나는 음식 이야기

4 알고 마셔야 제맛이 나는 커피 이야기

-1-

알고 마셔야 제맛이 나는

술,
음료수 이야기

Alcohol
[알코올(alcohol)]
[와인(wine)]
[소믈리에(sommelier)]
[샴페인(champagne)]
[브랜디(brandy)]
[위스키(whisky)]
[보드카(vodka)]
[맥주(beer)]
[칵테일(cocktail)]
[럼(rum)]
[진(gin)]
[테킬라(tequila)]

Drink
[물(water)]
[음료(beverage)]
[코카콜라(Coca Cola)]
[사이다(cider)]
[주스(juice)]

술 | Alcohol

[알코올(alcohol)] 술, 그 한 모금의 가치

　인간은 위험한 동물이나 자연재해에서 스스로를 지키고 특정한 일을 집단의 힘으로 수월하게 하고자 일찍이 공동생활을 시작하였다. 하지만 그 옛날에는 요즘같이 몸을 편하게 해 주는 기계나 문명이 있는 것도 아니었기에 육체적으로 상당히 고달팠을 것이다. 우리의 조상은 본인이나 가족을 먹여 살리기 위하여 탈진할 때까지 열심히 동물을 잡거나 물고기를 잡아야 했고 농경 생활을 하면서도 몸이 부서져라 농사를 지어야 했다. 이들의 지치고 고단한 몸과 마음에 다소나마 위안을 줄 수 있었던 것은 우연히 발견하게 된 술이었다.

　다른 음식처럼 술은 인간의 몸에 양분을 공급하고 만족감을 준다. 하지만 술은 음식과 따로 분류하는데, 음식과는 달리 술은 매우 직접적인 방식으로 인간의 정신에 영향을 주기 때문이다. 적당히 섭취한 알코올은 행복감과 유쾌함을 주고 슬픔과 분노 등 온갖 감정을 느끼고 표현하게 해 준다. 평소 하지 못했던 일들을 술김에 하게 되어 '여럿 피 보기도 한다'는 말이 그 뜻이다. 술 한 모금이 심신을 달래주자 그 다음부터는 시행착오를 거치면서 제대로 된 술을 담아 먹을 수 있게 되었다.

술의 유래를 살펴보면 사람들이 유목과 농경 생활을 하기 이전의 수렵 채집 시대에 자연적인 과실주가 있었을 것으로 추정되기 때문에 술은 사람이 사회적 동물로 살아가면서부터 존재했다고 추측할 수 있겠다.

이후 유목시대에는 가축의 젖으로 술을 만들었고 농경시대에는 곡식으로 곡주를 만들었다. 이후 술을 담그는 기술이 발달하면서 증류주를 만들게 된다. 술은 그 종류가 다양하다. 그러다 보니 사람에 따라서는 전혀 다르게 그 종류를 분류하지만 일반적인 분류는 다음과 같다.

첫째, 과일이나 곡물 등을 효모로 발효시켜 만든 '양조주(발효주)'다. 이 양조주는 알코올 함량이 낮아 기온에 따라서 변질되기 쉬우나 재료 특유의 향과 맛을 느낄 수 있다는 장점이 있다. 포도주, 맥주, 막걸리 등이 속한다.

둘째, 양조주를 증류하여 참나무통이나 유리병 속에 일정 기간 이상 숙성시킨 '증류주'다. 이 증류주는 양조주를 증류해서 만들었기 때문에 상당히 알코올 함량이 높은데 브랜디, 위스키, 보드카, 럼, 데킬라, 진 등이 있다.

셋째, 양조주와 증류주를 섞거나 만드는 사람 혹은 먹는 사람의 기호에 따라서 증류주에 과실, 향료 등을 첨가하여 만든 '혼성주'로 인삼주, 매실주, 각종 칵테일 등이 이에 속한다.

술술 잘 넘어간다고 해서 술일까? 한말(韓末)의 통속 어원학자인 정교(鄭喬)는 순박하고 좋다는 뜻의 '순'에서 비롯되었거나 손님을 대접하는 '수'라는 단어에서 '술'로 된 것으로 보았다.

술의 본래 말은 '수블, 수불'이다. 조선 시대 문헌에는 '수을, 수울'로 기록되어 있는데, 이 수블이 '수블, 수울, 수을, 술'로 변해 왔음을 알 수가 있다. '수블'이란 말은 술을 빚는 과정에서 비롯된 것 같다. 쌀을 쪄서 익힌 다음, 누룩과 주모를 버무려 넣어 일정량의 물을 부어 빚는다. 시간이 얼마 정도 지나면 발효해서 열을 가하지 않더라도 부글부글 물이 끓어오르며 거품이 이는데, 마치 물에서 난데없이 불이 나는 것처럼 보여 '수불'이라 했다는 어원설도 있다.

그렇다면 인간의 지친 심신을 다소나마 위로해 주는 알코올(alcohol)의 어원은 어디에서 왔을까? '알코올(alcohol)'은 아랍어 'alkuhl'에서 파생한 단어로 정관사 'al(the)'과 'kuhl, kohl(눈 화장용 파우더)'이 결합한 말이다. 이 단어가 라틴어와 프랑스어를 거쳐서 16세기에 영어로 차용되면서 최종 '알코올(alcohol)'로 정착되었다. 하지만 그때까지도 단어의 의미는 '술'이 아닌 '파우더'란 개념이었다. 1657년부터 일부 술의 개념으로 확장되어 사용하면서 18세기에는 알코올이 'spirit of wine'이란 의미로 제한적으로 사용되었다. 그러다가 1850년 이후에야 술이란 의미로 완전히 확립되면서 파우더란 개념과 결별하였다.

한 수 배워 봐! 술은 고금을 막론하고 많은 이들의 심신을 달래 주었는데, 그래서인지 술에 대한 재미있는 명언이 많다.

- 술은 인간의 성품을 비추는 거울이다. -아르케시우스
- 술은 차(茶)를 대신할 수 있지만, 차는 술을 대신할 수 없다. -장조
- 술은 하늘의 미덕이다. 모든 의식(儀式)에 빠져서는 안 되는 음식이다. -한서
- 술은 행복한 자에게만 달콤하다. -존 키츠
- 술을 마시는 이유는 두 가지다. 하나는 목이 말랐을 때 목을 적시기 위해서다. 또 하나는 목이 마르지 않았을 때 목이 마르는 것을 방지하기 위해서다. -토마스 러브 피콕
- 술을 물처럼 마시는 자는 술을 마실 가치가 없다. -프리드리히 V. 보덴슈테트
- 술이 나쁜 것이 아니라 폭음이 죄다. -프랭클린
- 술이 들어가면 지혜가 나온다. -존 허버트
- 술이 없는 곳에 사랑도 없다. -에우리피데스

- 억제하기 어려운 순서대로 말하면 술과 여자와 노래다.
-프랭클린 애덤스미스
- 진실은 술 속에 있다. 오늘날 진실을 이야기할 기분이 되기 위해서는 취해야 한다. -프리드리히 뤼케르트
- 한 잔의 술은 재판관보다 더 빨리 분쟁을 해결해 준다.
-에우리피데스
- 한 잔 술은 건강을 위해서, 두 잔 술은 쾌락을 위해서, 석 잔 술은 방종을 위해서, 넉 잔 술은 광기를 위해서 -아나카르시스

[와인(wine)] 신의 물방울

와인은 발효하여 만든 천연 그대로의 포도주를 일컫는 말이고, 넓은 의미에서는 과실을 발효시켜 만든 알코올이 함유된 음료를 통칭한다. 플라톤이 "신이 인간에게 준 최고의 선물"이라 극찬한 와인의 기원은 정확하지 않다. 고대 페르시아와 이집트, 그리스, 소아시아 지역에서 처음 기원했고, 유럽으로 전파되어 오늘날 와인으로 자리 잡았다고 보고 있다.

포도가 역사상 처음 나타나는 것은 BC 2100년경으로 고대 바빌로니아 함무라비법전에 포도주의 사업에 관한 규정이 표현되어 있다. 고대 이집트 테베의 왕 분묘 속 벽화에도 포도의

재배, 포도주를 만드는 방법, 저장 모습이 기록되어 있다. 성서에서 포도주에 대한 언급을 보면 여러 곳에서 등장한다. 구약성서에는 "노아가 농사를 시작하여 포도나무를 심었더니 포도주를 마시고 취하여"(창세기 9:20~21)란 구절이 있다. 노아는 대홍수가 끝나고 여호와의 계시로 포도나무를 심고 그 수확된 포도를 창고에 보관했는데 포도가 짓눌리면서 자연스럽게 발효되자 포도주가 된 것이다. 또한, "사람의 마음을 기쁘게 하는 포도주와…"(시편 104:15)란 내용이 있고, 예수는 포도주를 "자신의 피"(고린도전서 11:23~32)라고 비유했다.

기독교가 유럽에 확산되면서 포도밭 역시 교회와 더불어서 증가했고 좋은 포도가 풍부해짐에 따라서 양질의 포도주를 많이 만들 수 있게 되었다. 10세기 전후부터 교회의 세력이 커지자 교회의 재정을 위한 포도밭의 수도 점점 늘어나게 되었고 와인도 전 유럽으로 확산되었다.

보통 와인은 색과 맛 그리고 만드는 방법에 따라서 크게 세 종류로 분류한다.

첫째, '적포도주(red wine)'는 사람이 발로 밟거나 기계로 으깬 포도의 과육, 과즙, 껍질과 씨 등 포도의 모든 것을 통에 넣어서 7~10일 동안 발효시킨다. 이때 포도즙에서 포도주를 만드는 알코올이 만들어지고 껍질에서 특유의 색소가 나오며 타닌의 성분도 함유되어 포도주의 독특한 색과 텁텁하고 신맛, 향 등이 만들어진다. 술의 색은 검은 색에 가까운 짙은 적

색이다. 보관온도는 15~20도의 상온에 보관한다.

둘째, '로제(rose) 와인'은 적포도주와 만드는 과정은 같지만, 껍질과 씨는 버리고 과육과 과즙만을 분리하여 발효시킨다. 때로는 검은 포도와 청포도를 배합하여 발효시킬 때도 있다. 핑크 와인이라고도 불리는 술의 색은 말 그대로 장미꽃 색인 분홍색이다. 온도는 10~12도로 보관한다.

셋째, '백포도주(white wine)'는 포도를 으깨어 과즙만으로 20일 이상 천천히 발효시키기 때문에 타닌 성분도 적고 풍미도 약하다. 주로 청포도를 이용하는데 백색의 이 술은 온도는 6~10도에서 보관한다.

우리가 알고 있는 일반적인 상식으로는 적포도주는 고기를 먹을 때 마시고, 백포도주는 회 등 생선을 먹을 때 같이 마신다고 알려졌다. 그렇지만 많은 사람은 이렇게까지 구분하지 않고 무엇을 먹든 대부분 적포도주를 마신다.

건강 열풍이 불면서 와인에 대한 관심이 우리나라에서 지금처럼 높은 적은 없었다. 그 와인의 어원에 대해서는 다양한 설이 있다.

첫 번째 설은 인도유럽 공통어 'wóihinom'인 라틴어 'vínum'가 되었고 후에 게르만 조어 'winan'으로 변화했다. 이 단어가 고대 영어로 유입되어 'win'으로 변형되어 중세 영어 'win'이 되면서 'wine'으로 정착했다는 설이다.

두 번째 설은 고대 인도의 베다 시대에 산스크리트어로 '사랑받는' 이라는 뜻의 '베나(vena)' 라는 식물의 즙을 발효시켜 만든 음료가 있었는데 이 '베나' 가 인도유럽어를 사용하는 지역에 유입되어 와인을 지칭하는 단어로 자리를 잡았다는 것이다.

와인은 어원의 발달과정을 거치면서 조금은 다르게 정착하였는데, 유럽의 각 나라에서는 그들 나름대로 용어를 사용하고 있다. 그래서 프랑스어는 '뱅(vin)', 이탈리아어와 스페인어는 '비노(vino)', 포르투갈어는 '비뉴(vinho)', 독일에서는 '바인(wein)', 영어로 'wine' 으로 표기한다.

한 수 배워 봐!

와인을 마실 때, 볼 부분을 잡으면 손의 열기로 맛이 미묘하게 달라지므로 스템을 잡는다. 또한 와인 잔은 씻을 때 세제가 아니라 뜨거운 물로 씻는데 세제의 잔여 성분이 맛에 영향을 끼치기 때문이다. 씻은 와인 잔은 깨끗한 린넨 천으로 부드럽게 닦아 거꾸로 세워 자연 건조시킨다.

와인 잔 입구가 나팔처럼 바깥쪽으로 벌어져 있다면 와인이 향을 잃어 맛이 떨어지고, 반대로 입구가 안쪽으로 둥글게 휜 와인 잔은 와인의 향을 보존하고 있기 때문에 맛이 더욱 복합적으로 느끼게 된다. 향이 약한 가벼운 와인을 볼륨이 큰 잔에 따르면 그나마 있던 향도 날아가 느낄 수 없다. 따라서 향기의 강약에 맞춰 와인 잔을 선택하면 좋다. 와인 잔의 종류는 다양한데, 와인의 향과 맛을 최대한 음미할 수 있도록 과학적으로 디자인했다. 와인 잔은 그냥 컵이 아니라 과학이다.

● 보르도 레드 와인 잔

대개 레드 와인은 화이트 와인 잔보다 커서 와인의 향기를 더욱 풍성하게 느낄 수 있도록 해 준다. 보르도 레드 와인 잔은 전형적인 튤립 모양으로 와인이 혀끝부터 안쪽으로 넓게 퍼질 수 있도록 입구 경사각이 작으며 볼은 넓다. 또한 와인이 숨 쉴 수 있는 공간을 확보해 줌으로써 다양한 부케와 풍부한 아로마를 느낄 수 있게 해 준다.

● 부르고뉴 레드 와인 잔

부르고뉴 레드 와인 잔은 보르도 와인 잔보다 약간 짧고 뚱뚱하다. 특히 볼 부분이 더 볼록하고 잔 입구로 갈수록 점점 좁아진다. 볼이 넓으면 공기와 접촉하는 와인의 면적이 넓어지므로 와인의 향을 더욱 풍부하게 맡을 수 있다.

● 화이트 와인 잔

화이트 와인은 기본적으로 타닌 성분이 없기 때문에 볼의 크기가 작아도 되고, 차게 마셔도 되므로 용량이 작다. 상큼한 맛을 더 잘 느끼도록 와인이 혀 앞부분에 닿도록 디자인되어 있다.

● 스파클링 와인 잔

고급 샴페인의 경우 끊임없이 발생하는 작은 기포와 병 속에서 일어나는 2차 발효에서 생긴 독특한 향이 특징이다. 기포를 감상하고 향을 간직하기 위해 샴페인 글라스는 튤립 모양이나 계란형의 긴 잔이다.

[소믈리에(sommelier)] 와인, 나에게 물어봐

건강 열풍이 불면서 부각된 직업 중의 하나가 와인과 관련된 '소믈리에(sommelier)'다. 많은 젊은이가 관심을 두는 소믈리에는 어떤 사람들일까?

'소믈리에'는 호텔, 레스토랑, 와인 바 등에서 와인을 중심으로 서비스하는 사람을 말한다. '와인 스튜어드(wine steward)', '와인 캡틴(wine captain)' 등으로도 불린다. 이들은 손님의 기호나 모임의 성격, 요리의 특성에 맞는 와인을 추천하고, 각 와인의 특징을 잘 설명함으로써 손님이 자신에게 맞는 와인을 선택할 수 있도록 도와준다. 와인을 선정하는 일에서부터 와인을 구입하여 관리하고, 매장의 오픈과 관련된 기물을 체크하는 등 와인 바(bar)의 정리 및 고객 서비스 전반에 거친 일을 한다.

소믈리에협회가 정한 복장 규정에 따라 흰색 와이셔츠에 검정색 상·하의, 조끼, 넥타이와 앞치마를 두르는 등 전문직업인으로서 자신을 차별화하기 위해 꾸준히 노력한다.

이들은 특정 와인에 대한 정보가 없어도 맛을 보고 포도의 품종, 원산지, 수확 연도 등을 알 수 있어야 하며 와인에 대한 전반적인 사항을 연구하고 와인의 품질에 맞는 적당한 가격을 산정하거나 음식에 맞는 와인을 추천하기 위하여 메뉴에 있는 음식의 조리방법과 특성 등도 숙지해야 한다. 그렇기 때문에 이론적으로도 완벽해야 할 뿐만 아니라, 미각이 상당히 뛰어난 사람이어야 한다.

'소믈리에(sommelier)'의 어원을 살펴보면 두 가지 설이 있다.

첫 번째 설은 목부에서 음식물의 책임자로 의미가 확대된 경우다. 어느 나라나 그 나라의 주인이 행차할 때면 다 같겠지만, 프랑스 루이 왕조 시대에 국왕이 멀리 사냥을 가거나 여행을 갈 때는 수행원들이 수레에 음식과 음료를 싣고 함께 떠났다. 이때 '소믈리에(sommelier: 목부, 목동)'는 음식 수레를 끌고 갔는데, 이 단어는 고대 불어인 'bête de Somme(짐을 나르는 동물)'에서 유래한 것이라 한다. 음식을 나르는 기존의 '목부'란 의미가 확대되면서 프랑스 왕실의 식품 혹은 음식물의 책임자로 바뀌게 되었다. 소믈리에라는 목부의 의미에서 식품 혹은 음식물의 책임자로 시간이 지나면서 세분화된 직업으로서 현재는 와인 관련 일을 하는 사람을 뜻한다.

두 번째 설은 중세 유럽에서 식품 보관을 담당하며, 영주의 식사 전에 음식의 안전 여부를 알려 주는 '솜(somme)'이라는 직책이 있었는데, 이 단어에서 '소믈리에(sommelier)'가 유래되었다는 설이다. 유럽에서는 소믈리에 직업이 19세기에 와서야 파리의 레스토랑과 술집에서 요즘과 같은 의미인 와인을 전문적으로 서브하는 직책으로 분화하였다. 소믈리에는 프랑스어로 '맛을 보는 사람'을 뜻한다. 우리도 예전에 임금님이 식사 전에 음식에 문제가 없는지 독을 탔는지 은수저로 맛을 보고 감별하는 기미상궁이라는 직책이 궁중에 있었다.

한 수 배워 봐!

술 중에서도 특히 와인은 전문분야가 따로 있고 용어가 따로 있어 외국어를 배우는 것처럼 어렵다는 생각이 든다. 맛도 그 맛이 그 맛 같고, 품종을 봐도 그놈이 그놈 같으니 초보 티를 벗을 수가 없다. 하지만 어차피 와인이라는 건 혼자보다는 여럿이 마시는 술이고 사람이 모이다 보면 화젯거리가 오가기 마련이니 쓸 만한 와인 용어 몇 개 정도는 알아두는 게 어떨까.

● 셀러(Cellar): 프랑스어로는 캬브(Cave)라고 한다. 발효가 끝난 와인을 배양하고 숙성시키기 위한 냉장고를 일컫는다.
● 오크(Oak): 와인을 숙성하거나 보관할 때 사용하는 배럴을 만드는 나무의 종류로 참나무통에서 숙성된 와인인 경우 좋은 타닌과 바닐라 향을 느낄 수 있다.

● 테루아(Terroir): 포도가 자라는 데 영향을 주는 지리적인 요소, 기후적인 요소, 포도재배법 등을 모두 포괄하는 단어다. 여기에는 토양, 강수량, 태양, 바람, 경사, 관개, 배수 등이 포함된다. 이 단어는 흙을 뜻하는 'terre'에서 파생되었다. 똑같은 품종이라도 각각의 테루아가 다르기 때문에 와인은 다 다르다는 게 유럽 사람들의 생각이다. 그래서 유럽에서 생산되는 와인은 포도 품종 대신에 포도가 자란 지역을 상표명으로 한다.

● 샤토(Chateau): 샤토란 포도원을 의미하는 것으로 일정면적 이상의 포도밭을 소유하고 자체적으로 와인을 생산, 저장하는 포도원을 자칭하는 용어다.

● 빈티지(vintage): 연도를 뜻하는 용어로 한 해에 생산된 와인을 의미한다. 빈티지 와인은 적어도 95% 이상이 같은 해에 수확된 포도로 생산되었을 경우다.

● 타닌(Tannin): 떫은 맛이 나며 포도 껍질과 줄기 및 포도 씨에서 나오는 성분이다. 타닌으로 와인이 산화하는 것을 막고 오래 숙성할 수 있다.

● 아로마(Aroma): 포도의 원산지에 따라 맡을 수 있는 와인의 냄새 혹은 향기를 의미한다. 또 다른 말로 부케(bouquet)라고 하는데 와인의 제조 처리 과정이나 숙성 방식에 따른 향기를 의미한다.

● 블렌딩(Blending): 2가지 이상의 포도 품종을 혼합하는 것. 조화로운 블렌딩은 와인의 맛을 이상적으로 향상시킨다.

● 테이블 와인(Table Wine): 규정에 따르면 14% 미만의 알코올 도수를 함유한 모든 와인을 이 범주에 넣고 있다. 이 와인은 식사할 때 함께 즐길 수 있다.

● 디캔팅(Decanting): 병에 있는 와인의 침전물을 없애기 위해 조심조심 와인을 따라 다른 깨끗한 병(디캔터-Decanter)에 와인을 옮겨서 따르고 뒤에 남은 찌꺼기는 버린다. 디캔팅은 주로 와인을 서빙하기 한 시간 전에 한다.

[샴페인(champagne)] 파티를 돋보이게 하는 별을 마신다

와인 애호가가 아닌 일반 사람들도 좋아하는 샴페인은 일반 와인이 색 때문에 조금은 무거운 느낌을 준다면 샴페인은 이와 달리 가볍고 상쾌한 느낌을 준다. 그래서 샴페인은 상큼하고 경쾌한 맛을 즐기고 싶을 때 마시는 발포성 백포도주다.

만드는 과정을 보면 발효시킨 와인을 리큐어(설탕 시럽)와 함께 병에 넣고 코르크로 막은 다음 철심으로 고정하여 저장 창고에 둔다. 그동안 리큐어 때문에 병 속에서 2차 발효가 일어나면서 만들어진 이산화탄소로 제 모습을 갖춘 발포성 와인이 된다.

샴페인을 제조할 때는 발효 후에 생긴 찌꺼기를 처리하는 일이 기술적으로도 가장 처치 곤란하다. 하지만 기술이 발달하면서 병의 목 부분을 별도로 냉각하여 압력으로 찌꺼기를 제거한 후 다시 코르크로 병의 입구를 완벽하게 막은 다음 철사로 고정하여 저장하면 샴페인이 완성된다. 보통 마개를 열 때 '뻥' 하는 경쾌한 음과 터져 나오는 거품으로 축제나 축하할 일과 같은 기쁜 날에 많이 이용하곤 한다.

샴페인의 도수는 보통 12도 정도다. 그렇지만 샴페인을 만드는 방법이 지역과 사람마다 다르다 보니 도수도 7~13도 정도로 다양하다. 보관은 4~6도 정도에서 한다.

샴페인은 프랑스 샹파뉴 지방에서 만든 제품만을 '샴페인'이라고 부를 수 있고 다른 지방에서 만든 샴페인은 보통 스파클링 와인 즉, 발포성 와인이라고 부른다.

참고로 스위스에도 샴페인(샹파뉴)이라는 지명이 있는데, 이 지역에서는 프랑스 샴페인 지방보다도 먼저 포도주를 만들기 시작했다. 하지만 유럽 통합이 이루어져 유럽의 지명이 상표명으로 보호받는 법이 만들어지면서 스위스가 자국의 항공기를 유럽으로 취항하는 것을 허가받는 대신 샴페인 지명을 프랑스에 양도했다. 그래서 스위스의 샴페인 지역은 '캄페인' 등 다른 이름으로 지명을 표기하거나 아예 지명을 표기하지 못한다.

샴페인의 역사를 보면 프랑스가 기원이라는 것을 알 수 있다. 프랑스 북동부의 샹파뉴(Champagne) 지방은 산림 지대인 북쪽 아르덴(Ardennes) 지역을 제외하면 넓은 평원을 이루고 있어 예로부터 포도 재배지로 유명했다. 옛날, 이 지방 수도원의 술 창고 직원이 발효가 덜 된 와인을 병에 넣어 코르크로 밀봉하고 다음 해에 열어보니 술에는 가스가 가득 차 있었다. 그는 술이 잘못됐다고 버리려 하다가 맛을 한번 보았더니 지금까지 맛보지 못한 최고의 맛이었다. 그래서 수도원에서는 이 맛에 관한 연구가 계속되면서 발포성 와인을 만들게 되었다. 하지만 병의 품질도 조악하고 밀봉 재료도 나쁘다 보니 봄이 와서 발효가 진행되면 병이 터지는 일이 빈번했다.

그때 이 문제를 해결할 구세주가 나타났다. 1668년 샹파뉴 지방에서 오빌레이의 베네딕토 수도원에 수사로 파견된 29세의 동 피에르 페리뇽(Dom Pierre Perignon)은 천부적인 미각을 가지고 있는 사람이었다.

당시에는 발포성 와인의 보관과 운송을 위해 나무통(Barrel)을 사용했는데, 와인 제조 책임자인 그는 1688년 일단 최적의 블렌딩을 통해 이산화탄소의 폭발성을 최소화하면서 타국의 병과 코르크의 장점을 일찍 깨닫고서 스페인에서는 질 좋은 코르크를, 영국에서는 강화 유리병을 도입하여 발포성 와인에 사용하기 시작했다.

더 나아가서는 코르크 마개가 열리지 않게 조일 수 있는 쇠붙이를 고안했다. 비록 페리뇽은 발포성 와인과 강화 유리병과 질 좋은 코르크를 최초로 발명하지는 않았지만, 이들을 이용했고 자신의 천부적 미각을 활용하여 다양한 와인 배합기술을 혁신적으로 발전시켜 최상의 샴페인을 보급하는 데 이바지했다. 즉, 샴페인 대중화에 혁혁한 공을 세우다 보니 페리뇽을 오늘날, 샴페인을 최초로 개발한 사람이라 칭하는 것이다. 페리뇽은 최고의 샴페인을 만들었을 때 맛을 보고는 "나는 별을 마시고 있다!"라고 감탄했다.

이 최고급 와인인 샴페인의 어원은 지명인 '샹파뉴'에서 왔다. 프랑스 발음 '샹파뉴(champagne: 석회질 평야, 발포성 백포도주, 샴페인)'가 맞지만, 영어식 발음인 '샴페인'이 사람들 사이에서 널리 쓰이다 보니 우리가 샴페인으로 부르고 있는 것이다. 조상을 찾아보면 라틴어 '캄푸스(campus: 넓은 평원)'가 '캄파니아(campania)'로 변형되었고, 이 단어가 프랑스어로 유입되어서 '샹파뉴(champagne)'가 되었다. 프랑스어로 'champ'은 '밭, 들판'이라는 의미다.

한 수 배워 봐! 알고 마시면 더 맛있는 샴페인에는 재미있는 이야기가 몇 개 있어 여기에 소개해 보고자 한다. 샴페인 한 병에는 몇 개의 거품이 들어 있을까? 영국 왕실 공식 샴페인의 하나인 볼랭저 샴페인의 연구 결과에 의하면 약 5천6백만 개의 거품이 750㎜ 한 병 안에 들어 있다고 한다.

샴페인이 국제적으로 주목을 받게 된 건 아이러니하게도 전쟁에서 졌기 때문이다. 나폴레옹이 워털루 전쟁에서 져서 러시아의 코사크 기병이 점령했을 때도 샹파뉴 지역의 와인 제조장들이 이를 이용했다. 장레미 모엣은 러시아 군인에게 샴페인을 제한 없이 공급했고 그들이 고국으로 돌아갈 때도 샴페인을 같이 보내 주었다. 그렇게 샴페인에 맛을 들이게 된 러시아인은 곧이어 영국에 이어 두 번째로 큰 샴페인 시장이 되어 버렸다. 샴페인 제조자들은 나폴레옹이 유럽 대륙에서 세력을 확장해 나갈 때마다 이 기회를 놓치지 않고 오스트리아, 프로이센, 폴란드 함락 때마다 에이전트들이 군대를 따라가 영업망을 확충해 나갔다.

샴페인은 왕들의 술이라고도 한다. 루이 16세가 단두대의 이슬로 사라지기 직전에 마셨던 술이기도 하고, 러시아 캐서린 대제가 젊은 장교와 어울리며 마셨던 술이며, 나폴레옹이 전쟁 중에 즐기던 술이기도 하다.

[브랜디(brandy)] 신사의 품격을 갖춘 술

우리가 흔히 '코냑'이라고 부르는 포도주를 증류한 술의 정식 명칭은 '브랜디(brandy)'인데 증류주의 일종이다. '브랜디(brandy)'는 좁은 의미로는 포도를 발효하여 포도주를 증류한 것을 말하고, 넓은 의미로는 과일을 발효하여 과실주를 증류한 모든 술을 통칭하여 부른다. 브랜디는 프랑스에서 발달하

37

여 전 세계로 퍼져 나간 술이라 할 수 있다.

중세의 연금술사들은 불로장생의 영약을 만들기 위하여 백방으로 노력하였는데 그들이 만들어낸 신비한 물이 요즈음 알코올이라고 불리는 것이었다. 그리고 '생명의 물(Aqua Vitae)'이라고 명명했다. 이 생명의 물은 12세기경 이탈리아의 연금술사들이 제조했다. 13세기경 독일, 프랑스, 스페인 등의 연금술사들도 자신들이 만든 신비의 물을 생명의 물이라고 했다.

이 생명의 물이 증류주의 발달을 이끌면서 술이 점차 발전하게 된다. 프랑스 아르마냑 지방에서 발견한 사료에는 1411년에 이 지역에서 '생명의 물'을 증류했다는 기록이 적혀 있다고 한다.

이후 시간이 흘러 증류기술이 퍼져 나가면서 16세기에는 프랑스의 각 지역에서 '생명의 물'을 증류했고, 소규모로 만들던 것을 17세기에 이르러 코냑 지방에서 본격적으로 브랜디를 기업화하면서 프랑스어로 '생명의 물(Eau-de-Vie)'이라 불렀다. 이 지방에서 만든 증류주인 브랜디가 그 유명한 '코냑(Cognac)'이고 아르마냑 지방의 브랜디가 '아르마냑(Armagnac)'이다. 또한 라마르크의 '개선문'에도 나오는 사과를 이용한 브랜디인 '칼바도스(Calvados)'가 위의 2개와 더불어서 프랑스의 3대 브랜디다.

브랜디의 어원을 살펴보자. 브랜디는 다른 용어로 '뱅 부루레(vin brûle: 불에 탄 술)'라고도 불렀다고 한다. 이 '뱅 부루레' 를 받아들인 네덜란드에서는 의미를 그대로 빌려 '브란데웨인(brandewiyn)', '브란데바인(brandewijn: 불에 태운 와인)' 이라고 새롭게 단어를 만들었다. 이 단어를 브란데바무역상이 제품을 수입하면서 자국 말로 '브란디웨인' 이라고 칭했다고 한다. 이 '브란디웨인' 이 영국으로 유입되어서 브랜디 와인(brandy wine)이 되었는데 후에 도마뱀처럼 꼬리는 버리고 현재의 '브랜디(brandy)' 로 정착했다. 즉 포도주를 불로 가열하여 만든 증류주로 '브랜디' 라는 이름이 붙은 것이다.

포도주가 아닌 다른 과실을 증류한 술은 브랜디 앞에 과실의 이름을 붙이는 것이 일반적이다. 사과라면 '애플 브랜디(apple brandy)' 다. 그런데 앵두주는 '키르시(kirsch)', 플럼주는 '미라벨(mirabelle)' 등 전혀 다른 명칭으로 불리기도 한다.

한 수 배워 봐!

브랜디는 식사 후에 향을 즐기고 소화를 잘 시키기 위해 마시는 대표적인 디저트다. 또한 혈중 콜레스테롤을 낮춰 준다고 하니 적당한 양의 브랜디는 건강에 이롭다. 이렇게 향과 맛을 주는 물질을 콘지너(Congener)라고 하는데, 술의 색깔이 진할수록 많이 들어 있어 숙취가 심하다. 왜냐하면 콘지너는 술의 발효과정에서 생기는 것으로 술의 맛과 향기, 강도를 결정짓는 술의 부산물이기 때문이다. 브랜디에는 콘지너의 양이 위스키의 열 배에 해당하며, 향의 강도가 워낙 강해서 많이 마시기가 어렵다.

유럽에서는 식사 후에 위산 분비를 촉진하기 위해 독주를 마시는 습관이 있다. 이탈리아의 그라파, 스페인의 셰리, 포르투갈의 포트 등도 식후에 마시는데, 식사 중에 와인을 마시더라도 식후에는 브랜디를 마신다. 브랜디는 입구가 좁고 배가 볼록하며 허리가 짧은 글라스에 5분의 1 정도 따라 마신다. 손으로 글라스를 감싸듯이 손가락 사이로 줄기를 쥐고 체온으로 따뜻하게 데워 향이 잔 안에 가득 퍼지게 한다. 먼저 향을 충분히 음미한 뒤 브랜디를 입에 조금 넣고 혀에 굴리듯이 마신다.

[위스키(whisky)] 스코틀랜드가 인류에게 준 최고의 선물

현재의 위스키와 닮은 최초의 술은 아일랜드에서 만들어졌다. 진실 여부를 떠나 위스키는 탄생 일화가 재미있다. 아일랜드인은 외세가 침입하자 증류주를 통에 넣어서 땅에 묻어 두고 산속으로 도망쳤다. 외세가 물러난 뒤 한참 뒤에 먹어보니 숙성이 된 증류주는 이전에 자기들이 마시던 것과는 전혀 다른 기가 막힌 맛이었다. 그래서 연구를 거듭하면서 오늘날과 같은 술을 만들었다고 한다.

1170년 영국의 헨리 2세가 아일랜드를 침략하여 이 술을 영국으로 가지고 왔는데, 특히 스코틀랜드 지방에서 집중적으로 만들었다. 초기에는 맥아 원료의 알코올에 감미료 등으로 맛을 내었고 거의 약용으로 사용했다. 위스키는 맥아를 원료로 한 맥주를 증류한 것으로 참나무통에 넣어서 숙성시키면 진한 밤색이 되고, 유리병에 넣어서 숙성시키면 색이 변하지 않은 무색이 된다.

　무색의 술은 보드카가 되기 때문에 위스키와 보드카는 피부 빛깔은 다르지만, 부모가 같은 형제라 할 수 있다.

　위스키는 숙성기간이 오래될수록 그 가치와 가격이 올라간다. 영국에서는 법적으로 최소한 3년은 창고에서 숙성시켜야 한다고 규정하고 있다. 일반적으로 위스키를 숙성기간에 따라서 분류할 때는 12년 미만은 '스탠다드 위스키'로 12년 이상은 '프리미엄 위스키'로 분류하며, 15년 이상은 별도로 '슈퍼 프리미엄 위스키'라고 한다.

　위스키를 블렌딩하여 만드는 본고장의 장인들은 12년 이상이 되면 맛의 차이를 거의 느낄 수가 없어서 큰 의미가 없다고 한다. 그런데도 전 세계적으로 한국 사람들만이 맛에 차이가 있다고 하면서 18년, 32년산 이상을 돈을 더 내고서라도 굳이 찾아서 마신다고 한다.

　위스키를 만드는 원료를 기준으로 분류하면, '몰트위스키(malt whisky)'는 100% 맥아만을 원료로 해서 만들고, '곡물

위스키(grain whisky)'는 맥아가 비싸서 일반 곡물, 특히 옥수수 등의 원료를 첨가하여 소량의 맥아를 더해서 당화시킨 것을 발효하여 증류한 것이다. '블렌드위스키(blended whisky)'는 몰트와 곡물위스키를 혼합한 것이다.

위스키는 생산 지역에 따라 스코틀랜드에서 생산된 것은 '스카치위스키(Scotch whisky)', 아일랜드에서 생산된 것은 '아이리시위스키(Irish whiskey)', 미국 켄터키 등에서 생산된 것은 '버번위스키(American whiskey)', 캐나다에서 생산된 것은 '캐나디안위스키(Canadian whisky)'라 불린다. 이들 중 스카치위스키와 아이리시위스키가 고급으로 대접받는다. 철자를 보아도 영국과 캐나다의 위스키는 'whisky', 아일랜드와 미국의 위스키는 'whiskey'로 다르게 표기한다. 스카치위스키는 증류할 때 이탄을 사용하는데, 이 이탄의 향이 술에 배어서 독특한 향이 난다. 그래서 미국에서는 이탄이 없어서 그 대안으로 참나무통 속을 불로 그을린 다음 술을 넣고서 숙성했는데, 통 속을 그을렸기 때문에 버번위스키라고 부른다.

유럽에서는 1100년 무렵에 이탈리아의 살레르노 의과대학에서 상당량의 증류주를 제조하여 귀한 약으로 평판을 얻기도 했다. 200년 뒤, 카탈루냐의 학자 빌라노바의 아르노가 와인에 '아쿠아 비타이(aqua vitae)', 즉 '생명의 물'이라는 이름을 붙였다. 이 말은 스칸디나비아어로 '아쿠아비트(aquavit)', 프랑스어로 '오드비(eau de vie)'로 영어에도 흔적이 남았다. 증류주를 생명의 물로 보았기 때문에 위스키도 고대 영국인인 켈트인이 사용하던 게일어 '우식베하(uisge-beatha)'라는 말이 어원이 되었다. 이 말이 '어스퀴보(usquebaugh)'로 발전했고, 18세기 초기에 축소되어 'usque'로 변형되었다. 다시 'uisky'로 불리다가 '위스키(whisky: 생명의 물)'로 정착되어 지금까지 사용하고 있다.

아일랜드와 스코틀랜드의 수도승들은 자신들이 만든 증류맥주를 생명의 물이라고 여겼다. 유럽 전체에서 연금술사들은 증류주를 흙, 물, 공기, 불에 이어 제5의 원소로 보았으며, 어떤 강력한 힘이 내재된 근본적인 물질로 여겼다. 증류와 순수함 사이의 연관에서 증류주를 가리키는 또 다른 단어인 'spirits'가 여기에서 생겨났다.

한 수 배워 봐! 위스키를 마시는 데는 까다로운 규칙이 없다. 작은 잔에 따라서 그대로 마시거나(스트레이트), 얼음을 넣어 마시거나(온더록스), 칵테일로 마시거나, 그냥 물을 타서 마신다. 위스키는 장기간 숙성해 향이 진하게 배어 있어서 물을 타더라도 은은한 향이 쉽게 사라지지 않는다. 다만 오랜 기간 숙성시킨 고급 위스키를 폭탄주라는 이름으로 한순간에 날려 버리는 행동만 안하면 된다. "위스키가 독해서 맥주를 타서 먹는데 왜?"라고 반문하는 사람도 있지만, 술의 가치란 마시는 사람에 따라 다르게 나타난다.

[보드카(vodka)] 시베리아를 녹이는 술

보드카가 언제 만들어졌는지 확실하지는 않지만, 사람들은 대략 12~16세기경 만들어지기 시작했다고 추정한다. 러시아에서 처음으로 만들어서 소련을 대표하는 세계적인 증류주로 자리를 잡은 '보드카(vodka)'는 1917년 러시아 혁명을 계기로 전 세계에 그 존재감이 알려지게 되었다.

추울수록 사람들은 독주를 많이 마신다. 그중에서도 러시아에서는 가짜 보드카를 마신 사람들이 죽거나 입원하는 사례들이 많아 세계 토픽을 장식하며 사회 문제가 되곤 했다. 요즘 사람들이 널리 마시는 보드카의 제조법은 1794년 상트페테르부르크의 루이스 교수가 전혀 다른 제조법을 도입하면서 시작되었다. 그는 조상이 보드카를 만들던 방법과는 전혀 다르게 자작나무 숯으로 술을 여과했다.

보드카는 위스키와 만드는 과정과 재료가 유사한데 대부분 호밀을 이용하여 만들며 간혹 밀과 옥수수, 보리, 감자를 사용하기도 한다. 만드는 과정은 스테인리스 용기에 술을 발효시킨 다음 알코올 성분을 85%까지 증류시키고 나서 물을 섞어 도수를 40% 정도로 낮춘다. 이때 자작나무 숯을 이용해서 증류주의 불순물을 깨끗하게 여과시키면 '크리스탈 클리어(crystal clear)'라 불리는 투명한 보드카가 되며, 이 술은 칵테일의 기본주로 널리 사용되곤 한다. 참나무통에 보관하여 숙성시키는 동안 색이 우러나는 위스키와는 달리 보드카는 스테인리스 탱크나 유리병에 저장하기 때문에 색의 변화가 없다.

보드카는 각 나라의 마케팅 활동에 힘입어서 러시아의 '스톨리치나야', 핀란드의 '핀란디아', 미국의 '스미노프', 스웨덴의 '앱솔루트' 등이 제일 유명하다.

보드카의 어원을 살펴보면, 12세기경 러시아 문헌에 '지제니즈 봐타(zhiezenniz voda: 생명의 물)' 란 말이 기록되어 있다고 한다. 이 말이 15세기경에는 간략하게 '보다(voda: water)' 라고 불렸으며, 16세기경부터는 '보다(voda)' 에 지소접미사 '-ka' 가 합성되어 'vodka' 라고 불렸다. 즉, 위스키와 마찬가지로 보드카는 'Aqua Vitae(생명의 물)' 란 이름이 변형되어 탄생한 단어라고 할 수 있다.

한 수 배워 봐!

보드카가 생명의 물이란 이름에서 탄생한 것을 보았을 때 물은 보드카를 제조할 때 가장 중요하다. 반드시 순도가 깨끗한 단물을 이용하는데, 100ml 의 물에 이온 수치가 10도 이하가 평균이라면, 보드카는 그 수치가 2~4도 사이라니 그 품질이 얼마나 우수한지 알 수 있다.

19세기 말, 러시아 정부는 국가 차원에서 보드카를 제조하며 관리하기 시작했다. 당시 수많은 공장이 난립하면서 품질의 일관성을 유지하기가 어려웠다. 이때 그 유명한 주기율표를 만든 화학자 멘델레예프가 어떤 도수에서 보드카가 가장 최상의 맛을 유지하는지를 연구해 논문에 실었다. 바로 40도였다. 그래서 오늘날까지 보드카는 40도로 통일되어 오고 있다.

우리나라는 감기에 걸리면 소주에 고춧가루를 타서 먹는데, 러시아는 보드카에 후추를 타서 먹는다고 한다. 그런데 보드카는 병을 열면 그 자리에서 다 마셔야 한다. 바로 "한 방울도 남기지 마라. 남기면 재앙이 온다"라는 속설 때문인데 오히려 너무 많이 마셔서 재앙이 온 게 아닐까 싶기도 하다.

세계 1인당 알코올 소비량이 가장 많은 나라가 바로 러시아인데, 추위 때문이기도 하지만 바로 이런 술 문화가 문제가 된 게 아닐런지.

[맥주(beer)] 맨날 술이야!

예전에는 사람들이 독한 술을 많이 마셨는데, 이제는 소주도 저도주로 마시고 맥주나 막걸리같이 도수가 약한 술이 사랑을 받고 있다. 모임에서 2차에 가면 항상 마시게 되는 맥주, 특히 더운 여름에 시원하게 음료처럼 한 잔 마시고 싶을 때 찾게 되는 것이 맥주다.

맥주는 보리를 발아시키고 당화하여 홉(hop)과 효모를 이용하여 발효시킨 술이다. 이산화탄소가 함유되어 잔에 따랐을 때 잔 위를 가득 채우는 거품은 맥주를 더욱 입맛 당기게 하고 맥주의 향이 날아가지 않게 하는 역할을 한다. 고대 시대 때의 맥주는 단순히 빵을 발효시켰지만, 기원전 8세기경부터 홉을 사용했고 이후 탄산가스를 첨가하여 맥주를 만들었는데 맥주의 성분은 88~92%가 물이다.

맥주의 발생 기원을 보면 기원전 4200년경에 바빌로니아 인이 최초로 보리 술을 만들었다는 기록이 존재한다고 한다. 이집트에서도 제4왕조 시대인 기원전 3500년경에 맥주를 만들어 먹었다는 기록이 있으며, 기원전 1500년경의 제5왕조 무덤에는 맥주를 어떻게 만들었는지에 대해 기록이 상세하게 남아 있다고 한다. 이렇게 맥주를 만드는 기술은 이집트에서 그리스로 이전되었고 다시 로마를 거쳐 중부 유럽으로 전해졌다.

그렇지만 이전의 맥주는 지금의 것과는 조금은 달랐을 것이라 추정된다. 현재와 같은 맥주는 기원전 8세기에 홉을 본격적으로 사람들이 재배하면서 독일과 영국에서 만들어졌다. 당시에는 발효를 이용하여 만든 빵으로 보리를 당화시킨 다음 물을 첨가하여 맥주를 만들었다.

발효 빵은 맥주를 만드는 중요한 재료였던 것이다. 현재에도 '보우자(Bouza)'라는 술을 만들 때 발효 빵을 이용하는 곳이 있는데 맥주가 '액체 빵(beer bread)'이라는 말이 여기서 유래했다고 한다.

맥주의 종류는 크게 나누어 드래프트와 에일, 그리고 라거로 구분된다. '드래프트(draft: 생맥주)'는 저온으로 발효시켜 발효균이 살균되지 않은 그야말로 살아 있는 맥주라 할 수 있다. '에일(ale)' 맥주는 발효 효모에 의하여 18~21도에서 발효시킨 것이고 '라거(lager: 독일어로 저장한다는 뜻)' 맥주는 발효 효모에 의하여 2~10도에서 길게는 몇 개월을 발효시킨 것이다. 특히 체코의 필센 지방에서 생산하는 연한 색의 투명한 필스너 맥주가 라거 맥주의 전형이다.

'맥주(beer)'의 어원에 대해서는 여러 설이 있다.

첫 번째 설은 인도유럽 공통기어 'beus-(찌꺼기, 맥주효모)'가 게르만 조어 'beuzan(beer)'으로 변형되었고, 고대 영어로 유입되어 'bèor'가 되었다. 이 단어가 중세 영어 'bere'가 되면서 최종 'beer'로 정착하였다.

두 번째 설은 라틴어 '비베레(bibere: 마신다)'에서 단어가 파생되었다는 설로 이 비베레가 오늘날의 '비어(beer)'가 됐다고 본다.

세 번째 설은 게르만족의 언어 중 '곡물'을 뜻하는 '베오레(biory beor)'에서 '비어'가 유래되었다는 설이다. 맥주를 곡물인 보리 등을 이용하여 만들다 보니 이 단어가 어원이라 보는 것 같다.

맥주를 지칭하는 용어도 나라마다 조금씩 다르다. 독일에서는 '비르(bier)', 이탈리아에서는 '비라(birra)', 프랑스에서는

'비에르(bière)', 러시아에서는 '피보(pivo)', 포르투갈과 스페인에서는 '세르비자(cerveza)'라고 부른다.

맥주 뚜껑의 톱니 모양이 21개인 이유는?

맥주병 뚜껑의 톱니 모양의 개수가 전 세계 공통으로 21개인 것을 아는 사람은 많지 않다. 이 뚜껑은 영국인 윌리엄 페인터가 1892년 맥주병에 탄산가스가 빠져나가는 것을 막기 위해 개발했다. 톱니가 21개보다 적으면 병이 흔들릴 때 가스의 압력을 이기지 못하고 뚜껑이 열릴 수 있기 때문이다.

기네스에서 발표한 가장 많이 마시고 있는 맥주는?

OB골든라거는 11명의 베테랑 브루마스터가 '깊고 풍부한 맛'을 목표로 4년간의 연구 끝에 탄생한 프리미엄 맥주다. 출시 200일 만에 판매량 1억 병을 돌파하고 422일 만에 누적판매 2억 병을 넘어서며 프리미엄 맥주 시장에 황금빛 돌풍을 일으키고 있다. OB골든라거는 맥주의 향과 풍미를 좌우하는 홉 원료를 맥주의 본고장 독일에서도 최고급인 아로마 홉을 사용하여 정통맥주 특유의 쌉쌀하면서도 풍부한 맛과 향을 자랑한다.

카스 라이트의 칼로리는 일반 맥주에 비하여 33%가 낮은 100 ml 기준 27kcal에 불과하다. 영하 4도의 온도에서 3일간 숙성해 맛이 더욱 상쾌하고 깔끔한 것이 특징이다. 국내 유일의 빙점 숙성기법, 프리미엄 맥주에 적용하던 3단 호핑 방식과 고발효

공법을 통해 전통적인 맥주의 진정한 맛을 유지하면서도 칼로리 부담 없이 즐길 수 있다.

버드와이저는 1876년 탄생 이후 부동의 세계 판매량 1위로 1초에 373병씩 판매되고 있는 글로벌 맥주 브랜드다. 맥아, 쌀, 이스트, 물과 홉 등 엄선된 5가지 성분을 30일 동안 양조하고 17일간 비치우드에이징이라는 독특한 숙성공법으로 만들어져 신선하고 깨끗하면서 약간 드라이한 맛을 내는 것이 특징이다.

기네스는 아일랜드의 대표 맥주로 스타우트 흑맥주 중 세계 판매 1위를 자랑한다. 3번 이상을 마셔야 기네스 맛을 진정으로 알 수 있다는 말이 있을 정도로 마시면 마실수록 특유의 깊고 진한 보리의 맛을 느낄 수 있다. 1759년 기네스가 탄생한 해를 기념하는 뜻에서 매년 9월 넷째 주 목요일 '아서스 데이' 축제에 17시 59분 기네스로 건배한다. 또한 기네스는 2번에 걸쳐 45도로 잔을 기울여 따르고 약 2분을 기다리면 풍부한 거품을 즐길 수 있다.

출처 : 《시티신문》 김영일 2012.09.05

[칵테일(cocktail)] 한 잔의 예술을 마신다

사람들은 아무리 자기가 좋아하는 술이 있어도 때로는 전혀 다른 것을 마시고 싶을 때가 있다. 그래서 다른 분위기를 맛보고자 한잔 마시는 술이 칵테일이다. 술맛도 독특하고 혼합하는 재료에 따라서 수많은 종류가 탄생한다. 여러 종류의 술 중에서 부드러운 술을 좋아하는 사람, 특히 여성들이 각자의 취향에 따라 서로 다른 칵테일을 좋아한다. 칵테일을 마실 때 재미를 더해 주는 요소는 뭐니 뭐니 해도 바텐더들의 현란한 동작과 알코올에 불을 붙여서 흥미를 주는 쇼가 아닐까 싶다.

혼합주인 '칵테일(cocktail)'의 뜻은 '수탉 꼬리'다. 이 혼합주가 만들어진 유래에 대해서는 모든 술 중에서 가장 많은 200여 종의 설이 있다고 한다.

설득력 있는 몇 가지 주장 중 첫 번째는, 의사소통에 혼동이 와서 어원이 탄생했다는 설이다. 유카탄 반도의 캄페체 항구에 어느 날 영국 배가 들어왔다. 항구에 도착한 선원들은 식사도 하고 쉴 겸 해서 술집을 찾아 들어갔다. 그 술집의 계산대 안에서는 작은 소년이 나뭇가지를 휘저으면서 드락스(drace)라고 하는 토속 혼합음료를 만들고 있었다.

처음 보는 이 광경에 한 선원이 신기하여 "만들고 있는 것이 무엇이냐"며 음료 이름을 물어보았다. 하지만 잘 알아듣지 못한 소년은 질문의 요지가 닭 꼬리처럼 생긴 나뭇가지를 물어보는 줄 알고 "꼴라 데 갈료(cora de gallyo는 : 수탉 꼬리)"라고 대답했다. 이 말을 들은 선원들은 '꼴라 데 갈료' 라는 스페인 말을 그 음료를 지칭하는 용어로 오해했다. 그래서 영국인들은 혼합음료를 '꼴라 데 갈료' 라 부르면서 영어의 '칵테일'로 변화되어 지금까지 사용하고 있다는 설이다.

두 번째 설은 사람의 이름이 그 기원이라는 설이다. 옛날 뉴멕시코 지방에 돌텍크족이 살고 있었는데, 아스텍구족이 점령해 버렸다. 점령당한 돌테크족의 귀족은 흔히 볼 수 없는 귀한 술을 만들어 자기 딸과 함께 아스텍구족 왕에게 진상품으로 바쳤다. 왕은 맛 좋은 귀한 술과 미인인 딸 '콕돌' 에 대만족하였는데, 한 가지 아쉬운 것은 술의 이름이 없었던 것이다. 그는 그 맛있는 혼합주의 이름을 무엇으로 할 것인가 잠시 망설이며 잔머리를 굴렸다. 하지만 이내 옆에서 반짝반짝 미모를 빛내고 있는 '콕돌' 을 보고는 그녀의 이름으로 술의 이름을 확정 지었다. 그 후부터 이 혼합주를 아스텍구족 언어로 '콕돌'이라고 했다. 후에 아스텍구족을 지배하게 된 스페인은 이 혼합주의 이름을 '콕돌' 로 받아들였는데, 이 말이 나중에 변형되어 '칵테일' 로 자리를 잡았다는 것이다. 사람의 이름이 술 이름으로 보통명사화한 한 예다.

위와 유사한 설이 또 있다. 18세기 초 끊임없이 충돌하던 미국 군대와 아소로틀 8세가 이끄는 멕시코군 사이에 휴전협정이 맺어지게 되었다. 휴전 기념으로 벌인 연회가 무르익을 즈음에 멕시코 왕의 딸이 나타나 자신이 정성껏 만든 술을 미군 장군 앞으로 들고 가서 권했다. 한 모금 마신 장군은 그 맛이 좋아 놀라고, 공주의 미모에 또 한 번 놀라 그녀의 이름을 물었다. 공주가 "내 이름은 칵틸"이라고 대답하자, 장군은 즉석에서 "지금 마시는 이 술을 이제부터 칵틸이라 부르자"라고 하며 큰소리로 외쳤다. 거기에서 사람의 이름인 '칵틸'이 'cocktail'로 변해서 지금에 이르렀다는 것이다.

세 번째 설은 미국이 영국과의 독립전쟁 중 칵테일이 탄생했다는 일화다. 갓 결혼한 아일랜드 출신의 패트릭 후래나간은 버지니아 기병대에 자원입대하였다. 하지만 신혼의 단꿈이 채 가시기도 전에 얼마 후 전투에서 전사했다. 남편을 잊지 못하는 신부 베티는 남편의 발자취를 되살리기 위하여 그 부대에 종군할 것을 부대 상부에 간청했고, 그녀는 부대에 남을 수 있었다. 1779년 그녀가 속한 부대가 뉴욕 근교에 이주했을 때 그녀는 브레이사(bracer)라고 하는 혼합주를 처음 만들게 되었는데 그 혼합주는 군인들에게 매우 인기가 좋았다. 그녀는 인기 있는 혼합주를 필요할 때마다 만들어서 군인들에게 제공하였는데, 어느 날 혼합주를 색다르게 장식하고 싶었다. 그래서 적국인 영국인 지주의 닭을 훔쳐 와서 그 닭의 꼬리로 혼합주를 장식하여 장교들에게 제공하였다.

장교들은 닭의 꼬리로 장식한 브레이사를 마시며 밤새도록 즐겼다. 그런데 장교들이 모두 술에 만취되어 있는 가운데, 어느 한 장교가 병에 꽂힌 닭 꼬리를 보고 "야! 그 콕스 테일 멋지군!"하고 감탄하자, 역시 술 취한 다른 한 사람이 자기들이 지금 마신 혼합주의 이름이 콕스 테일인 줄 알고 그 말을 받아서 "정말 멋진 술이지!"라고 대답했다. 그 때부터 이 혼합주인 브레이사를 '칵테일'이라 했고, 이후 다른 혼합주도 칵테일로 부르게 되었다는 것이다. 말 그대로 만취한 장교들의 두 눈에 비친 술잔을 장식하고 있던 닭의 꼬리가 술 이름이 된 것이다.

네 번째 설은 1795년경 프랑스인 A. A. 페이쇼가 미국 루이지애나 주 뉴올리언스에 이민을 왔는데, 그의 직업은 약사였다. 그는 음료를 만들 때 달걀 노른자를 넣었는데, 당시 이 음료는 흔히 볼 수 없는 음료였다. 사람들은 이 음료를 프랑스어로 '코크티에(coquetier)'라 불렀고 이 단어가 '칵테일'이 되었다는 설이다.

어원에 대한 기원이 무엇이든 사람들은 칵테일이 미국에서 최초로 만들어져서 퍼져 나갔다고 알고 있으나 혼성 음료를 만들어 마시는 문화는 미국보다도 훨씬 이전부터 아시아에서 존재했다. 옛날부터 인도 등 인근 아시아 지방에는 펀치(punch)라는 혼성 음료가 존재했었다고 한다.

칵테일은 전문가도 다 알지 못할 정도로 종류가 방대
하며, 조제법을 약간만 바꿔도 이름과 맛이 달라지는
특성이 있어 칵테일을 분류한다는 것은 불가능에 가깝다. 그래
서 만드는 기법에 따라 분류하는 게 보편적이다.

● **하이볼(highball):** 하이볼 글라스에 베이스로 증류주를 넣고
각종 부재료(얼음과 청량음료, 모든 음료)를 넣어 혼합한다. 하
이볼은 기차를 발차시키기 위해서 내는 신호였다. 그러다가 술
집에서 하는 게임의 호칭이 되었다가 다시 음료의 호칭이 되었
다는 설과 골프장의 클럽하우스에서 술을 마시고 있는 손님 술
잔에 공이 날아들어 이 이름이 붙었다는 설이 있는데, 어느 것
이나 다 속설일 뿐이다.

● **사워(sour):** 증류주에 레몬즙을 많이 넣어 신맛을 강하게 한
칵테일이다.

● **펀치(punch):** 인도어인 '폰추'가 어원으로 5가지란 뜻이 있
다. 아락주(酒), 차, 설탕, 물, 레몬주스 등 5가지로 만든다.

● **프라페(frappe):** 프랑스어로 '잘 냉각된'이라는 뜻이다. 칵
테일 글라스에 작은 얼음 조각을 가득 넣고 그 위에 단술을 넣
어서 빨대로 마신다.

● **에그노그(eggnog):** 미국 남부 지방의 전설에서 유래된 크리
스마스 칵테일로 달걀과 우유를 넣어 만들며 영양가가 높다.

● **에이드(ade):** 레몬이나 오렌지 등의 과즙에 설탕을 넣고, 물
또는 탄산수로 희석한 음료로 알코올이 없다.

● **푸스 카페(pousse cafe):** 술의 비중 즉, 무게에 따라 다른 술

이 섞이지 않게 층층이 쌓아서 만든다. 비중이 무거운 리큐르 종류가 아래쪽으로, 가벼운 증류주가 위쪽으로 가게 쌓는다. 마실 때는 입에 한 번에 털어 넣어 입안에서 섞어 마신다.

● 트로피컬 칵테일(tropical cocktail): 열대성 칵테일로 과일즙이나 과일을 이용하여 달콤하고 시원하며 장식이 화려하다.

[럼(rum)] 해적의 술

‘럼’은 서인도제도(자메이카, 쿠바, 푸에르토리코, 멕시코 등)에서 사탕수수에서 설탕을 채취하고 남은 당밀에 효모를 첨가하여 발효, 증류시켜 얻은 주정에 태운 설탕으로 착색하여 참나무통에 수년간 숙성시켜 만든 증류주다. 알코올 농도는 보통 40~70% 정도로 독한 술이라 할 수 있다.

럼의 역사를 살펴보자. 1563년 포르투갈 사람들이 처음 발견한 카리브 해의 섬나라인 바베이도스(Barbados)에 17세기 초 영국인이 처음으로 이주하여 최초로 럼을 증류했다. 자메이카 섬을 중심으로 사탕 공업이 발달하면서 럼주 산업도 자연스럽게 번창하였다.

18세기 이 지역에서 남의 물건을 강탈하여 생계를 꾸려가는 해적 활동이 활발하면서 이들이 즐겨 마시던 럼주가 일명 ‘해적의 술'이란 별칭을 얻게 된다. 영화 '캐리비언 해적'의 주인 공인 잭 스패로 선장이 자주 마시는 술도 럼주다.

럼주는 이름이 하나가 아니다. 1805년 트라팔가르 해전에서 영국이 나폴레옹의 프랑스를 물리치고 승리했지만, 안타깝게도 영국의 리더인 넬슨(Nelson) 제독은 전사했다. 부하들은 영국을 구한 위대한 장군의 시신 부패를 막기 위해 럼주가 가득한 통에 시신을 넣어 본국으로 이송했다. 이때부터 영국에서는 다크 럼(Dark Rum)을 넬슨의 피(Nelson's Blood)라고 불렀다.

'럼(rum)'의 어원도 여러 가지가 있다.

첫째, 사무엘 모어우드(Samuel Morewood)의 주장에 따른 설이다. 1824년 자신의 에세이에서 영국의 은어 'rum(최고)'에서 럼이 나왔다고 추측했고, 이후에는 라틴어 'saccharum(설탕)'에서 럼이 왔다고 주장했다.

둘째, '강하다, 유력하다'라는 뜻의 로만어 'rum'에서 럼이 왔다는 설이다.

셋째, 가장 유력한 설로 서인도 제도의 원주민들 용어인 럼블리온(rumbullion)에서 왔다. '소란, 격동, 흥분'이라는 뜻이다. 사탕수수를 증류한 술을 처음 마셔 본 원주민들이 모두 취해 엄청나게 흥분한 것을 보고 이름을 붙였다. 1654년 코넷티켓 주 의회에서 바베이도스 술 'rum'을 몰수하라는 판결이 내려지면서 알려지게 되었다.

넷째, 술잔 이름에서 유래가 되었다. 네덜란드어로 'roemer'는 '술잔'이라는 뜻으로 여기에서 파생하였다. 즉, 네덜란드 선원들이 마셨던 큰 술잔의 이름인 'rummers'가 럼이 됐다는 것이다.

다섯째, 라틴어 'iterum(다시)'이 축약되어 럼이 됐다는 설이다.

한 수 배워 봐!

럼은 뱃사람의 술로 알려질 정도로 선원들이 애음해 왔다. 미국 개척시대 초기부터 제조되었으며, 특히 뉴잉글랜드 럼은 유명하다. 제당산업이 번창한 카리브 해의 서인도 제도, 바하마 제도에서 처음 만들었다. 현재 쿠바와 멕시코를 비롯해 전 세계 각지에서 생산되고 있다. 무색이거나 빛깔이 연한 것을 화이트 럼, 진한 것을 다크 럼이라고 한다. 각각 생산지나 제조법에 따라 3가지 유형으로 분류한다.

● 헤비 럼(heavy rum): 당밀을 자연 발효시켜 단식 증류한 후 나무통에서 숙성시킨 것으로 향미가 풍부하다. 주로 자메이카에서 많이 생산한다.

● 미디엄 럼(Medium rum): 향미는 헤비 럼과 라이트 럼의 중간 타입으로 마르티니크(Martinique) 섬이 주산지다.

● 라이트 럼(Light rum): 순수하게 배양한 효모로 발효시키고 연속식 증류기를 사용한다. 바베이도스, 쿠바, 푸에르토리코, 트리니다드토바고산이 유명하며, 향미는 부드럽다. 우리나라

에서도 럼을 생산하는데 주로 라이트 럼을 생산한다.

럼의 감미로운 향기는 양과자에 아주 적합하여 설탕의 단맛과 달걀의 비린내를 잡아 줘서 다량의 럼이 제과용으로 쓰인다. 또 크림이나 젤라틴에 섞거나 과일을 럼에 담그기도 하며, 아이스크림에 가미하여 맛을 더하는 데도 쓰인다.

[진(gin)] 술이야, 약이야?

진은 콜라처럼 처음 만들어진 목적은 전혀 다른 것이었다. '진(gin)'은 17세기 중엽 네덜란드 라이덴 의대 교수인 실비우스(Franciscus D. Syvius) 박사가 환자를 치료하기 위한 약으로 쓰기 위해 노간주 열매(juniper berry)를 알코올에 넣고 증류한 데서 출발했다. 약용인 이 술은 주로 해열제, 이뇨제, 건위제 등의 목적으로 사용되다가 사람들이 약용이 아닌 술로 즐겨 마셨다.

'진'은 호밀, 보리 등의 곡물을 발효하여 증류한 양조주에 노간주 열매로 착향하여 만든 증류주다. 처음 약용 술로 출발한 진이 대중화된 역사를 보면 노간주 열매의 독특한 향이 크게 이바지한 것을 알 수가 있다. 즉, 약용 술에서 향에 매료된 사람들이 일상적인 술로 마시기 시작한 것이다.

17세기 후반에는 네덜란드에서 바다를 건너 영국으로 전래하였다. 1689년 영국 왕 윌리엄 3세가 국가 창고를 풍성하게 할 목적으로 와인, 브랜디의 관세를 높이자 진이 영국에서 더 빨리 확산하였다. 왜냐하면 와인과 브랜드의 관세를 높이자 자연스럽게 술의 가격이 덩달아 올라갔고 가난한 사람들과 노동자들은 술을 계속 마셔야만 하였기에 저렴한 진을 찾을 수밖에 없었기 때문이다.

진이 확산된 또 다른 이유는 네덜란드의 종교전쟁에 참전했던 영국 군인이 네덜란드에서 마셔 보았던 독특한 술인 진을 가지고 돌아오면서 이 술이 일반인에게 더 널리 알려지게 되었다. 그러면서 술의 이름도 영어로 부르기 쉽게 '진'으로 바뀌었다. 이후 미국에서 칵테일의 기본 원료로 쓰이며 전 세계로 확산되어 칵테일 술로 더 유명해졌다.

보드카와 함께 칵테일 술로 널리 이용되는 진은 크게 '런던 드라이진'과 네덜란드 '게네베르(제네바)'로 나뉜다. 런던 드라이진은 칵테일용 술로 전 세계적으로 사용되고 사랑을 받지만, 네덜란드 게네베르는 향이 강해 다른 재료를 섞었을 때 그 재료의 특성을 무마시키므로 칵테일용으로 부적합하여 사용하지 않는다.

'진'의 어원은 라틴어 'juniperus(juniper)'가 고대 프랑스어로 유입되어 'genevre'가 되었다. 이 말이 네덜란드어 '게네베르(genever: juniper)'로 변형되었고 영국으로 전래되면서 축약되어 'gene'로 되었다가 다시 '진(gin)'으로 최종적으로 정착되었다. 지금도 네덜란드에선 진을 게네베르라고 부른다.

[테킬라(tequila)] 소금으로 간을 맞추는 술

'테킬라(tequila)'는 멕시코의 원주민이 최초로 만든 멕시코의 특산 술이다. 원주민이 만들던 술이 17세기경 스페인에서 증류기술을 도입하여 더욱 발달한 35~55도의 '테킬라(tequila)'로 재탄생하였고 1968년 멕시코 올림픽을 계기로 전세계적으로 알려졌다.

'테킬라'는 멕시코의 테킬라 지방에서 재배되는 선인장의 일종인 용설란(agave: Agave Americana, Agave Atrovirens, Agave Azul Tequilana) 세 품종을 이용하여 만든 술이다. 이들 용설란을 발효하여 나온 '풀케(pulque)'를 증류하여 만든 것이 '메즈칼(Mezcal)'인데 메즈칼 중에서도 멕시코의 과달라하라 도시에서 북서쪽으로 65km 떨어진 테킬라 지역에서 생산된 것이 프랑스 코냑 지방의 특산품인 코냑처럼 '테킬라'라 불린다. 보리 술인 맥주를 증류하면 위스키가 되듯이 용설란을 발효한 풀케를 증류하면 메즈칼이 된다. 테킬라 이외의 지역에서 생산하는 증류주는 'pinos'라고 한다. 원래는 지정된 용설란을 사용하고 테킬라 지역에서 생산하는 것만을 테킬라로 인정했으나 이제는 수요를 맞추기 위해 멕시코 정부는 수출용은 테킬라 원액이 51%만 넘으면 다른 성분을 섞어도 '테킬라'로 명명되도록 했다.

테킬라도 위스키처럼 숙성 시간에 따라서 구별하는 이름이 있다. 참나무통에서 숙성하지 않고 스테인리스통에 담은 '화이트 테킬라'는 칵테일용으로 주로 쓰고 통에서 숙성한 것은 '골드 테킬라'로 구분한다. 참나무통에서 숙성한 골드 테킬라 중에서 2개월 이상 숙성한 것은 '테킬라레포사드', 1년 이상 숙성시킨 것은 '테킬라아네호'라고 한다. 그렇지만 테킬라의 향취를 제대로 맛보려면 화이트 테킬라가 적격이다.

멕시코는 고원지대라 염분이 부족한 원주민들은 테킬라를 마실 때 레몬이나 라임 즙을 바른 손등에 소금을 뿌린 다음 술을 마시고 소금을 핥아 먹었다. 강렬한 햇볕을 받으며 독한 테킬라를 마시고 술에 취해 잠들면 땀을 많이 흘려 탈진으로 실신하여 죽는 일이 허다했다. 그래서 테킬라 병에는 작은 소금 한 봉지가 묶여서 판매되기도 했다. 절박한 그들만의 생활의 지혜라 하겠다. 우리나라에서도 이를 모방하여 레몬 조각을 썹고 손등의 소금을 핥은 다음 술을 마시는 특이한 방법 때문에 테킬라가 널리 알려졌다. 물론 순서를 거꾸로 하여 마시기도 한다.

술 이름 '테킬라'의 어원은 스페인어로 '감탄'이라는 의미
인데 샴페인처럼 이 술을 만드는 지역 이름인 '테킬라
(Tequila)'에서 유래되었다.

"테킬라 안에 벌레가 있는 것이 원조냐, 없는 것이 원
조냐?" 하는 논쟁은 지금도 애주가들 사이에서 한 번
은 경험해봤을 것이다. 일반적으로 벌레가 들어 있는 술은 대
표적인 브랜드로 '몬테알반'이 있다. 그 애벌레는 식용으로 용
설란인 아가베 식물에서 살기 때문에 '아가베 웜'이라고 불린
다. 멕시코에서는 병 밑바닥에 가라앉은 벌레를 담은 마지막
잔을 마시는 것은 용감한 남자의 몫으로 여겨 술자리의 주인공
에게 주어 씹어 먹도록 하는 풍습이 있다. 이 벌레는 용설란에
서 잘 자라는 구사노(gusano)라는 나비의 애벌레로 고대 아즈
텍 신관들은 풀케에 이 벌레를 넣어 마셨다고 한다. 애벌레가
변신해 날개를 달고 하늘을 나는 것처럼 우화등선(羽化登仙)
을 원하는 마음 때문이 아닐까.

음료 | Drink

[물(water)] 이게 그냥 물이라면 이게 진짜 워터야!

인간은 주변의 흔하고 넘치게 많은 것에 대해서는 귀한 줄도 모르고 고마워하지도 않는다. 우리 주변에 산재해 있는 공기와 물이 대표적이다. 그런데 이상하게도 주변의 흔한 것일수록 동물이나 식물의 생명을 지탱하는 일과 필수적인 관계가 있는 것은 어찌 된 일일까? 그것은 조물주의 오묘한 섭리라고밖에는 볼 수가 없다.

사람이 살아가기 위해서는 일반적으로 하루 세 끼 밥은 꼭 챙겨 먹어야 한다고 생각한다. 사람에 따라 다르겠지만, 건강을 위해 단식하거나 정치적인 목적 등으로 단식투쟁을 할 때 보면 밥은 상당 기간 굶어도 죽지는 않는다. 그렇지만 단식을 하건 뭘 하건 공기와 물이 없으면 살아남지 못한다. 공기로 숨

쉬고 물만 마실 수 있으면 상당 기간 생명은 지탱할 수 있다. 물은 이처럼 생명을 지탱하고 몸을 유지하는 데 필수적이다. 사람의 몸 대부분을 구성하는 것도 물이다.

봉이 김선달이 대동강 물을 팔아먹었다는 일화도 있지만, 물은 흔하기에 값어치가 없었다. 하지만 그 흔하던 물이 이제는 귀하신 대접을 받는 시대가 되었다. 산이 많고 들이 넓지 않아 물이 어느 곳이나 흔한 우리나라여서 '물 쓰듯 한다'라는 속담이 생겨나기도 했는데, 이제는 과거의 일이 되어 버렸다. 인구가 늘고 산업화가 진행되면서 자연의 오염이 지구촌의 심각한 문제가 되면서 이제는 아무 물이나 함부로 마실 수 없게 되었다.

지구 어떤 나라에서는 석유보다도 물이 비싸다. 길거리에서 보면 이제는 생수를 들고 다니며 필요할 때 마시는 모습을 흔히 볼 수 있다. 백화점에서는 수입한 외국산 생수가 존귀한 몸값을 자랑한다. 물이 필요할 때 공짜로 마시던 시대에서 돈을 내고 사서 마시는 시대가 도래한 것이다. 불과 몇십 년 전만 해도 물을 사서 먹으리라곤 아무도 예상하지 못했다. 이제는 물을 사 먹는 것이 너무도 당연한 세상이 되었다. 그러다 보니 우리가 상상하지 못했던 물이 등장했다. 해양심층수가 등장해서 세간의 주목을 받더니 이제는 만년설이나 고대 빙하를 녹인 물을 팔겠다고 나서는 사람들도 있다. 물보다는 태초라는 시간을 고가에 팔겠다는 상술이라 볼 수 있다.

물의 분자식은 H_2O로 수소와 산소의 결합이다. 물은 지구 표면의 약 71%를 덮고 있다. 물은 주변에서 가장 흔하게 볼 수 있다 보니 세계 여러 나라의 신화에도 자주 등장한다. 성경에서 노아의 방주 이야기 속에서는 조물주가 타락한 인간을 멸하고 지구를 순화하기 위하여 홍수를 선택한다.

고구려의 건국신화 속에서 주몽(추모)은 천제(天帝)의 아들 해모수와 물의 신 하백의 딸 유화의 아들로 태어나는데 물과 깊은 연관이 있다. 그만큼 물은 자연의 생명력, 특히 생명의 탄생과 필수적인 관계를 맺고 있다. 달이나 화성 등 우주를 탐사할 때도 생명체의 존재를 확인하기 위해 가장 먼저 물의 존재 여부를 조사한다.

『논어』의 옹야편에는 '지자요수(智者樂水) 인자요산(仁者樂山)'이란 말이 있다. 지혜로운 사람은 물을 좋아하고 어진 사람은 산을 좋아한다는 뜻이다. 그래서 그런지 사진이나 그림 속에 강이나 폭포가 있으면 왠지 기분이 맑아진다.

인간의 생존과 생리는 물론 심리까지 영향을 미치는 물의 어원은 어디에서 유래되었을까?

15세기 국어에서 물은 '믈'로 나타내고 있으며 신라어에도 勿(믈)이 나타난다. 물은 국어, 몽골어, 만주어, 일본어 등지에서 같은 어원인 것으로 추측된다.

영어의 '물(water)'은 인도유럽 공통기어 'wodr'가 게르만 조어 'wator'가 되었고, 다시 고대 영어로 들어와서 'wæter'

가 되었다가 최종 오늘날의 'water'로 정착되었다.

수십 가지의 생수가 시중에 나오면서 이제는 물을 선택해야 하는 시대에 이르렀다. 겉보기엔 무색, 무미, 무취의 맹물 같은데도 물마다 맛과 특징이 달라서 감별사가 나오기에 이르렀으니 바로 '워터 소믈리에'다.

생수 시장의 규모가 커지고 물에 대한 관심이 높아지면서 생긴 신종 직업으로 여러 가지 물의 특성을 공부하고 맛을 구별해 좋은 물을 추천하는 역할을 한다. 해외에서는 이미 유명 호텔이나 레스토랑에서 요리에 어울리는 물을 추천하거나 물의 성격을 파악해 칵테일을 만드는 워터 소믈리에가 늘고 있는 추세다. 우리나라에서는 한국수자원공사에서 2011년 9월부터 워터 소믈리에 양성 교육을 실시하고 있다.

물맛은 물속에 광물질의 비율에 따라 맛이 달라진다. 칼슘이나 칼륨, 나트륨, 황 같은 물질이 얼마나 섞여 있느냐에 따라 물맛이 다르다. 또 차가울수록 물맛이 좋은데, 온도가 낮아질수록 분자구조가 육각수에 가까워지기 때문이다.

[음료(beverage)] 목마를 땐 다양하게 즐겨라

인간이 살아가기 위해서는 밥 등의 음식 외에도 반드시 필요한 것이 있으니 바로 물이라는 수분이다. 그래서 식사 시간이나 평소에도 몸을 위해서 갈증이 나든 안 나든 수분을 섭취해야만 한다. 그 수분은 여러 종류가 있지만, 대표적인 것이 바로 물이다. 물 이외에도 사람들은 평소에 보리차처럼 기호나 지역에 따라서 다양한 곡물을 넣고 끓인 차, 과일 원액인 주스 종류, 여러 종류의 알코올, 차가운 탄산음료 등을 마신다.

일반적으로 물 종류를 음료수(飮料水)라고 하는데 글자 그대로 해석하면 갈증을 해소하기 위하여 마실 수 있고 먹고 살아가는 데 필요한 음식을 요리할 때 사용할 수 있는 물이라 하겠다. 그래서 통상적인 물도 물이지만, 과즙처럼 수분을 많이 함유해서 마실 수 있는 것도 음료라 한다.

물 종류를 음료라고 표현할 때는 자연 그대로 마시는 물과는 조금은 다르다. 즉, 필요 때문에 그때그때 상황에 맞게 골라 마실 수 있도록 자연 그대로의 상태보다는 기호에 맞추어서 물을 조금은 색다르게 가공한 것이다. 즉, 향이나 영양성분 등 재료에 따라서 혹은 필요에 따라서 만든 물 종류를 음료라고 한다. 이런 음료의 영어 어원은 무엇일까?

음료의 beverage는 라틴어 'bibō'에서 나온 'boivre(마시

다)'가 고대 프랑스어로 유입되어서 'bevrage'가 되었고 다시 영어로 유입되면서 'beverage'로 정착되었다.

[코카콜라(Coca Cola)] 톡 쏠수록 더 상쾌한 당신

콜라는 패스트푸드인 햄버거와 함께 전 세계 사람에게 미국을 대표하는 탄산음료로 엄청난 사랑을 받아 왔고 지금도 전성기를 구가하고 있다. 한때는 펩시와 코카콜라가 마케팅 전쟁을 하면서 널리 알려졌고 사이다 등 다른 청량음료는 감히 명함도 못 내밀었다.

톡 쏘는 탄산과 독특한 향으로 많은 청소년에게 사랑을 받아 왔던 콜라는 '콜라에 이빨을 담가 놓으면 모두 삭아 없어진다'는 등 여러 부정적인 이야기가 있었다.

요즘 웰빙 추세에 따라 학교에서 건강에 해로운 문제를 일으키는 음식으로 지정되어 자판기에서 추방되면서 점점 설 자리를 잃어 가고 있기도 하다. 하지만 피자나 햄버거 등 패스트푸드를 먹을 때 음식의 느끼함(?)을 완화해 주고 마치 삶은 고구마를 먹을 때 김치를 먹듯이 개운하게 해 주는 것이 콜라이기도 하다.

그 콜라의 원조인 '코카콜라'의 탄생 배경을 살펴보자. 약사였다가 남북전쟁에 참전했던 미국 조지아 주 애틀랜타의 남군 장교 펨버튼(John S. Pemberton)이 코카나무의 잎에서는 코카인을, 콜라나무의 열매에서는 카페인을 추출하여 섞었다. 처음으로 맛이 독특하고 향기로운 시럽을 1886년에 만들면서 콜라의 기원이 열리게 되었다.

소다에 약재를 섞어 만든 처음의 콜라는 요즘처럼 즐겨 먹는 음료가 아닌 소화제 대신 약용으로 판매되었다. 하지만 역시 물건은 고안해서 만드는 사람이 있고 그것을 알아보고 장사를 하려는 사람이 따로 있기 마련이다. 콜라의 잠재력을 예감한 아서 챈들러가 콜라의 제조법을 사들이고 1893년 코카콜라를 상표명으로 등록함으로써 본격적인 콜라의 역사가 시작되었다.

콜라의 원료로 사용되는 것 중 코카나무의 잎은 볼리비아 인디언이 평소에 즐겨 씹었던 것이고, 콜라 열매는 서아프리카 원주민이 먹었던 것이다. 이것들을 사용해서 만든 콜라를 초기에는 '모든 두통, 신경 증세, 히스테리, 우울증에 효과가 있고 맛있고 상쾌하며 활력을 주는 음료'라고 홍보했다. 하지만 제품의 유해성이 계속 문제가 되자 1903년에 성분 중 코카인을 제거하고 1973년에는 카페인을 제거하면서 오늘날의 제품이 되었다.

'코카콜라(CocaCola)'라는 이름의 유래는 주성분인 코카인의 '코카' 와 콜라나무의 '콜라' 를 조합해서 만들었다.

코카콜라는 용기 모양 때문에 세간의 주목을 받기도
했다. 요즘 남성들의 이상형인 매혹적인 S 라인 여성
의 몸을 반영했다는 코카콜라의 유리병은 누가 디자인했을까?
미국 조지아 근교의 병 공장에 다니는 루드는 여자 친구의 권
유로 코카콜라 병 모양 현상 공모에 응시한다. 병 모양의 조건
으로는 모양이 멋지고, 물에 미끄러지지 않으며, 보기와는 달
리 콜라의 양이 적게 들어가야 한다는 것이다. 루드는 마침 여
자 친구가 입고 있는 주름치마의 아름다운 곡선과 치마 주름을
보고 영감을 얻어 코카콜라 병을 만들었다. 그래서인지 코카콜
라는 남성에게 선풍적인 인기를 끌었다. 아름다운 여체를 한
손에 꼭 잡고 상쾌한 음료를 마신다는 상상을 한번 해보라.
그러나 코카콜라 병의 진실은 코코넛 열매에 있다. 코카콜라
병은 1915년 인디애나 유리 공장의 사무엘슨과 딘이 고안했다.
당시 테네시 주 지역에서 첫발을 내디딘 코카콜라에는 많은 유
사품이 있었는데, 이것들과 차별화할 병을 디자인하는 일이 시
급했다. 그래서 코카콜라 사는 무엇보다 어둠 속에서 병을 만
져만 보아도 다른 회사의 병과 구별할 수 있는 것을 원했다. 딘
은 병을 만들려고 고심하던 중 코코넛 사진을 보고 힌트를 얻
었다. 밋밋하고 직선적이었던 병에 코코넛 열매의 흐르는 듯한
세로 선을 적용해서 현재의 코카콜라 병 특유의 모양을 만들어
낸 것이다.

[사이다(cider)] 시원함과 청량감의 사이

초등학교 저학년 시절이니까 꽤 오래된 이야기다. 초등학교에서 봄과 가을에 소풍 갈 때는 사이다 한 병에 삶은 달걀 한두 개면 소풍 준비는 완벽하게 끝이 났다. 물론 부잣집 친구들은 먹음직스런 햄을 넣은 김밥을 싸 와서 모두의 부러움을 독차지했다. 그때는 오늘날처럼 가방이 다양하지 않았고 사이다는 워낙 소중한 음료라서 가슴에 품고 가거나 보자기로 싸서 가져갔다. 그 사이다를 가슴에 품고 갈 경우 온도 차이로 인한 압력 때문에 병마개가 터져 옷이 흠뻑 젖는 경우도 간혹 발생했다. 그렇지만 한 모금 마시면 입안 가득히 상쾌함이 퍼지는 이 탄산음료는 음료 자체만으로도 배가 불렀다. 그때는 왜 그렇게 사이다가 맛이 있었는지 모르겠다.

누구에게는 웃지 못할 추억으로 자리 잡고 있는 이 사이다는 언제 어디에서 탄생하였을까? 포도주로 유명한 프랑스에도 포도나무가 잘 자라지 못하는 척박한 땅이 있었다. 그래서 이 지역 사람들은 어쩔 수 없이 포도 대신 사과나무를 재배할 수밖에 없었다. 수확할 시기가 되면 사과 열매를 따서 포도주를 만들듯이 사과주를 담갔는데 '씨드르(cidre)' 라고 불렀다. 사과 향의 달콤한 탄산 술인 이 씨드르에서 사이다가 분화되었고, '씨드르' 가 '사이다' 의 어원이 되었다.

음료 ǀ Drink

이 사과즙을 발효시킨 술인 씨드르는 바다를 건너서 일본으로 전해 내려왔다. 어느 정도 시간이 흐른 다음 일본에서는 씨드르를 모방하여 탄산음료에 사과 향을 섞은 새로운 음료를 만들었고 '사이다'라는 이름을 붙였다. 이 음료가 일본에서 인기를 끌면서 사이다는 무색투명한 탄산음료를 대표하는 이름으로 자리를 잡게 되었다. 우리나라에는 1905년에 이 음료가 들어왔고 사이다가 무색의 탄산음료를 가리키는 일반 명사로 굳어졌다는 것이 정설이다.

사이다의 조상인 '씨드르'의 어원은 '증류주'라는 뜻의 히브리어 'shekhar'인데 라틴어로 유입되어서 'sicera'로, 그러다가 'sisdre'가 됐다. 이 단어가 '사과주'라는 뜻의 고대 프랑스어 '씨드르(cidre)'로 정착되면서 다시 영어의 '사이다(cider)'로 변형되어 오늘날까지 전해진다.

[주스(juice)] 비타민이 최고야!

과일류나 채소류를 손으로 힘을 가하여 짜내거나 믹서 같은 도구를 이용하여 갈아 만드는 음료인 주스는 천연의 액체라 할 수 있다. 주스는 과일이나 채소 본래의 색이 그대로 우러나서 식감도 자극하고 고유의 향과 풍미가 있으며 영양분이 그 대로 있기 때문에 영양도 만점이다. 특유의 향과 풍미를 살려 주는 주스의 재료로는 사과, 오렌지, 포도, 파인애플, 토마토, 체리, 당근, 치커리 등으로 개인의 취향과 건강을 생각하여 만들어 먹기 때문에 다양하다.

주스는 만들 때 본래의 원료만을 이용하는 경우도 있지만, 이 원료에 무엇을 섞었느냐 아니냐에 따라서 그 종류를 분류하기도 한다. 물 등 다른 것은 전혀 섞지 않는 100% 과일 원액으로 만든 주스가 제일 좋은 것이라 할 수 있다. 하지만 이 주스는 맛과 영양이 최고일지는 모르지만, 가격이 비싸다는 단점이 있다. 그래서 가격이나 보관 방법 때문에 원재료 외에 다른 재료인 과일 맛을 비슷하게 흉내 내는 인공의 향료를 섞어 만든 주스 등이 있다.

비타민이 다량 함유되어 건강에도 좋고 맛있는 주스의 어원은 무엇일까?

'주스(juice)'는 '수프, 소스'라는 뜻의 라틴어 'jūs'가 고대 프랑스어로 유입되어서 'jus, jous'가 되었고, 중세 영어로 유입되어서 'jus, juis'가 되어 최종 'juice'로 정착되었다.

알고 먹어야 제맛이 나는

빵,
케익 이야기

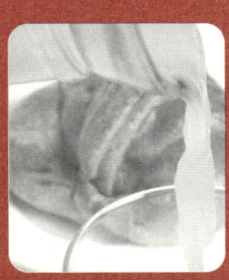

빵 | Bread

[빵(bread)] 하루도 밀가루 없이는 못살아

빵은 서양에서는 주식이지만, 우리나라에서는 간혹 식사대용으로 즐겨 먹곤 한다. 밀가루 등 곡식 가루를 물로 반죽한 다음 그 반죽을 주로 구워서 만들지만, 간혹 찌거나 튀겨 만든 빵이 있다. 빵은 만드는 방법에 따라 분류하면 우리가 아는 대부분의 빵인 발효 빵과 냉동 빵으로 나뉜다.

빵을 언제부터 인간이 만들기 시작했는지 확실하지는 않지만, 역사적으로 살펴보면 최초의 빵은 BC 3000년경 바빌로니아 사람들이 밀가루 반죽을 불에 구우면 밀가루 반죽이 익으면서 부풀어 올라 빵이 된다는 사실을 발견했다고 추측하고 있다. 오늘날과 비슷한 빵이 탄생한 곳은 BC 2000년경 이집트라고 하는데, 분묘의 벽화 등 여러 곳에 밀가루를 반죽하여 빵을 굽는 모습들이 발견된다.

 고대 그리스에서는 기술이 진일보하여 돌과 벽돌을 사용하여 화덕을 만들 수 있었고 이 화덕을 이용하여 오늘날과 비슷하게 빵을 만들어 먹었다.

 로마 시대에 들어와서는 우수한 기술자들이 좋은 재료와 앞선 기술을 이용하여 제빵 기술을 한층 발전시켰지만, 로마제국이 붕괴되면서 제빵 기술도 자연적으로 쇠퇴하였다. 하지만 문예부흥기인 르네상스를 맞으면서 제빵 기술도 다시 한 번 화려하게 부활하면서 발전하게 된다. 그렇지만 이때까지의 제빵 기술은 장인들의 손맛과 정성으로 발달했다고 할 수 있다.

 하지만 빵은 특권층만 먹는 존귀한 음식이었고 일반 서민이 주식으로 빵을 먹은 것은 15세기 르네상스 시대부터라고 한다. 이 말이 사실이라면 조금은 서글퍼진다. 서민은 요리 하나도 먹기가 그렇게 힘이 든다.

 빵이 보다 진일보한 계기는 1683년 네덜란드의 레벤후크가 만든 현미경으로 빵의 발효균인 이스트를 최초로 확인하면서부터 과학적인 제빵 기술의 원년이 열렸다고 볼 수 있다. 이때부터 이스트균의 분리 배양이 가능해졌기 때문에 이스트를 이용하여 빵을 자유롭게 만들 수 있게 되었다.

 '빵(bread)'의 어원에 대해서는 다양한 설이 있는데 대표적인 설을 살펴보자.

 첫째, 인도유럽 공통기어 'bherw-, bhrew-(끓이다)'가 게르만 조어 'braudan'으로 변형되었고 고대 영어로 유입되어 'brēad(빵, 조각)'가 되었다. 이 단어가 중세 영어 'bred, breed'로 되어 최종 'bread'로 정착했다.

둘째, 영어 '브레드(bread)'와 독일어 '브로트(brot)' 그리고 네덜란드어 '브로드(brood)'의 어원은 고대 튜튼어인 'braudz(조각)'에서 유래되어 현재의 '브레드'가 나왔다고 한다.

우리가 쓰는 '빵(pao)'은 그리스어 'pa'와 라틴어 '파니스(panis)'에서 왔는데 포르투갈어로 '파오(pao)', 스페인어로는 '판(pan)', 이탈리아어로 '파네(pane)', 프랑스어로 '빵(pain)'이다. 우리가 쓰는 '빵'은 포르투갈어가 일본으로 전해진 것을 받아들인 것이다.

[스콘(scone)] 스코틀랜드의 운명이 깃든 빵

유럽 본토보다 음식이 발달하지 못했던 섬나라 영국에도 최초로 만든 원조는 여러 가지가 있다. 그중에 밀가루를 이용하여 만든 '스콘'이란 빵이 대표적이다. 처음 영국 여성이 만든 '스콘'은 원래 속을 채우지 않고 살짝 부풀어 오르도록 구워 만든 빵이었다. 최초로 이 빵을 만들었을 때는 겉모양의 질감이 얇고 단단했다. 하지만 시간이 흐르고 과학과 기술이 발달하면서 빵을 만들 때 화학 팽창제와 우유나 버터 등을 섞으면서 지금과 같이 부풀어진 모양의 빵이 되었다고 한다.

이 빵이 '스콘(scone)'이라 불리는 어원적 유래에는 네 가지 설이 있다.

첫째, 게르만 조어 'skaunín, skauniz'가 고대 네덜란드어로 유입되어서 'sconí'가 되었고 다시 영어의 'scone'이 되었다는 설이다.

둘째, 빵 이름이 중세 독일어로 '아름다운 빵'이라는 뜻인 '스쿤브롯(schoonbroot)'에서 유래되어 '스콘'이 되었다는 설이다.

셋째, 스콘은 게르어로 '한입에 들어가는 크기'라는 뜻의 '스곤(sgonne)'에서 유래되어서 '스콘'이 되었다는 설이다.

넷째, 스코틀랜드 왕의 대관식에 사용하던 운명의 돌(일명 스콘의 돌)이 있던 성의 이름인 '스콘'에서 유래되었다는 설이다. 좀 더 자세히 살펴보면 성 페트릭이 "운명의 돌이 있는 곳은 반드시 아일랜드 사람의 자손이 다스리게 될 것이다"라고 예언을 했다고 한다.

그 예언이 실현되어 스코틀랜드를 아일랜드 왕의 자손이 속국으로 만들어서 통치할 때, 이 돌을 스코틀랜드 퍼스의 스콘 성으로 옮기게 되었다. 그러면서 자연스럽게 이 돌은 스코틀랜드 사람들에게는 독립과 자유의 상징으로 가슴과 머릿속에 각인되었다.

하지만 스코틀랜드는 잉글랜드의 지배에 놓이는 신세로 전락했고 1297년 에드워드 1세는 스코틀랜드를 영원히 지배하고 싶은 야욕이 일었다. 그래서 잉글랜드 처지에서는 하찮은 돌 하나지만, 스코틀랜드 인에게는 자유와 독립을 상징하기에 이 돌을 이들에게서 떼어내고 싶었다. 그래서 에드워드 1세는 이 돌을 런던의 웨스트민스터 대성당으로 옮겨 대관식용 왕좌로 만들었다. 한마디로 잉글랜드 왕의 대관식용 돌이니 스코틀랜드 독립과 자유와는 아무 의미가 없다고 하고 싶었던 것이다.

그 후 독립한 스코틀랜드는 이 돌을 되찾기 위해 7세기 동안이나 모든 수단과 방법을 동원해 보았으나 국력이 약하다 보니 뜻을 이루지 못했다. 하지만 지난 1996년 엘리자베스 여왕의 하해와 같은 아량(?)으로 운명의 돌은 다시 스코틀랜드로 돌아오게 되었고 현재는 에든버러 성에 보관 중이다.

한 수 배워 봐!
티푸드 하면 가장 먼저 떠오르는 것이 스콘이다. 영국인은 차 마시는 습관이 있는데, 스콘은 티타임에 빠져서는 안 되는 존재로 현재도 즐겨 먹는 음식이다.

스콘은 스코틀랜드의 시골에서 기원했듯이, 있는 재료로 간단하게 만든 빵이다. 밀가루를 사용해서 만드는데 겉은 바삭하고 속은 부드럽다. 밀가루, 소다, 설탕, 소금으로 반죽한 뒤 우유와 달걀을 첨가하여 밀대로 민 후, 둥글게 잘라서 굽기 전에 달걀흰자를 바른다. 구웠을 때 반죽이 위아래로 갈라져 마치 입을 딱 벌린 상태가 되었을 때가 가장 잘 구워진 것이다. 간단하게 있는 재료로 만들 수도 있지만, 재료를 다양하게 넣어서 다른 빵으로 변형시킬 수도 있다.

[도넛(doughnut)] 남녀노소 누구나 좋아하는 빵

재래시장에서도 흔하게 볼 수 있는 저렴하고 맛있는 간식거리 중 하나인 도넛은 여러 가지 형태로 만든 반죽을 기름에 튀긴 것이다.

그렇다면 도넛은 언제부터 생겼을까? 북유럽의 네덜란드에서는 축제 때 밀가루 반죽 중앙에 호두를 얹은 원형의 튀김과자를 만들어 치즈나 버터와 함께 먹었는데, 이 음식이 도넛의 기원이라고 보고 있다.

당시 기름과 설탕을 주로 사용하는 도넛은 아무 때나 먹고 싶다고 먹을 수 있는 음식이 아니었다. 설탕 자체가 워낙 고가의 사치품이었기에 일반인은 명절에나 구경할 수 있는 귀한 고급 음식이었다.

이 도넛이 전 세계적으로 퍼지게 된 계기는 영국에서 종교 박해를 피해 미국으로 이주해 가던 청교도들이 잠시 네덜란드에 머물면서 이 음식을 먹어 보고 요리법을 배워 미국으로 건너가 만들면서 시작된 것으로 추정하고 있다.

'도넛(doughnut)'의 어원은 크게 두 가지에서 유래했다고 본다.

첫 번째 설은 음식을 만들 때 밀가루 반죽(dough) 위에 견과류(nut)를 얹었기 때문에 자연스럽게 '도우'와 '넛'을 합성하여 '도넛(doughnut)'이란 이름이 파생했다는 설이다.

두 번째 설은 제1차 세계대전 중 구세군이 프랑스에 주둔하고 있던 병사들의 사기를 높이기 위해 빵을 만들어 주었는데, 빵이 맛있다 보니 인기가 있었다. 이때 속어적 표현으로 "보병들(doughboys)이 빵을 매우 즐겼다(nuts)"라고 하는데, 이 말에서 주어와 동사가 합성되어 '도넛'이란 이름이 생겼다는 설이 있다. 하지만 얼핏 볼 때는 첫 번째 설이 설득력이 있어 보인다.

한 수 배워 봐!
그러면 왜 도넛에는 가운데 구멍이 생겼을까?

첫 번째 설은 원조 도넛대로 만들 수 없자 차선의 선택이 그대로 굳어져서 전해졌다는 설이다. 네덜란드의 축제 음식인 도넛을 제대로 만들어서 먹으려면 가운데 호두를 얹어야 모양이 제대로 잡힌 음식이 된다. 하지만 그때 당시 미국에서는 호두를 구하기가 만만치 않았다. 그러자 대안이 없는 사람들은 호두가 있어야 할 자리를 통째로 구멍을 뚫어 날려 버리면서 가운데에 구멍이 생겼다는 것이다. 즉, 호두가 없어서 가운데를 채울 수 없자 그 자리를 통째로 없애 버린 것이다.

두 번째 설은 도넛을 만들던 아이가 음식을 익힐 때마다 매번 발생하는 난제를 해결한 것이 전통으로 굳어졌다는 것이다. 미국의 헨슨 그레고리는 어릴 적 도넛을 만들 때마다 자꾸 가운데 부분이 설익는 상황이 발생했다. 그래서 골고루 익히기 위해서 머리를 백방으로 굴리던 중 아예 문제의 소지가 된 가운데 부분을 제거해서 구멍을 뚫었다는 것이다.

이 구멍 뚫린 도넛이 널리 유행하게 된 것도 항해 도중 폭풍우를 만난 그레고리가 폭풍우를 해쳐 나가기 위해서 먹고 있던 도넛을 키 손잡이에 끼워 놓은 상태로 정신없이 조정했고 파도가 잠잠해진 후 도넛을 빼내 보니 도넛이 온전하게 있었다는 일화에서 비롯됐다. 그의 고향 마을에서는 그레고리가 도넛 구멍을 최초로 발견했다고 공로를 치하하여 그의 이름이 새겨진 동판을 마을에 세웠다. 하지만 미국의 네브래스카 주에서는 법조문에 '도넛에 구멍 뚫지 말라'고 명시할 정도로 구멍 뚫린 도넛이 일반적인 형태는 아니라고 한다.

세 번째 설은 우연한 사고가 만들어 준 생활의 발견이라 할 수 있다. 19세기 미국의 인디언 마을에서 포교활동을 하던 성직자의 부인이 하루는 빵을 만들고 있었다. 그런데 인디언이 쏜 화살이 빵 반죽을 관통하면서 반죽이 끓는 기름 속으로 떨어졌다. 부인이 반죽을 꺼내 보니 항상 덜 익던 도넛 중앙에 화살이 정통으로 맞았고, 오히려 화살로 뚫린 구멍 덕분에 잘 튀겨진

데다가 맛도 좋아서 이후에는 일부러 가운데 부분에 구멍을 뚫어서 만들게 되었다고 한다.

필요는 발명의 어머니라 했던가? 의도하지 않았든 의도했든 간에 도넛의 구멍은 생긴 것이고 오늘날까지 이어지고 있다.

[베이글(bagel)] 승마광 왕에게 감사로 바친 빵

지름이 10㎝ 정도의 크기에 도넛처럼 구멍이 있어서 '도넛인지 아닌지' 사람들을 헷갈리게 하는 '베이글'은 씹을수록 담백한 맛이 나는 황금색의 빵이다. 도넛을 좋아하는 사람들이 아무 생각 없이 착각하여 집게 되는 도넛의 사촌 빵이라 할 수 있다.

바게트가 파리지앵을 상징한다면, 베이글은 뉴요커를 상징한다. 오스트리아 혹은 폴란드에서 만든 베이글이 왜 미국의 국민 빵이 되었는가에 대해서는 두 가지 설이 있다.

첫 번째 설은 미국인이 건강에 관심을 두면서 자연스럽게 사랑받는 빵이 되었다는 설이다. 미국 하면 탄산음료와 패스트푸드가 세계 최고로 발달한 나라다. 운동량은 부족한데 시도 때도 없이 사람들이 먹어대니 몸은 그야말로 마음껏 부풀어

오르게 된다. 급기야 비만이 각종 병을 유발하며 미국 사회의 골칫거리로 부각되면서 사람들은 몸에 좋은 음식을 찾게 되었다. 그에 대한 답으로 미국인에게 살이 찌지 않으면서도 건강에 좋은 빵으로 베이글이 인식되어 널리 퍼지게 되었다.

두 번째 설은 먹는 사람이 많아져서 널리 보급이 됐다는 설이다. 베이글을 처음으로 만들었고 즐겨 먹는 유대인이 미국에서 그 수가 늘어나면서 자연스럽게 이 빵이 주변의 다른 사람들에게까지 널리 퍼지게 되었다는 설이다.

베이글을 만드는 재료는 밀가루, 이스트, 물, 소금이 전부다. 일반 빵이 오븐에서 직접 구워내는 것과는 달리 베이글은 이스트를 넣어 부푼 반죽을 끓는 물에 한번 데쳐 겉을 익힌 후 오븐에서 재차 구워낸다.

켄터키 치킨의 유래를 보면 재미있다. 튀긴 치킨을 사서 광활한 미국 고속도로를 아무리 세게 액셀러레이터를 밟아도 집에 도착하면 치킨은 이미 싸늘해지기 마련이었다. 이 싸늘해진 무수한 닭고기를 버릴 수도 없고 해서 다시 튀기게 되었는데, 그 맛이 한 번 튀긴 것보다도 더 맛이 있어서 그때부터 닭을 일부러 두 번 튀겼다는 것이다. 베이글도 두 번을 조리해야 하는데 그래서 더욱 많은 사람의 사랑을 받는 맛있는 빵이 되었나 보다.

'베이글(bagel)'의 어원적인 유래를 보면 두 가지 설이 있다. 첫 번째 설은 게르만 조어 'baug-(고리)'가 고대 독일어

'boug'가 되고 중세 독일어 'bouc, boug-(고리)'에 접미사 '-il'이 합성되면서 이디시어인 'beygl'로 변화되었다. 이 말이 영어로 유입되어서 '베이글(bagel)'로 최종적으로 정착되었다.

두 번째 설은 말을 탈 때 발로 디디는 승마용 등자를 뜻하는 오스트리아어의 '뷰겔(beugel)'과 독일어 '뷔겔(bugel)'에서 베이글이 유래가 되었다는 설이다.

한 수 배워 봐!

베이글은 약 2천 년 전에 유대인이 처음으로 만들었고 지금도 평소에 즐겨 먹는 빵이다. 이 빵은 유대인의 검소함이 탄생시킨 음식이었지만, 우리 기준으로는 2%가 부족했는데 다름 아닌 가운데 있어야 할 구멍이 없었다. 구멍 없는 생소한 이 빵이 우리가 알고 있는 지금의 구멍 뚫린 도넛 모양의 형태로 만들어진 유래는 무엇일까?

베이글은 1610년 폴란드에서 처음으로 만들었다. 당시 오스트리아와 터키가 치열하게 전쟁 중이었는데, 오스트리아가 전쟁에서 점차 불리해지자 인접국인 폴란드에 살려 달라고 지원 요청하였고 이들의 기마병 참전으로 전세를 역전하면서 전쟁에서 승리할 수 있었다. 오스트리아 황제는 위기에 빠진 국가를 구해 준 감사의 뜻으로 폴란드 왕에게 여러 가지 선물을 준비했다. 그 중의 하나가 유대인 제빵업자를 시켜서 말을 탈 때 발로 디디는 등자와 비슷한 모양으로 빵을 만들어 폴란드 왕에게 선물했는데, 이 빵이 지금의 베이글 모양이 된 것이다.

[크레이프(crepe)] 사랑하는 여인에게 바친 빵

'크레이프(crepe)' 혹은 '크레페(crêpe)'는 얇게 구운 팬케이크로 주재료는 밀가루와 곡물가루이며 우유, 버터, 약간의 소금을 이용해서 만든다. 프랑스에서는 16세기부터 이 케이크를 만들어 먹기 시작했는데, 17세기에 와서야 일반 가정에서도 만들어 먹을 정도로 보급되었다.

이 음식은 팬에 잔주름이 만들어지도록 얇게 구운 것으로 다른 것을 첨가하지 않고 그냥 먹기도 하고, 초콜릿이나 잼 등을 따로 넣어 말아 먹기도 한다. 햄이나 채소 등 다양한 음식을 첨가하여 식사 대용으로 간편하게 먹을 수 있기 때문에 프랑스인의 사랑을 받고 있다. 식당이나 가판대에서 크레이프를 만들거나 만들어 파는 사람을 '크레페리(crêperie)'라고 부른다.

그렇다면 누가 어디에서 처음으로 이 음식을 만들어 먹었을까? 크레페는 프랑스의 브르타뉴 지역에서 처음 만들어 먹기 시작했는데 그 이유를 알고 나면 가슴이 아프다. 주식인 빵을 많이 먹기 위해서는 밀농사가 잘 되어야 하는데, 그 지역은 땅이 척박하여 밀이 잘 자라지 못했다. 그러다 보니 밀가루는 부족하게 되고 부족한 만큼 다른 재료를 첨가하여 요리를 만들 수밖에 없었다. 그래서 할 수 없이 밀가루에 다른 재료를 보충하여 만들게 된 것이 크레페라 한다.

이 음식의 어원에 대해서는 두 가지 설이 있다.

첫째, 크레페가 본래 프랑스어지만, '둥글게 말다'라는 뜻의 라틴어인 'crispus'에서 유래되어 고대 불어 'crespe'로 되었고 다시 'crepe'가 되었다는 것이다.

둘째, '바삭바삭한'이라는 뜻의 중세 영어의 '크리스프(crisp)'가 잘못 전해져서 '크레이프'가 되었다고 한다.

한 수 배워 봐!

크레이프는 거리에서 쉽게 사 먹을 수 있는 음식이다. 그런데 호텔에서나 맛볼 수 있는 고급 크레이프가 있다. 바로 크레이프 수제트다. 크레이프에 수제트란 이름이 붙은 유래가 재미있다.

첫 번째 설은 요리사의 실수가 이 요리의 이름을 탄생시켰다는 설이다. 옛날 영국 황태자 에드워드의 요리사가 어느 날, 초대된 손님들을 위한 요리를 준비하던 중 크레이프 소스를 만들다가 과일 술을 엎질러서 소스에 불이 붙으면서 그만 소스를 망치게 되었다. 옆에서 보고 있었던 헨리 카펜터는 식사 시간이 다 되었기 때문에 어찌할 바를 몰라서 사색이 되었다. 하지만 별수가 없는 그는 다른 음식을 또다시 만들 시간도 없고 해서 그냥 그 소스를 이용하여 크레이프를 만들어서 황태자에게 식사로 제공하였다.

헨리 카펜터 처지에서는 가슴을 쓸어내리며 식사를 바쳤지만, 결과는 전혀 다르게 나왔다. 그 음식을 맛본 황태자는 매우 맛있고 독특해서 깜짝 놀랐다. 황태자는 그날 파티에서 옆에 앉은 수제트 부인의 환심을 끌려고 그 맛있는 요리에 부인의 이름을 따서 '크레이프 수제트'라고 부를 것을 제안하였고 그때부터 '크레이프 수제트'란 이름이 지금까지 이어지고 있다고 한다.

두 번째 설은 짝사랑하는 연인에게 바쳤던 정성스런 음식 때문에 이름이 파생되었다는 설이다. 프랑스 파리의 국립극장인 코메디 프랑세즈에서는 항상 공연이 있었다. 그곳에서 공연하는 연극 작품 중 단역으로 크레이프를 먹는 역을 하는 수제트란 무명의 여배우가 있었다. 그녀를 혼자서 몰래 좋아하게 된 한 요리사가 있었는데, 그는 짝사랑하는 수제트를 위하여 본인 나름대로 온 정성을 쏟은 최고의 크레이프 요리를 만들어 매일 수제트에게 갖다 줬다. 시간이 흘러서 유명 여배우가 된 수제트는 그때를 잊지 않고 그 요리사에게 답례로 자기 이름을 요리에 붙일 것을 허락하여 '크레이프 수제트'가 되었다고 한다. 이 두 가지 설 모두 어찌 되었던 요리 이름에 '수제트'가 붙은 이유는 여자의 환심을 사려는 남자의 간절함이 있었기 때문이다.

[토스트(toast)] 굽고 또 굽네

시장이 반찬이라고 요리를 못하거나 재료가 마땅치 않을 때 대부분의 사람이 간편하게 먹는 음식 중의 하나가 토스트다.

토스트는 얇게 자른 빵이나 식빵을 프라이팬이나 토스트 기기 등으로 열을 이용하여 노릇노릇하게 구운 빵이다. 빵 자체만으로는 맛이 밋밋하기 때문에 딸기 잼을 바르거나 토마토, 샐러드나 베이컨, 햄 등 자신의 취향에 맞는 재료를 선택해서 가운데 넣고 쌓아서 같이 먹는다.

다른 한편으로 토스트에는 여럿이 술을 마실 때 외치는 '건배' 라는 의미도 있다. 그렇다면 '토스트(toast)' 의 어원은 어디에서 유래되었을까?

첫 번째 설은 라틴어 'tostus(굽다, 볶다)' 가 고대 프랑스어 'toster' 가 되었고 영어의 '토스트(toast)' 로 정착되었다고 한다.

두 번째 설은 'torrere(굽다, 타다)' 에서 유래한 12세기 통속 라틴어 'tostare' 가 어원이라는 설이다. 이 단어가 고대 프랑스어 'toster(굽다)' 로 되었다가 다시 중세 영어 'toast' 로 변화하여 최종 정착이 되었다고 한다. 1430년경부터 토스트가 '구운 빵' 이라는 의미로 쓰이기 시작했다.

[샌드위치(sandwich)] 도박하기 위해 백작이 만든 빵

　얇게 썬 두 빵 사이에 고기, 치즈, 채소 등을 넣은 음식인 샌드위치는 집에서 식사를 거르고 출근하는 바쁜 직장인들의 아침을 간편하게 해결해 주는 정말 고마운 음식이다. 직접 만들어 먹거나 만들어 파는 사람에 따라서 속의 내용물은 그야말로 셀 수도 없이 다양하다.

　샌드위치는 언제 생겨났을까? 그 기원을 추적하려면 섬나라 영국으로 가야 한다. 18세기 초 영국의 초대 해군 제독을 지낸 존 몬터규 샌드위치(John Montagu Sandwich) 4세 백작은 한마디로 도박광이었다. 그는 카드놀이를 매우 좋아했는데 식사 시간에도 테이블을 떠나지 않고 카드를 즐겼다. 극단적으로 표현하면 식음을 전폐하고 도박을 즐기는 부류에 속했다고 할 수 있겠다.

　하루는 식사 시간이 되자 카드놀이는 계속되어야 하기에 주방에서 속전속결로 호밀 빵의 가운데를 자르고 팬에 구워서 채소와 베이컨을 넣고 덮은 다음 테이블에 와서 먹으면서 게임을 계속해서 즐겼다(일설에는 그가 직접 빵을 만든 것이 아니라 하인이 만들어 주었다고도 한다).

　당시 이런 방식으로 먹는 빵은 상류사회에서는 듣도 보도 못한 기상천외한 것이었기에 그것을 신기하게 여긴 귀족들이 같은 방법으로 만들어 먹으면서 이 요리법이 전파되었다.

그런데 이런 형태로 먹는 것은 그때가 최초가 아니라 이미 로마 제국 시대에 로마인이 이와 유사한 음식인 '오풀라(offula)'를 만들어 먹기 시작했다는 설도 있다. 또한 옛날 러시아에서도 오-되브르(전채)로 오픈 샌드위치를 만들어 먹었다고 한다. 독일에서는 작은 빵에 고기나 소시지를 끼워 먹는 것을 '벨렉테스 브뢰트헨(belegtes Brotchen)'이라고 불렀다.

우리가 요즘 먹는 샌드위치는 만드는 사람에 따라서 종류가 무수히 많아서 딱히 무엇이라 정의할 수가 없지만, 미국식이라 할 수 있다. 미국에서는 치즈를 사용하는 경우가 많은데 달걀을 넣은 샌드위치는 서부 개척 시대에 최초로 먹기 시작했다고 한다. 영국식이든 미국식이든 처음에는 단순했던 샌드위치의 내용물이 점차 시간이 흐르면서 발전했고 각국의 기호에 따라 먹는 방법도 다른데, 19세기 말부터 그 종류도 다양해졌다. 요즘은 웰빙 추세에 따라서 고기보다는 다양한 채소류가 들어간 샌드위치도 많아졌다.

우리는 흔히 어떤 일이 있을 때 방점을 찍는다고 한다. 역사는 돌고돌아서 훨씬 이전에 그 누군가가 이미 했을지라도 그것을 후대에 누군가가 강력한 방점을 찍으면 그 사람의 것이 된다. "너 자신을 알라!"란 말은 그리스 철학자 소크라테스가 직접 한 명언으로 알고 있지만, 이미 델포이 신탁에 쓰인 말을 단지 인용했을 뿐이다.

두 개의 빵 사이에 자기가 좋아하는 재료를 넣어 먹는 음식을 '샌드위치'라 부르게 된 유래는 처음 만들어 먹은 백작의 이름을 따서 '샌드위치(sandwich)'라 명명했다. 그가 처음 만든 음식은 아니지만, 어찌 됐던 그에게서 전파되었기에 그의 이름을 따게 되었다. 또한 그가 살았던 도버 해협에서 북쪽에 있으며 인근에 캔터베리가 있는 영국 남동부의 항구 도시의 지명도 '샌드위치'로 이름이 붙여져서 현재까지 이르고 있다.

[피자(pizza)] 삼색 국기를 얻은 빵

피자는 가볍게 직장 동료나 친구 혹은 가족끼리 탄산음료와 함께 즐기는 외식 대표 메뉴다. 한 끼의 식사로 충분한 피자가 우리나라에서 지금처럼 사람들의 입에 오르내리는 것은 처음인 것 같다. 대형 마트에서 저렴한 피자를 내놓고 다른 기업에서 저렴한 치킨까지 나오면서 사회에 상당한 반향을 일으켰다. 아무튼 우리가 맛있게 먹고 있는 피자는 현재 외국 브랜드와 토종 브랜드 간에 경쟁이 무척 심하다.

피자는 언제 어디에서 유래되었을까? 피자는 세계 3대 미항인 이탈리아 항구도시 나폴리에서 처음 시작되었다고 알려졌다. 하지만 피자와 비슷한 음식은 이탈리아 중서부의 고대국가 에트루리아 인이 만들어 먹었는데 이들이 만들어 먹었던 음식에서 피자가 유래되었다는 설이 있다. 에트루리아 인은 빵을 맛있게 먹으려고 여러 가지 재료를 빵 위에 올린 다음 구워서 접시에 담아 먹었다고 한다. 그 후 그리스 인이 남부 이탈리아를 침략하여 식민지화했을 때 에트루리아 인의 먹는 방식을 흉내 내어 그들처럼 빵 위에 여러 가지를 올린 다음 구워 먹기 시작했다고 한다.

바로 여기에서 피자의 '원조'에 대해서 사람들이 궁금해하고 주장도 다르게 나온다. 지금의 것과는 형태가 많이 달랐다고 하더라도 에트루리아 인이 먹은 것을 피자로 본다면 이탈리아가 원조고, 그리스 인이 나폴리 지방에서 발전시켜 먹은 것을 피자의 원조로 본다면 그리스가 원조다. 원조를 나라로 따지고 보면 헷갈릴지라도 지역적으로는 이탈리아가 확실하다.

그렇지만 세상에 피자를 널리 전파한 것은 그리스 인이 아닌 로마 인이다. 시저를 필두로 유럽 대부분을 손아귀에 넣은 로마 제국은 군대만 보낸 것이 아니라 그들의 문화도 전파했다. 많은 신전과 목욕탕 등 아직도 유럽 전역에는 로마의 문화 유적이 산재해 있다. 로마 인은 로마가 지배하는 모든 식민 지역에 자신들이 즐겨먹는 음식인 피자도 전파했다. 지배층인 로마 인이 먹으니 그 나라 사람들도 처음에는 호기심으로 먹어

보았겠지만, 맛이 있어 계속해서 먹다 보니 정착한 것이다.

그 후 시간이 흘러 20세기에 들어와서 미국으로 건너온 이탈리아 이민자들이 당시에 미국에서는 볼 수 없었던 빵을 만들어서 사람들에게 팔기 시작했다. 이탈리아 상인들은 바로 반죽 위에 토마토 퓌레, 향신료, 잘게 간 치즈 등을 올려서 빵을 구워 피자로 만들어 상품으로 내놓았다. 처음에는 소수 사람의 입맛을 길들이고 더 나아가서 많은 사람이 먹을 수 있게 만든 대중화의 주역이라 할 수 있겠다.

오늘날 우리가 피자 전문점에서 시켜 먹는 피자의 형태는 1905년 롬베르디가 뉴욕에서 피자 집을 최초로 시작하면서 기원했다고 하는데, 이제는 우리나라에서도 많이 확산되어 주위에서 흔하게 피자 전문점을 볼 수 있다.

피자의 유래와 어원에 대해서는 네 가지 설이 있다.

첫 번째 설은 고대 그리스어 'pissa(pitch)'가 비잔틴 시대의 그리스어 'pitta(파이, 케이크)'로 변했고 이 말이 이탈리아어 'pizza'가 됐다는 설이다.

두 번째 설은 피자가 그리스에서 전래되었다는 것으로 바짝 눌려진 동그란 빵인 '삐따(pitta)'에서 '피자'가 왔다는 설이다. 많은 이탈리아 남부 도시에서는 그리스 인이 와서 자국의 식민 도시로 만들었는데, 그리스어로 네아폴리스, 즉 새로운 도시라는 뜻의 나폴리 역시 그리스 인이 세운 도시이다 보니 피자가 그리스에서 왔다는 설이다.

세 번째 설은 다소 난해한 설로 고대 이탈리아어(혹자는 영어라고 주장)의 'a point'가 'pizza'의 어원이 되었다는 설이다. 그 후 이 단어가 'pizziare(집어 으깨다)'라는 의미의 말로 변화됐는데, 이 'a point'란 단어는 BC 1000년경에 나폴리의 지방에서 새로 생긴 사투리라고 한다. 결국은 나폴리의 지방 사투리가 피자란 단어로 정착했고, 그리스 인이 보고 배운 것도 남부 이탈리아이기 때문에 오늘날 피자의 탄생지가 이탈리아라고 많은 사람이 생각하고 있다.

네 번째 설은 옥스퍼드 사전의 정의로 'pie'를 의미하는 이탈리아 고유어 'pizza'가 지금까지 이어져 오고 있다는 설이다.

한 수 배워 봐! 지금처럼 현대적 특성을 갖춘 이탈리아 피자는 1889년에 탄생했다. 1889년 이탈리아 사부아의 여왕 마르게리타가 나폴리를 방문했을 때, 나폴리의 피자 장인인 돈 라파엘 에스폰트가 왕비에게 경의를 표하기 위해 평평한 빵 위에 빨간 토마토, 하얀 모차렐라 치즈와 초록색 바질을 얹은 피자를 진상했다. 이 세 가지 주재료의 색인 빨간색, 흰색, 초록색은 이탈리아 국기의 삼색 띠를 형상화한 것이다. 이것이 현재 피자의 가장 일반적인 원형이다. 여기에서 유래해 빵 위에 토마토 소스와 치즈만 올라간 피자를 '마르게리타 피자'라고 부르는 전통이 생겼다.

[와플(waffle)] 요리사의 역발상으로 태어난 빵

겉모양이 마치 꿀벌 집 모양으로 생겼고 바삭바삭하며 아침 식사뿐만이 아니라 디저트로도 인기가 높은 가벼운 과자 종류가 바로 와플이다.

와플의 기원에 대해서는 여러 설이 있다. 술에서는 칵테일이 기원의 종류가 많다면 빵에서는 와플이 만만치 않다.

첫 번째 설은 역사학자의 주장에 따른 것으로 와플과 유사한 음식은 이미 2,000년 전부터 중국에서 만들어 먹었다고 한다. 재료로 쌀이나 콩 등을 이용하는데, 이 음식이 유럽으로 전해져서 오늘날까지 이어지고 있다는 것이다.

두 번째 설은 고대 그리스 인에게서 와플이 유래되었다는 설이다. 그리스 인은 두 개의 금속판 사이에 반죽을 넣고 불을 이용하여 케이크를 구워 먹었다. 이 방법은 우브로이어 (oubloyeurs : 우브리를 만드는 사람)에 의해서 명맥이 끊이지 않고 중세 시대까지 이어졌다. 참고로 '우브리(oublies : 라틴어 오브라타(oblata)에서 파생)'는 뿔 모양으로 말거나 말지 않은 페이스트리 과자를 지칭한다.

하지만 시간이 지나면서 천편일률적으로 두 개의 금속판에 구워 먹었던 같은 모양의 우브리에 싫증이 난 사람들은 모양을 변형하고 싶어졌다. 다른 형태로 구워 먹어 보고 싶다는 발상 때문에 장인들은 틀에 대한 변형을 시도한다. 이 변형이 1200년대에 와서야 벌집 모양으로 된 와플 틀이 만들어지게 되었고 여기에 반죽을 넣고 만든 음식이 '우브리' 대타로 불린 '와플'이라는 것이다. 이 와플이 14세기 중반 시작되어 영국, 프랑스, 독일, 네덜란드 등 유럽 각국으로 퍼져 나가기 시작했다고 한다.

세 번째 설은 '와플'이 '웨이퍼(wafers)'에서 유래되었다는 설이다. 웨이퍼는 특이한 모양이 새겨진 도장으로 무늬를 찍듯이 만드는 작고 얇은 앙증맞은 과자다. 가톨릭에서 이 과자가 성찬용이었기 때문에 영국에서는 종교개혁 이전까지는 사용하지 않았다고 한다.

네 번째 설은 청교도가 네덜란드에서 먹었던 과자의 이름에서 와플의 이름이 파생되었다는 것이다. 1620년에 메이플라워호를 타고 종교 박해를 피해 영국을 떠나 미국의 플리머스(Plymouth)로 향하던 청교도는 네덜란드에서 잠시 휴식을 취하게 되었다.

이들은 중간 기착지인 네덜란드에서 배고픔을 달래기 위하여 음식을 찾던 중 난생 처음 이 나라의 특이한 과자를 먹어보게 되었다. 이들은 처음 맛본 과자를 미국으로 가지고 와서 계속해서 만들어 먹게 되었는데, 이 과자의 당시 이름이 '더치 와펠(dutch wafel)'이었다. 이 더치 와펠에서 '와플'이 파생되었다는 주장이다.

다섯 번째 설은 팬케이크(pan cake)를 만들려다 한눈을 파는 바람에 '와플(waffle)'이 만들어졌다는 설이다. 시간은 1734년까지 거슬러 올라가야 한다.

그해 어느 날 런던의 작은 식당에서 일하던 요리사가 스테이크와 팬케이크 요리를 만들기 위하여 준비 중이었다. 그는 스테이크용 고기를 부드럽게 하려고 막대기로 두드리고 있었는데 찾아온 부인이 말을 걸자 부인 쪽을 보면서 응대했다. 이 과정에서 그는 고기가 아닌 팬케이크 반죽을 자기도 모르게 두드리게 되었다(다른 설에는 막대기가 아닌 망치로 반죽을 두드렸다는 설도 있다). 그 잠깐의 방심으로 반죽에 막대기 무늬가 생기자 처음에는 팬케이크를 망쳤다고 생각했다.

하지만 그는 또 다른 역발상을 꿈꾼다. 그는 오히려 팬케이크에 생긴 무늬 때문에 시럽이나 소스를 뿌리면 바닥으로 흘러 낭비됨이 없이 반죽 위에 잘 고일 것으로 생각했다. 실제로 부어 보니 만족스러웠다.

잘 구워진 새로운 모양의 팬케이크에 시럽을 뿌려서 맛을 보고는 새로운 요리를 발견했다는 사실에 요리사는 흥분하였다. 이 사실을 아내에게 이야기하려고 주방에서 뛰어나가던 요리사는 미끄러운 바닥에 넘어지면서 목뼈가 부러져 그 자리에서 유명을 달리했다.

그 후 생활이 어려워진 요리사의 아내는 제임스 쇼니(James Shoney)에게 남편이 새롭게 발견한 요리법을 이야기하게 되었고, 구미가 당긴 쇼니는 그 아이디어를 사서 1735년 2월에 레스토랑을 열었다. 성공하는 사람이 있으면 그 성공을 따라 하는 사람들도 많아지게 된다. 쇼니는 와플이 크게 성공하여 많은 돈을 벌었지만, 파리 떼처럼 달려들어 그 아이디어를 도용한 후발 레스토랑의 저가 제품에 밀려 결국은 전 재산이 거덜 나고 말았다.

이 맛있는 '와플(waffle)'의 어원을 살펴보자.

첫 번째 설은 고대 독일어 'waba, wabo(honeycomb)'가 중세 독일어에서 'wāfel'로 변형되는데, 이 단어가 네덜란드어 'wafel'이 되면서 1,700년대에 영어로 차용되어 현재의 '와플(waffle)'로 정착했다.

두 번째 설은 고대 독일어 'waba, wabo(honeycomb)'가 고대 프랑스어 'wafla'로 유입되어 12세기에 프랑스어 '고프르(gaufrier: 와플 굽는 틀), 고프레(gaufre: 압형의 무늬, 꿀벌 집)'로 변형되었다. 이 단어가 영어로는 'waffle irons(와플 틀)'인데, 여기에서 와플이 나왔다고 주장하는 설이다. 첫 번째 설은 무리가 없는데 두 번째 설은 와플과는 다소 연관되지 않는다.

와플의 종류는 사람에 따라서는 더 다양하게 분류를 하지만 크게 보면 벨기에식과 미국식으로 나뉜다. 벨기에식은 전통적으로 이스트로 발효한 반죽에 달걀흰자를 넣어서 만든다. 이 와플은 달지 않기 때문에 단 것을 좋아하는 사람들은 맛있게 먹으려고 과일과 크림 등을 얹어서 먹는다. 이 벨기에 와플이 1964년 뉴욕 세계 박람회에 처음 선보였을 때 선풍적으로 인기를 끌었다.

미국식은 이스트 대신 베이킹파우더를 넣어 반죽하고 설탕을 넣은 시럽을 뿌리기 때문에 무척 달게 느껴진다. 요즘 우리가 음식점에서 커피와 함께 아침 또는 브런치로 많이 먹는 것이 바로 미국식 와플이다.

케이크 | Cake

[케이크(cake)] 축하할 일이 있을 때는 나를 기억하라

케이크(cake)는 주재료인 밀가루에 달걀, 맛을 내기 위한 설탕과 소금 그리고 부재료인 우유와 생크림, 베이킹파우더 등 여러 재료를 맛있게 혼합하여 팬이나 오븐에 구운 것이다. 만드는 사람에 따라서 다양한 재료를 넣거나 빼고 수많은 디자인으로 화려하게 만들기 때문에 그 종류를 외우고 세는 것은 쉬운 일이 아니다.

예전에 케이크는 생일 같은 특별한 기념일에만 먹었다. 그래서 가족이나 친구의 생일에 케이크를 하나 사서 가노라면 케이크를 든 어깨에 힘이 들어갔는데, 이제는 각종 기념일뿐만 아니라 축하하기 위해서 챙기는 팔방미인의 필수품이 되어서 희소가치가 많이 떨어졌다. 다양한 기념일에 두루 쓰이는 이

케이크는 언제 어디에서 만들었고 케이크라는 용어로 탄생하였을까?

처음으로 케이크와 유사한 모양의 제품을 만들어 먹기 시작한 곳은 이집트로 알려진다. 하지만 당시 이집트에서 만들어 먹었던 케이크는 과당과 꿀을 넣어 절임한 과일과 천연얼음으로 만든 일종의 셔벗이었고 지금과는 달랐다고 한다. 시간이 흐르면서 만드는 방법도 많이 발달하여 8~9세기 그리스에서는 달걀과 기름을 이용하여 수많은 종류의 케이크를 만들었다고 한다. 이들 그리스 인이 만든 케이크의 종류가 많다 보니 부르는 이름도 수없이 많았으리라 추측해 볼 수 있다.

하지만 이 시대에 혼용되어 쓰이던 빵과 케이크의 명칭이 명쾌하게 분류되어 확실히 편이 갈라진 것은 로마 시대라 한다. 11~13세기에 이르러서는 동서양의 기독교계와 이슬람계가 대충돌했던 십자군 전쟁에 참여했던 기독교계 사람들이 당시 중동에서 설탕이나 향신료를 처음으로 경험하고, 그것을 유럽으로 가지고 와서 케이크에 사용하면서 유럽 케이크가 질적으로나 맛으로나 이전의 것들보다 훨씬 진보하였다.

우리나라의 시래기처럼 하층민인 서민들이 즐겨 먹던 음식이 몸에 좋은 음식으로 인식되어 상류층까지 파급되는 경우도 있지만, 진기한 음식은 대부분 사회 지도층인 상류층에서 보편화된 다음에 하류층으로 전해 내려오게 마련이다. 누구나 먹기를 원하지만 아무나 먹을 수 없었던 부유층의 전유물인 케이크가 산업혁명 이후에 드디어 보편화되면서 보통 사람들도 먹을 수 있게 되었다. 20세기에 들어서야 케이크가 다양해지고 전 세계화가 실현되어 어느 정도 수준이 되는 모든 나라의 사람들은 다 먹을 수 있는 음식이 되었다.

'케이크(cake)'의 어원은 대표적으로 두 가지가 있다.

첫 번째 설은 '둥근 형태'라는 뜻의 인도유럽 공통기어 'gog'가 게르만 조어 'kakan'으로 변형되었고 고대 네덜란드어로 유입되어 'kaka'가 되었다. 이 단어가 중세 영어로 유입되어 'cake'으로 정착했다.

두 번째 설은 고대 튜튼어/아이슬란드어인 'kaka'가 13세기 영어로 유입되어 'kake'가 되었고, 다시 'cake'로 변화하여 오늘날까지 이어지고 있다는 설이다. 같은 어원에서 나온 것이 독일의 'kuchen'이며 프랑스어인 'gâteau(케이크, 과자)'는 라틴어 'astare'에서 'gâter'로 변화했고, 다시 'gâterie(과자 선물)'로 진화되어서 오늘날의 'gâteau'로 자리 잡았다고 한다.

한 수 배워 봐! 그렇다면 사람들은 왜 생일이나 기념일에 케이크에 촛불을 밝혀 가며 챙기게 된 걸까? 여기에는 다양한 설이 있겠지만, 인류학자들의 주장을 따르면 생일에 케이크를 준비하고 그 케이크 위에 초를 세워 불을 붙여 축하해 주는 풍습은 중세 시대부터 자연스럽게 생겨났다고 한다. 중세 독일 농민들은 자기 자식들의 생일에 케이크와 초를 준비하여 축하해 주었는데, 이 행사가 오늘날 생일 축하의 시발점이라고 한다. 다른 나라 사람들이 보기에는 독일 농민들의 그 축하 행사가 무척이나 진기하고도 의미 있는 의식이었다. 그래서 각국에서 그 행사를 하나둘 모방하기 시작했고 이제는 전 세계 사람들이 생일에 촛불과 케이크를 준비하지 않으면 무엇인가 빠진 듯한 허전함을 느끼게 된다. 독일의 작은 행사 하나가 전 세계적으로 파급되어 인류 공통의 행사가 된 것이다.

[브라우니(brownie)] 고마운 요정을 위한 케이크

까만색에 가까운 짙은 밤색의 빵인 브라우니의 국적은 영국이다. 이 빵은 땅콩, 아몬드와 같은 견과류와 초콜릿 등이 들어있어 한마디로 맛과 영양을 한방에 해결했다. 풍부한 영양에 맛도 좋아 사랑을 받지만, 무엇보다도 질감이 독특한 고급 케이크이기 때문에 많은 사람이 즐겨 먹고 좋아한다.

이렇게 사랑스러운 빵인 '브라우니(brownie)'라는 이름은 어디에서 왔을까?

첫 번째 설은 완성된 이 케이크의 색이 '갈색(brown)'이기 때문에 빵의 색에서 이름이 유래되었다는 설이다.

두 번째 설은 민담에 나오는 요정 이름인 '브라우니(brownie)'

에서 유래되었다는 설이다. 영국과 스코틀랜드 민담에 등장하는 브라우니는 작고 부지런한 귀여운 요정으로 우리나라 민담에 나오는 꼬마 도깨비와 유사한 존재다. 이 요정들은 집안 사람들 모두가 잠이 들었을 때 우렁각시처럼 몰래 와서는 청소를 하거나 설거지를 하는 등 집안일을 해 주었다. 사람들은 친근하고 호의적인 요정들에게 고마움의 답례로서 빵과 크림과 우유를 남겨 두었다. 요정에게 주기 위하여 남기는 과자인 초콜릿 케이크를 이들의 이름을 따서 '브라우니'라고 했다고 한다.

[시폰케이크(chiffon cake)] 우아하고 부드러운 케이크

먹을 때 너무 부드러워 입안에서 마치 비단처럼 느껴지는 '시폰케이크'는 스펀지케이크(카스텔라)에 생크림을 발라서 만든다. 이것을 만들 때는 식물성인 샐러드 기름을 사용하는데, 식물성 기름은 불포화 지방이 많아서 동물성인 버터 케이크와는 달리 딱딱해지거나 마르지 않아 상온에서도 쉽게 굳지 않고 촉촉하고 부드러운 질감이 오랫동안 지속된다.

이 케이크는 도넛처럼 가운데에 구멍이 있어 다른 케이크와 차별화된다.

1927년 미국 캘리포니아에서 보험 판매원으로 일하던 해리 베이커가 최초로 만들었다는 설이 있다. 그는 부업으로 케이크 조달업을 하면서 시폰 케이크를 활용했는데 조리법을 일반인에게 좀처럼 공개하지 않았다. 하지만 다른 한편에서는 그가 만든 것이 아니고 1940년대 말 미국에서 처음 탄생되었다고 주장한다. 어쨌든 1948년에 베티 크록커에게 양도했는데 베티는 시폰케이크를 "케이크 업계에 있어 세기의 발견이다" 라고 칭송했다.

이 촉촉한 시폰 케이크의 이름은 어디에서 왔을까? 이 케이크가 '시폰케이크(chiffon)'로 불린 어원적 유래를 알아보자. 프랑스의 시퐁(Chiffon) 지역에는 비단이 매우 유명했는데, 이곳의 비단에 비유하여 이름이 만들어졌다는 것이다.

구체적으로 살펴보면 '낡은 헝겊'이라는 뜻의 프랑스어 '시폰(chiffon)'에 '케이크'를 합성하여 탄생한 말이다. 먹을 때 케이크 질감의 부드러움이 천의 제왕인 비단이 피부에 스치듯이 부드러워서 천에 비유하여 붙인 이름이다.

동서양을 떠나서 부드러운 것을 천에 비유하여 표현하는 것은 똑같은 것 같다.

시폰 케이크는 가운데에 도넛처럼 구멍이 있다. 다른 케이크와는 달리 왜 구멍이 있는 걸까?

시폰 케이크는 식물성 유지를 사용한다. 버터의 진하고 고소한 향이 좋다고 사용하면 버터의 비중을 견디지 못하고 주저앉고 만다. 고체 유지인 버터는 가운데로 몰리는 성질이 있기 때문이다. 그래서 시폰 케이크 특유의 폭신한 식감이 사라질 수 있다. 그래서 시폰 케이크는 구울 때 가운데 틀이 있는 전용 팬에 구워야 한다.

[티라미수(tiramisu)] 기분이 좋아지는 케이크

티라미수는 에스프레소 커피를 적신 시트에 치즈를 혼합한 크림으로 만든 케이크로 우리 귀여운 딸이 좋아하여 평소에도 자주 먹곤 한다. 입안에서 느껴지는 질감이 너무도 부드럽다. 크림치즈 맛과 진한 커피 향이 아름답게 어우러진 맛이 나는 티라미수는 18세기에 이탈리아에서 만든 대표적인 케이크 중 하나다.

오늘날의 모양으로 완성된 것은 프랑스로 전래된 이후라고 한다. 이 케이크는 1980년대부터 미국과 유럽에서 사람들이 즐겨 먹었는데, 이제는 전 세계적으로 좋아하는 케이크가 되었다. 기분이 좋아진다는 뜻의 '티라미수(tiramisu)' 는 '티라레(tirare: 끌어 올림)' 에 '미(mi: 나를)' 와 '수(su: 위로)' 를 합성하여 탄생한 이탈리아어에서 유래한 말이다. 이 이름이 붙여진 이유에 대해서는 두 가지 설이 있다.

하나는 이 케이크에 들어간 커피의 카페인 성분이 사람의 몸에 작용하여 기분이 행복해지고 들뜨게 되기 때문에 그 이름이 붙여졌다는 설이다.

다른 하나는 18세기 이탈리아 베네치아 사람들은 영양상태가 썩 좋지 않아서 건강에 문제가 있었는데, 이들의 건강을 위하여 비타민처럼 부족한 영양분을 보강해 줄 음식이 필요했다. 그런데 디저트로 먹는 이 케이크가 건강에는 유용한 대안이었기 때문에 사람들의 건강을 끌어 올려주는 케이크여서 이 이름이 붙었다는 설이 있다.

[파운드케이크(pound cake)] 이름만큼 묵직한 케이크

다른 케이크와는 다르게 먹을 때 입속에서 촉촉하면서도 부드럽게 넘어가는 질감 때문에 많은 사람이 사랑하는 '파운드케이크' 는 같은 양의 밀가루, 달걀, 설탕, 버터를 섞어서 총중량 1파운드의 반죽으로 만들어 틀에 채워서 구운 버터 케이크다.

영국에서 처음 만든 '파운드케이크(pound cake)'에 들어가는 재료들의 총 중량은 1파운드였다고 한다. 1파운드는 454g 이다. 정확한 무게를 정하여 하나의 케이크를 만들었던 것이다. 때문에 이 케이크를 만들 때 들어가는 재료의 총 중량을 나타내는 무게 단위의 용어를 따서 '파운드케이크'라 부르게 된 것이다. 즉 '1파운드 무게로 만드는 케이크'라는 의미다.

어떤 제품이 처음으로 세상에 첫선을 보이면 보통은 만든 나라의 이름으로 다른 나라에서도 그대로 부르지만, 그렇지 못한 경우도 많다. 그래서 아직 파운드케이크는 이름이 세계적으로 통일되지 못했다. 문화적 자긍심과 자존심이 강하기로 유명한 프랑스에서는 '파운드'를 버리고 '케이크'만 쓴다. 독일에서는 발상지의 지명을 따서 영국풍 과자라는 뜻으로 '잉글리셔 쿠헨(Englischer Kuchen)'이라고 부른다.

한 수 배워 봐!
파운드케이크는 가운데가 터져 있는 것이 더욱 먹음 직스럽게 보인다. 일부러 칼집을 내는데, 그 이유는 칼집을 내지 않으면 오븐에서 구울 때 가운데가 부풀어져서 불규칙적으로 터져 모양새가 좋지 않기 때문이다. 그래서 이왕이면 보기에 좋으라고 세로로 가운데를 갈라 주는 것이다.

[카스텔라(castella)] 푹신, 촉촉, 달콤 그 자체인 빵

경제수준이 세계적으로 인정받아 G20의 회원국이 될 정도로 발전한 지금으로서는 도저히 상상할 수 없을 정도로 우리나라의 1960~1970년대는 보릿고개를 겨우 보낸 정말로 가난한 나라였다.

나라의 살림살이가 어렵다 보니 초등학교 1~2학년에게는 정부 지원으로 옥수수빵을 학교에서 점심때 배급해 주었다. 비록 초등학생의 주먹만 한 조그마한 덩어리의 빵이었지만, 학급 대표로 쟁반을 들고 줄을 서서 한참을 기다린 끝에 학급의 인원수에 맞게 몇십 개의 빵을 받아서 교실에 와서 친구들에게 나누어 주면 친구들이 환호성을 치곤 했다.

아직도 그때의 모습이 가슴 한구석에서 쓰리도록 아련하게 떠오른다. 김이 모락모락 나는 노란 옥수수빵이 그때는 어찌나 맛이 있었던지 지금도 생각하면 입에 침이 고인다.

이 옥수수빵은 약간 거칠고 푸석푸석한 느낌이 있었다. 하지만 중학교 때 저녁 식사 대용으로 매점에서 처음 사서 먹어 본 카스텔라는 마치 눈송이가 입속으로 녹으면서 사라져 들어가는 느낌의 아주 부드러운 촉감의 빵이었다.

이 부드럽고 맛있는 빵인 카스텔라는 전 세계적으로 식민지 개발 경쟁이 한창이었던 유럽의 절대주의 시대인 15~16세기에 처음으로 만들어졌다. 당시 대서양을 제패한 무적함대를 기반으로 유럽을 호령하고 전 세계에 가장 많은 식민지를 건설했던 스페인은 음식문화가 유달리 번창했다. 스페인의 지역 중에서도 카스티야(Castile) 지방은 달걀과 다른 음식물을 섞어서 다양한 음식을 만드는 데 선두주자였고 밀가루 등의 재료를 부풀리는 기술이 다른 곳보다 발달했기 때문에 카스텔라의 원형인 과자 비스코초(bizcocho)를 만들 수 있었다.

참고로 카스티야 지역은 세르반테스의 명작 라만차의 사나이 『돈키호테』에서 주인공 돈키호테의 고향 카스티야 라만차로 유명하다. 초강대국이다 보니 스페인의 다양한 문화들이 다른 나라에 전파되어 나갔는데 그 전파된 문화 중의 하나가 바로 과자 비스코초다. 이 맛있는 비스코초가 포르투갈에 처음 전래되자 그들은 한동안 이름을 무엇으로 할지 망설였다. 그래서 포르투갈에서는 처음 만든 곳의 지명을 따서 카스티야의 과자라는 뜻의 '가토 디 카스티야(Gateau de Castile)' 라고 불렀다.

시간이 흘러 16세기에 포르투갈 상인이 바다를 건너 이 과자를 일본의 나가사키 지방으로 가지고 왔다. 일본인이 이 빵을 만들어 먹으면서 이름을 'Pao de Castela' 이라고 불렀는데, 일명 '나가사키 카스텔라' 라고도 한다. 서양의 음식을 일본인들이 한 차원 더 발전시킨 것이다. 그래서 이름도 '카스텔라' 로 완전히 바뀌게 되었다. 우리나라의 카스텔라도 일본을 거쳐 올라온 것이다.

달걀의 흰자 거품에 밀가루와 설탕, 소금, 꿀 등을 잘 섞은 다음 구우면 우리가 즐겨 먹는 카스텔라가 된다. '카스텔라(castella)'의 어원은 스페인의 카스티야(Castile) 지명에서 유래되었고, 일본의 영향으로 '카스텔라'라고 부른다. 이 카스텔라의 이름을 영어권에서는 빵이 스펀지처럼 부드러워서 '스펀지케이크(sponge cake)'라고 한다.

[슈크림(choucream)] 외모가 이름을 결정한다

부드러운 '슈크림(choucream)'은 그 생김새가 마치 작은 양배추 모양 같다. 동그란 밀가루 껍질 속에 설탕을 가미하고 생크림을 넣어 만든 과자다. 만드는 과정은 주로 밀가루, 달걀, 버터를 섞어서 정성스럽게 반죽한 다음 오븐에 굽는다. 구워서 부풀려진 껍질에 칼집을 내서 그 속에 생크림을 채워 넣어 만든 것이 바로 슈크림이다.

이 과자는 우연히 탄생했다. 17세기경 프랑스의 제빵업자가 파이 반죽을 구웠는데 난처한 일이 발생했다. 바로 겉과 속이 다른 요리가 나온 것이다. 겉은 잘 익었으나 속 반죽이 덜 익자, 달걀을 섞어서 다시 오븐에 구우면서 이 요리법이 생겨났다고 한다. 광고에서 "차는 두 번 우린 차가 제맛"이라고 하는데 재차 구우면서 오히려 맛이 좋아져서 세계인이 좋아하는 음식이 된 것이다.

'슈크림(chou a la crème)'의 어원을 살펴보면 원래 이름은 프랑스어 '슈(chou : 양배추)'로 조그맣고 둥글며 결이 있는 양배추를 닮았기 때문에 붙여진 이름이었다. '슈'가 본명이지만, 극동지방에 오면서 과자의 맛이 부드럽고 만들 때 크림으로 속을 채우기 때문에 '크림'이 첨가되어 '슈크림(choucream)'이란 예명으로 불리고 미국에서는 이것을 '크림 퍼프(cream puff)'라고 부른다.

[무스(mousse)] 가벼운 거품을 먹는 케이크

'무스케이크'는 과일 등을 갈아서 만든 부드러운 퓌레 등에 달걀흰자로 거품을 낸 생크림이나 묽은 크림에 젤라틴과 설탕 등을 섞어 휘젓지 않은 상태에서 차갑게 얼린 거품 모양이 있는 디저트로 많은 사람이 좋아하는 음식이다.

'무스(mousse)'의 어원은 '이끼'라는 뜻의 게르만 조어

'musan'이 고대 네덜란드어 'mosa'로 변했고, 고대 프랑스어
로 유입되어 'mosse'가 되면서 거품이나 기포의 뜻인 '무스
(mousse)'로 정착했다. 이 단어는 오늘날 멋진 헤어스타일을
위해 머리에 바르는 '무스'와 어원이 같다.

3

알고 먹어야 제맛이 나는

음식이야기

Food
[음식(food)]
[부대찌개]
[감자탕, 갈매기살]
[설렁탕]
[노가리]
[도루묵]
[오징어]
[쌀]
[떡]
[인절미]
[빈대떡]
[시리얼(cereal)]

Egg
[달걀(egg)]
[오믈렛(omelet)]
[치킨(chicken)]

Ham
[햄(ham)]
[햄버거(hamburger)]
[소시지(sausage)]
[순대]
[핫도그(hot dog)]

Ice
[아이스크림(ice cream)]
[크림(cream)]
[냉면]

Jelly
[젤리(gelly)]
[바바루아(bavarois)]
[사탕(candy)]
[치즈(cheese)]

Kimchi
[김치]
[총각김치]
[동치미]

Lobster
[랍스터(lobster)]
[굴(oyster)]

Msg
[소스(sauce)]
[케첩(ketchup)]
[마요네즈(mayonnaise)]
[마가린(margarine)]

Nuts
[견과류]
[초콜릿(chocolate)]

Pasta
[파스타(pasta)]
[스파게티(spaghetti)]
[카르보나라 스파게티(carbonara)]
[라면]

[국수(noodle)]

Restaurant
[레스토랑(restaurant)]
[메뉴(menu)]
[샐러드(salad)]
[수프(soup)]
[애피타이저(appetizer)]
[스테이크(steak)]
[바비큐(barbecue)]
[퐁뒤(fondue)]

Snack
[스낵(snack)]
[프티 푸르(petit four)]
[비스킷(biscuit)]
[크래커(cracker)]
[포테이토칩(potato chip)]
[튀김(덴푸라)]

Vegetable
[숙주나물]
[도라지]

Wxyz
[껌(gum)]
[담배(tobacco)]
[개(dog)]

음식 | Food

[음식(food)] 내 몸은 소중해요

  인간은 밥심으로 산다고 한다. '금강산도 식후경이다', '수염이 석 자라도 먹어야 양반이다', '미인인 아내보다는 음식 잘하는 아내가 좋다' 등 먹는 것이 얼마나 중요한지를 표현하는 말은 수없이 많다. 인간은 시간을 측정하기 위하여 시계를 만들었다. 그렇지만 훨씬 이전에 조물주는 사람에게 시간을 측정할 수 있도록 몸시계를 주었다. 차를 타고 졸다가도 목적지에 다다르면 잠에서 깨고 식사 시간이 되면 배꼽시계가 울기 시작한다. 그만큼 몸은 스스로 받아들여야 하는 것에 민감하고 그만큼 간절하다.

  사람에 따라서 다르겠지만, 하루 세 끼를 먹어야 하는 음식은 필수적인 의례다. 음식은 사람이 활동하는데 필요로 하는 에너지원과 영양소를 인체에 공급해 준다. 육식을 좋아하는 사람, 동물에 대한 사랑이나 종교적 이유 등으로 채식을 좋아하는 사람 등 영양분을 섭취하기 위한 재료의 선택은 사람마다 모두 다르다. 요즘에는 웰빙 열풍, 지구 온난화 등을 생각해서 채식이 확산되고 있다.

인간은 음식을 얻기 위해서 주변의 동물을 사냥하거나 열매 등을 채취하다가 동물을 가축으로 기르면서 유목생활을 했고 최종적으로는 정착하여 농사를 지으면서 이전보다는 편하게 음식물을 취하고 있다. 사람이 생존을 위하여 먹어야 하는 필수 요건인 '음식(food)' 의 어원은 어디에서 왔을까?

'food' 는 게르만 조어 'fōdô' 에서 고대 영어 'fōda' 로 유입되었다가 다시 중세 영어 'fode' 가 되면서 최종 'food' 로 정착하였다. 그 음식도 먹는 시간에 따라서 아침은 'breakfast', 점심은 'lunch', 저녁 식사는 'dinner', 'supper' 로 표현한다.

한 수
배워 봐!

밥의 어원은 명확히 밝혀지지 않았지만 한글에서 음식과 가장 잘 어울리는 글자가 밥이기 때문이라는 의견도 있다. 또한 밥그릇 모양처럼 생긴 'ㅂ' 이 두 개나 있어서 한글 중 음식과 가장 잘 어울리는 글자이기 때문이라는 설도 있다. 한국인은 하루 한 끼는 반드시 밥을 먹어야 한다고 할 정도로 밥은 전통이 깊다. 가난했던 보릿고개를 거쳐 그런지 지금도 밥 먹었냐는 말을 인사말로 쓸 정도다.

[부대찌개] 허전하고 속이 부대낄 때

부대찌개는 식사로도 양껏 먹을 수 있고, 술안주로서도 훌륭한 부담 없고 푸짐한 먹거리다. 다양한 음식을 혼합한 탕이다 보니 '혼합한' 것과 관련 있는 이름이 붙을 법한데 왜 부대찌개라고 '부대'가 붙었을까?

우리 민족은 일제의 강압적인 수탈과 남북 전쟁까지 겪으면서 나라가 피폐해질 대로 피폐해져서 어떤 이들에게는 하루 한 끼 밥을 먹는다는 것이 행운으로 여겨지던 시기가 있었다. 그런 부모님 세대에서는 보릿고개를 겪으면서 하루를 피죽으로 연명할 수 있다는 것도 신에게 감사할 일이었다. 그러다 보니 고기 한 점을 먹는다는 것은 호사 중의 호사로 요즘 같으면 일기장에 기록될 사건이었다. 그런 1960년대까지만 해도 미군 부대 물건이라면 요즘의 명품과 같은 대접을 받았다. 그만큼 먹고 살기도 힘이 들었지만, 생필품도 부족했다.

미군들은 물자가 풍족하다 보니 식사에 사용하고 남은 잡고기와 햄 등은 폐기했다. 그 잡고기 등을 미군 부대에서 일하던 한국 사람들이 몰래 부대 밖 식당으로 반출하였다. 양이 적다 보니 풍족하게 먹으려고 김치를 넣어 찌개로 끓여 먹으면서 소주잔에 고달픔을 달래던 음식이 오늘날의 부대찌개다. 당시에 미국 대통령이었던 린든 존슨의 성을 따서 '존슨탕'이라고 부르기도 하였다.

그때에는 반출되던 잡고기 등으로 끓였으나 시간이 흘러서 생필품이 넉넉해지고 고기도 쉽게 구하면서 부대 주변 식당에서 자체적으로 자재를 구입하여 메뉴로 내놓았다. 미군 부대 주변에서 그 음식이 탄생했기 때문에 '부대찌개'라 부른다. 그러다 보니 의정부, 오산, 송탄 등 미군 부대가 있는 지역은 부대찌개의 원조가 자기들이라고 서로 주장하고 있다.

한 수 배워 봐! 부대찌개는 라면이나 당면, 떡 등을 푸짐하게 넣어 즉석에서 보글보글 끓여 가며 먹어야 소시지가 부드럽고 기름이 겉돌지 않는다. 두부와 햄, 소시지 등을 큼직하게 어슷 썰고, 잘 익은 김치는 속을 대강 털어서 먹기 좋게 썬다. 양념한 돼지고기와 고추, 애호박, 버섯류, 파를 잘라 둔다. 참기름 두른 냄비에 돼지고기를 먼저 볶고 육수를 부어 끓이다가 김치와 나머지 재료를 모두 넣어 끓인다. 걸쭉하게 재료 맛이 우러나면 소금과 후춧가루로 입맛에 맞게 간을 맞추고 향긋한 쑥갓 한줌 올려 마무리한다.

[감자탕, 갈매기살] 감자탕에는 감자가 있는데 갈매기 살에는 갈매기가 없다

  소주 한 잔이 그리울 때 감자탕이나 뼈다귀탕만 있으면 더 이상 바랄 것이 없다. 내가 처음 감자탕을 먹어 본 것은 대학 1학년 때 지금은 개발되고 없어진 중구 장교동의 두 할머니가 운영하는 감자탕 집이었다.

  그때의 감자탕은 지금과는 다르게 먹을 것이라고는 감자 몇 알과 뼈 사이의 물렁뼈(연골), 그리고 오랫동안 우려낸 뽀얀 국물이 전부였다. 마치 사골 국물을 먹는 기분이랄까? 그러던 감자탕이 1980년대 후반에 접어들면서 뼈에 일부러 고기를 많이 남겨서 뜯어 먹을 것도 많고 양념도 많이 들어간 매콤한 감자탕으로 변하여 오늘날까지 이어지고 있다.

  그렇다면 감자탕에 감자가 들어가서 감자탕인가? 그럴 수도 있겠지만, 사실은 좀 다르다. 돼지 척추인 등뼈 속의 척수를 등골(감자)이라 하는데, 감자 부위의 뼈 국물이 원기회복에 좋아서 옛날부터 즐겨 먹었다고 한다. 고구마 사촌인 감자는 음식 궁합 혹은 좀 더 풍성하게 먹기 위해서 들어간 것이지 명칭과는 의미가 없다.

  술 한 잔에 고기 안주로 좋아 자꾸 즐겨 먹게 되는 '갈매기살'은 어떤가? 갈매기는 바닷가를 유유히 날면서 울어대는 새다. 즉, 육군이 아닌 엄연한 공군이다. 그 갈매기를 잡아서 구워먹는다는 걸까? 그건 아니다. 갈매기살은 엄연히 돼지고기다. 그런데 왜 육군인 돼지고기에 공군의 명칭이 자리 잡고 있단 말인가?

갈매기살은 돼지 내장의 한 부위인 횡격막(橫膈膜)에 붙어 있는 고기다. 횡격막은 포유류의 배와 가슴 사이에 있는 근육막으로 우리말로는 '가로막' 이라 한다.

이 '가로막' 에 붙어 있는 살을 '가로막살' 이라 한다. '가로막살' 은 얇은 껍질로 뒤덮여 있는 근육질의 힘살로, 이 질긴 고기가 어느 날 담백한 맛과 저렴한 가격으로 수요가 늘면서 인기를 끌게 되었다. '가로막살' 을 팔면서 '갈매기살' 로 불린 것은 '가로막살' 이 '가로마기살' 에서 '가로매기살' 이 되다 결국 '갈매기살' 로 변했다는 것이다. 갈매기란 새가 익숙하다 보니 발음이 자연스럽게 변형되었다는 것이다. 물론 어형의 변화에 다른 반론을 주장하는 사람도 있겠지만, 가로막살이 갈매기살이 된 것만은 확실하다

갈매기살에는 바다 갈매기 고기가 들어 있지는 않지만, 이름이 변형되는 것에는 상당히 기여해서 우리가 먹으면서도 유쾌하게 웃을 수 있게 한다.

감자탕은 돼지 사육으로 유명했던 현재의 전라도 지역에서 삼국시대부터 유래되어 전국 각지로 전파된 전통음식이다. 농사일을 하는 귀한 몸인 소 대신 돼지를 잡아 그 뼈를 우려낸 국물로 음식을 만들어 노약자나 아픈 병자에게 먹이기 시작했다. 인천항이 개항하면서 전국에서 사람들이 몰려와 음식문화가 다양한 인천에 뿌리를 내려 지금은 뼈 해장국과 감자탕이 인천의 대표 음식으로 자리 잡았다.

돼지 등뼈에는 단백질, 칼슘, 비타민 B1 등이 풍부하여 어린이들의 성장기 발육에 큰 도움이 된다고 한다. 남자에겐 원기회복 음식으로, 여성에겐 저열량 다이어트 음식과 골다공증 예방 음식으로, 노인에겐 노화 방지 음식으로 좋다.

[설렁탕] 농사와 백성의 소중함을 아는 임금님의 애정이 담겼다

'설렁탕'은 사전에서 소의 머리, 내장, 뼈다귀, 발, 도가니 따위를 푹 삶아서 만든 국에 소면, 밥 등을 말아 먹는 음식으로 정의되어 있다. 설렁탕은 우리나라의 대표적인 음식 중 하나로 먹을 때 취향에 따라서 소금, 후춧가루, 파 등을 넣어 간을 맞추고 깍두기, 김치를 곁들여 먹는 국민음식이라 할 수 있다.

술을 먹은 다음 날이나, 입맛이 당기지 않을 때 설렁탕을 자주 먹게 된다. 그만큼 대중적인 음식인데, 부담 없이 국물에 밥을 말아 후루룩 재빨리 먹을 수 있는 음식이기 때문이 아닐까?

설렁탕은 언제부터 우리 조상이 먹었을까? 그 유래를 보면 여러 설이 있다.

첫 번째 설은 많은 학자가 주장하고 대다수가 정설로 알고 있는 설이다. 고려를 뒤집고서 조선을 건국한 태조 이성계는 동대문 밖 전농동 선농단(先農壇)에 밭을 마련하고 제를 지낸 뒤 직접 경작을 시범 보이면서 농사의 소중함을 만백성에게 알리는 의식을 행하였다. 일단 판을 벌여 놓고 사람들을 모이게 했으니 그냥 가라고 할 수는 없었다. 그래서 행사 때 모인 사람들을 대접하기 위하여 쇠뼈를 고아 국물에 밥을 말아낸 것이 '선농탕'이었다. 이 선농탕이 음이 변해서 '설렁탕'으로 된 것이라 한다.

두 번째 '설'은 곰탕을 뜻하는 몽골어 '슈루, 슐루'에서 '설렁탕'이란 용어가 파생됐다는 설이다. 몽골인은 가마솥에 고기를 얇게 썰어 넣고 끓인 일종의 곰탕을 먹었는데, 이것이 고려 때 몽골에서 우리나라에 전래되어서 그때부터 우리가 쭉 먹고 있다는 것이다.

그렇다면 설렁탕과 사골 곰탕의 차이는 무엇일까? 설렁탕은 주로 쇠고기, 사골, 내장 등을 넣고 하루 정도 푹 고아 끓인 것으로 국물이 뽀얗고 진하면서도 담백하다. 곰탕은 고기를 푹 삶아 고운 국으로 곤 국이 곰국이 되고 다시 곰탕으로 굳어진 것으로 볼 수가 있다. 특히 사골 곰탕은 가정에서 주로 뼈를 고아 만든 진한 국물로 양지머리, 사태, 내장 등을 넣고 끓이며 무, 대파 등을 곁들여 좀 더 기름진 맛이 난다. 결국, 이들의 차이는 담백함과 기름진 맛의 차이인데, 일반인이 그 생김새와 맛의 차이를 구별하는 것은 쉽지 않다.

[노가리] 잡담과 거짓말의 대명사

상대방이 잡담하거나 거짓말을 하는 것 같으면 "노가리 풀지 마!"라고 한마디 한다. 왜 생선 이름이 잡담이나 거짓말의 대명사로 불리게 되었을까.

'노가리'는 국어사전에서 '명태의 새끼'를 지칭한다. 명태는 이름도 다양한데, 크게 그 상태에 따라서 생태, 동태, 북어로 나눈다. '생태'는 말 그대로 갓 잡은 싱싱한 명태다. 그중에서도 낚시로 잡아 고기가 가장 상하지 않고 원판불변의 법칙을 잘 유지하고 있는 명태를 '조태'라 하여 값도 최고로 치며,

그물로 잡은 명태를 '망태' 라 한다. 명태를 잡아 손상하지 않게 오래 보관하기 위해 얼린 것이 '동태' 다. 명태는 말리는 방법에 따라서도 이름이 여럿이다. 햇빛, 바람 등을 이용하여 말린 것을 가장 흔한 '북어' 라 한다.

북어를 세분화해 보면 바닷바람과 햇볕을 이용하여 말린 술안주용 '바람태', 건조할 때 날씨가 추워 색이 하얗게 변한 '백태', 일교차가 심한 미시령이나 대관령 같은 고지대에서 40일 정도 얼렸다가 말리기를 수십 번 반복한 북어 중의 최고인 '황태' 가 있다. 황태 덕장은 관광객에게도 장관을 연출하는데, 요즘에는 황태를 전문적으로 취급하는 음식점이 도심 여러 곳에 있어서 미식가들이 항상 다양한 황태 요리의 맛을 즐길 수가 있다.

명태 새끼인 노가리는 바짝 말려서 술안주로 애용하지만 심심할 때 그대로 찢어서 먹거나 구워 먹으면 간식거리로도 담백한 맛을 좋아하는 사람들에게는 최고다. 그런 노가리가 왜 잡담이나 거짓말의 대명사가 되었을까 생각해 보면 갸우뚱해진다. 앞에서 명태는 상태에 따라서 많은 이름으로 불린다는 것을 보았다.

다윈의 진화론까지 언급할 필요는 없겠지만, 동식물이 험난한 자연에서 살아남기 위해서 그들 나름대로 엄청난 고민과 진화를 거듭해 왔다. 무엇보다도 급선무는 자신의 종족을 보존하여 후세까지 남기는 것이다.

명태도 험난한 자연에서 무사히 종족을 번성시키기 위해서는 최소 수천, 수만 개의 알을 낳아야 한다. 그중에 상당수는 포식자의 식사로 희생되고 살아남은 나머지만이 계속해서 종족을 이어간다. 종족의 생존을 위해 알을 가장 많이 낳는 어류 중의 하나가 명태라고 한다.

수많은 명태 알들이 어미에게서 나오듯 수많은 잡담이나 거짓말이 사람의 입에서 나오는 것을 명태에 비유해서 '명태가 알 깐다'라고 한다. 즉, 명태가 알을 깐다에서 '노가리 깐다'라고 비유적으로 우리가 쓰면서 노가리는 잡담이나 거짓말로 상징화되었다.

[도루묵] 도로 물려라

어떤 일이 잘 진행되다가 망쳐 버리거나 꼬여서 처음부터 다시 해야 할 상황이 되었을 때 "말짱 도루묵이다" 혹은 "도루묵 됐다"라고 말한다.

밥 먹을 때 식욕을 돋워 주고 간식거리로도 그만인 묵. 우리가 아는 묵은 도토리(상수리)묵, 메밀묵, 생선 껍질로 만드는 어묵 등 지방마다 그 지역의 특산물을 이용해서 만들기 때문에 그 종류도 많고 맛도 다르다. 얼핏 들으면 '도루묵'은 맛있는 묵의 한 종류로 생각되기도 한다.

하지만 도루묵의 정의를 보면 "동해안의 중부 이북에 많은 농어목 도루묵과에 속하는 비늘 없는 바닷물고기"로 되어 있다. 물고기 배의 색이 흰색이라서 그 지역 사람들은 '은어'라고 부른다. 이 도루묵은 다른 생선에 비해 약한 불에도 빨리 익어서 쉽게 먹을 수 있기 때문에 "도루묵은 겨드랑이 사이에 잠깐만 넣었다 빼도 익은 상태로 먹을 수 있다"라는 말도 있다.

'도루묵'의 어원을 알아보려면 조선 선조 때까지 거슬러 올라가야 한다. 임진왜란이 발발하면서 파죽지세로 왜구가 한양까지 밀고 올라오자 선조는 신하들과 몽진을 떠날 수밖에 없었다. 아무리 임금의 피난길이라 해도 도망치듯 떠난 길이라 음식 재료를 제대로 챙기기 못했다. 그래서 식사 시간이 되면 임금의 수라를 준비해야 하는 수라간 식솔들의 고민은 말로 다 표현할 수 없었다. 그러다 보니 그 지역에서 흔한 것을 재료로 해서 수라상에 올리게 되었다.

어느 날 선조는 지금까지 먹어 본 적이 없는 생선 반찬을 먹었는데, 그 맛이 한마디로 죽여 줬다. 그래서 "이 생선 이름이 무엇이냐"라고 물었더니 신하들이 "그 생선은 묵이옵니다"라고 답하였다. 선조는 빼어난 맛에 비하여 이름이 초라하다 생각하여 생선의 배가 하얀 것을 보고 '은어'라는 이름을 하사했다. 그때부터 묵은 은어라고 불리게 되었다.

그 후 왜구들이 물러나고 몽진했던 선조와 신하들은 한양으로 천도했다. 전쟁 후라 머리도 복잡했던 선조는 그래도 조그만 기쁨을 주었던 추억을 떠올리며 피난길에서 맛있게 먹었던 은어를 반찬으로 올리라 명했다.

윗사람은 말 한마디 던지면 그만이지만, 그것을 실행해야만 하는 신하들에게는 곧 죽음이다. 요즘처럼 살아 있는 상태로 생선을 옮길 수 있는 차가 발달한 것도 아니요, 고속도로가 있는 것도 아닌데 수천 리 길을 상하지 않게 어떻게 생선을 가지고 올 수 있단 말인가. 하지만 어쩌랴! 까라면 까야지.

신하들이 천신만고 끝에 가져와서 바친 은어를 먹어 본 선조의 입맛에는 전혀 다른 맛이 느껴졌다. 시장이 반찬이던 시절에 먹는 생선과 산해진미가 지천인 시절의 생선 맛이 같을 수가 없었던 것이다. 그래서 선조는 이 생선의 이름을 '은어'에서 다시 '묵'으로 하라고 명했다. 즉, 명예로운 '은어'에서 다시 천한 '묵'으로 됐다고 해서 '도루묵'이다.

원래는 '도로묵'이었는데 발음상 '도루묵'으로 변한 것이다. 사람의 입맛이 시간과 상황에 따라서 간사하게 변하기 때문에 생선 이름도 천당과 지옥을 오간 것이다.

[오징어] 게르만족은 문어 오징어 요리를 먹지 않는다

세계 어느 나라에서건 음식문화가 있다. 서양에서는 밀가루가 빵의 주요리로 이용된다면 중국과 우리나라, 일본, 동남아시아 등 아시아 지역은 쌀을 주식으로 이용하고 있다. 중국은 튀기는 음식이 많고, 우리나라는 국물 음식이 많은 반면에 일본은 바다로 둘러싸여 있는 지형적인 이유에서인지 생선과 관련된 음식이 많다.

몽골이나 티베트 등 건조하고 고도가 높은 지역은 농사 대신에 목축업으로 생업을 이어나가 주로 소나 양의 고기를 말렸다가 먹으며, 기르는 소나 양의 젖을 짜 여러 가지 형태로 보관하여 섭취하고 있다.

중앙아시아 지역과 서남아시아 지역도 그와 마찬가지로 건조한 지역인데, 그나마 이곳은 밀 농사를 지을 수 있어 넓게 만든 밀가루 반죽을 화덕에 구워 고기 등에 싸서 먹는다. 인도, 터키, 그리스, 이란, 이라크 등 많은 나라가 이런 형태의 음식을 먹는데 우리나라에서는 '케밥'이라고 알려져 있다.

이렇듯 지역적인 특성과 생활습관, 종교 등이 음식문화에 깊은 영향을 끼친다고 볼 수 있다. 이러한 이유로 세계 여러 나라에서 기피하는 음식들도 다양하다.

이슬람교도와 유대교도들은 돼지고기를 그들의 종교적인

이유로 기피하는 음식인 반면에 우리나라에서는 돼지고기를 즐겨 먹어 국민보양식이라 할 수 있다. 서양에서는 개를 집에서 애완용으로 많이 길러 우리나라의 보신탕을 도저히 받아들일 수 없는 혐오식품으로 생각할 뿐만 아니라 이를 먹는 사람들을 야만인 취급한다.

뿐만 아니라 우리가 텔레비전이나 영화를 볼 때면 즐겨 먹는 오징어나 문어를 유럽 북부의 게르만족은 기피한다. 그 중에서도 문어(octopus)는 악마의 물고기라며 데빌피시(devilfish)라고 부른다.

이렇게 된 데에는 기독교라는 종교적인 배경을 들 수 있다. 기독교의 '율법'에는 많은 금기사항이 있는데 그중 음식에 관한 사항이 많이 나열되어 있다. 즉, '지느러미와 비늘이 있는 수중 동물'은 섭취할 수 있지만 그 외의 어패류, 예를 들면 오징어, 문어, 게, 새우 등은 금기시한다.

그 중 문어와 오징어는 생김새부터 흉측하고 괴기스러워 더욱더 잘 먹지 않는다고 한다. 영화에서도 종종 거대한 문어나 오징어 모습을 한 '크라켄(Kraken)'이라는 괴물이 등장하곤 한다.

크라켄은 신화에 등장하는 거대한 바닷속 괴물로 노르웨이와 아이슬란드의 해안에 살았던 것으로 전해지며, 바다 괴물의 표본으로 삼았다.

그외에 크라켄은 촉수가 있으며 13~15m 크기로 추정되는 대왕오징어에서 유래되었다고 추정된다.

이러한 반면에 지중해 연안에서는 문어와 오징어를 예로부터 중요한 바다의 양식으로 섭취하고 있다.

얼마 전 유럽여행을 간 친구는 그곳에서 당혹스러운 상황을 겪고 말았다. 입이 궁금해 서울에서 가져간 잘 말린 오징어를 꺼내 아무 생각 없이 맛있게 먹으려는 찰나, 동행하던 사람이 이를 보고 깜짝 놀라 어쩔 줄 몰라 한 것이다. 궁금해 그 이유를 물어본즉, 유럽에서는 오징어 구울 때 나는 냄새가 사람 태우는 냄새와 비슷해 이를 무척 싫어한다는 것이다. 졸지에 식인종이 될 뻔한 상황이었다. 해외여행을 하면서 그 나라의 음식 문화를 알고 가야지 잘못했다가는 봉변을 당하기 쉽다. 같은 음식이라도 다양한 해석과 문화가 존재하는 것은 참 재미있고 신기한 일이다.

[쌀] 생명과 혼이 담긴 귀한 음식

벼는 인도 대륙의 아열대 지역, 인도차이나 반도의 북부, 중국 남부가 원산지로 여러 지역에서 독립적으로 경작되기 시작했다. 또한 아시아에서 페르시아를 거쳐 유럽으로 전해졌다.

쌀은 세계 인구의 절반가량이 주식으로 삼는 음식이며, 전 세계적으로 10만 가지 이상의 품종이 있다.

우리나라에서는 고대 국가가 생기기 전부터 조·피·보리·기장·수수·콩 등을 재배한 흔적이 있고, 벼는 이보다 늦게 경작했다. 벼는 밭작물과 달리 물이 충분해야 한다. 물을 가둘 수 있는 논이 있어야 하고, 가뭄에 대비해야 하며, 여러 기반시설이 마련되어야 한다. 벼는 고온다습한 열대성 작물이어서 옛날에는 이북 땅에서는 벼를 재배할 수 없었다. 그래서 벼는 남쪽 지방의 저습지나 평야 지대에서만 기를 수 있는 특수 작물이었다. 여기에서 '쌀'이란 말은 '씨알'이라는 의미로 밭작물인 보리나 조 등에 붙여 보리씨알(보리쌀), 좁씨알(좁쌀)로 써온 것으로 추측된다. 농사기술이 점차 발달하면서 쌀이 사람들의 입맛에 맞는다는 사실이 알려지면서 '입쌀'이라는 말이 나왔고 잡곡을 밀어내고 주식의 자리를 차지하면서 벼 껍질을 벗긴 알맹이만 쌀로 인지하여 부르기 시작하였다.

쌀의 어원에는 대체로 두 가지 주장이 있다.

첫째, 벼의 원산지가 인도이므로, 고대 인도 산스크리스트어인 사리(sari)가 쌀의 어원이라는 주장이다.

둘째, 쌀은 사람이 살아가는 데 없어서는 안 되는 양식이다. 사람의 피가 되고 '살[肉]'이 되므로 여기에서 '살'이 '쌀'이 되었다는 주장이다. 박갑천의 『재미있는 어원이야기』를 보면 "식물의 살(쌀)과 동물의 살(고기)을 먹음으로써 우리의 '살'

을 유지하고 '살' 고 있는 '살암' 이 '사람'"이라고 한다.

농경문화를 이어온 우리의 조상은 쌀에도 생명과 혼이 담겨 있다고 믿었다. 볍씨가 가을 수확기 때 열매 맺는 과정을 인간의 성장 과정에 빗대어 쌀을 먹는 사람은 쌀의 영혼과 힘을 받아 건강하게 살 수 있다고 여겼다. 쌀은 민족의 살과 피였고 정신이었던 것이다.

[떡] 쌀의 화려한 부활

쌀은 한동안 찬밥 신세를 면치 못했다. 먹거리가 넘쳐나는 이 시대에 쌀밥이 아니어도 간편하게 먹을 음식이 다양해졌기 때문이다. 그런데 쌀에도 기회가 생겼다. 밀가루 가격이 급상승하고 건강에 관한 관심이 늘면서 밀가루 대신 쌀 가공식품이 붐을 일으킨 것이다. 그중 하나가 떡이다.

떡은 예부터 명절이나 특별한 일이 있을 때 먹는 음식이었는데, 지금은 떡 전문점이 생겨나면서 어디서나 쉽게 살 수 있는 식품이 되었다.

자다가도 떡이 생기면 벌떡 일어난다는 말이 있듯이 나는 떡을 무척 좋아한다. 더구나 우리나라 사람에게도 떡은 반가운 음식이다. 예상치 못한 횡재에 '이게 웬 떡이냐'라고 말하기도 하고, 갖고 싶지만 가질 수 없는 것을 '그림의 떡'이라고 표현한다. 삼가야 하는 음식이 많은 스님에게 떡은 국수, 두부와 함께 반가운 3대 별식으로 이 음식을 대접하면 스님이 웃는다 하여 승소(僧笑)라고 하고, 특별히 좋아한다 하여 삼소(三笑)라고 부르기도 한다.

또한 떡은 잔치나 명절을 치를 때 제일 먼저 손꼽히는 음식이다. 특히 사람이 태어나서 죽을 때까지 치러야 하는 몇 차례의 통과의례에는 떡이 빠지질 않는데, 중요한 고비를 무사히 넘기기를 기원하는 마음이 담겼다. 백일과 돌에는 백설기, 수수팥떡, 인절미를 준비한다. 아기를 닮은 순백의 백설기는 출생의 신성함을 상징하는 동시에 백설기의 백(白)으로 백(百)을 연상해 장수를 기원하는 뜻을 지닌다. 아울러 붉은색의 수수팥떡으로 부정한 기운을 쫓고, 차진 인절미로는 단단하게 자라길 바랐다. 생일에서 잔치, 이사, 고사, 제사에 이르기까지 떡은 좋은 일이건 궂은 일이건 우리와 함께했다. 특히 떡은 나눠 먹는 풍습이 있었다. 떡은 나누어야 떡이고, 덕은 베풀어야 덕이란 점에서 떡의 어원이 덕에서 왔다는 주장은 우리의 미풍양속을 빛나게 해 주는 아름다운 대목이라 하겠다.

떡은 곡물을 빻은 가루로 반죽한 뒤 쪄서 만든 음식이다. 그래서 '찌다'라는 동사가 찌다에서 찌기, 떼기, 떠기에서 떡으로 변화한 것으로 본다.

[인절미] 나의 사랑, 절미떡

인절미는 찹쌀가루를 시루에 쪄서 절구로 찧은 다음 먹기 좋게 적당한 크기로 잘라 콩고물을 묻힌 떡이다. 쫄깃하고 고소한 맛이 일품인 인절미는 잔칫상에 빠짐없이 올라가는 인기만점 떡이다.

이괄의 난 때, 인조대왕이 충청도의 공주 산성으로 피란을 갔다. 어느 날 임씨 성을 가진 농부가 인조대왕을 찾아가 떡을 진상했다. 쫄깃쫄깃한 떡 맛이 너무도 기막히게 맛이 났던 인조대왕은 임씨 농부가 절미한 떡이란 뜻으로 '임절미'라는 명칭을 붙였고, 오늘날 인절미로 바뀌었다고 한다.

그런데 이 설은 시기상 맞지 않다고 한다. 인절미는 『오주연문장전산고』 등에서 증명되는 것처럼 '引切米(인절미)'이며, 찹쌀을 불려 쪄서 절구로 찧어 찰기가 생긴 떡이므로 매우 부드럽고 쫀득하여 쭉 늘어나는 것이 특징이다. 그래서 잡아당겨서 떼어먹는다는 뜻에서 '引(끌 인)'자를 썼고, 잘게 썰어 만들기 때문에 '切=截(자를 절)'자를 쓴다.

그렇다면 인절미는 절구가 있어야만 만들 수 있는 복잡하고 험난한 과정을 거쳐야 하는 떡일까? 나는 떡을 무척 좋아하는데 그중에서도 인절미라면 속된 말로 환장하며 달려든다. 방앗간에 가서 떡을 맞출 수도 없고, 먹고 싶을 때마다 사다 먹기도 번거로웠는데, 집에서도 간단하게 만들 수 있는 비법이 있어 살짝 공개하고자 한다. 믿을 수 없을 만큼 간단하다.

먼저 소금 간을 한 적당량의 찹쌀가루를 따뜻한 물로 반죽해서 한 덩어리로 만든다. 전자레인지에 넣어 2분간 돌린다. 바깥쪽부터 익기 때문에 바깥쪽 반죽을 가운데로 뭉쳐 준다. 다시 1분간 돌린다. 바깥쪽 반죽을 가운데로 뭉쳐 준다. 물 묻은 주걱으로 하면 들러붙지 않는다. 다시 1분간 돌린다. 치즈 못지 않게 차지게 들러붙어서 하얀 가루를 남기지 않고 그릇에서 떼어지면 익은 것이다. 콩을 볶아서 믹서기로 간 가루에 버무려서 먹으면 된다.

[빈대떡] 이름과 딴 판이네

비가 오면 유난히 생각나는 음식은 바로 파전이나 빈대떡이다. 비가 올 때 우리 몸에 전이 당기는 것은 과학적으로도 근거가 있는 이야기라고 한다. 파전이야 밀가루 반죽에 파를 기본으로 해물 등 다양하게 넣고 부친 것이라 알겠는데 빈대떡은 사람의 피를 빼는 흡혈충 빈대를 넣어 부친 떡인가? 참으로 아리송하다. 우리 어릴 적 시골에는 빈대가 무척 많았다. 요즘처럼 살충제가 있는 것도 아니어서 잠을 잘 때도 빈대가 피를 빨아대니 사람들은 괴롭고 속수무책이었다. 지금은 사라지고 볼 수가 없는 해충이 되었지만, 근래 과학과 의료 시스템이 가장 발달했다는 미국의 최고 도시인 뉴욕에서도 빈대와 인간의 처절한 한판 대결이 자행되고 있다는 사실이 외신을 장식하면서 세간의 시선을 끈 적이 있다. 우리에게 그렇게 호의적이지 않은 빈대가 들어 있는 빈대떡은 어디에서 유래한 걸까?

빈대떡의 사전적 의미는 "녹두가루에 파, 김치, 고추, 고기 등 맛있게 먹고 싶은 재료를 넣어 솥뚜껑이나 프라이팬에 얇게 부친 전 종류의 음식으로 황해도에서는 막붙이(막부치), 평안도에서는 녹두지짐(지짐이), 그 외에 빈대떡 등으로도 부른다"라고 되어 있다. 빈대떡은 간식거리로 가정에서 특히 비 오는 날 즐겨서 부쳐 먹기도 하지만 제사상이나 잔칫날에 쓰이는 전 종류의 하나다.

'빈대떡'이란 이름의 유래를 보면 여러 설이 있다.

첫 번째 설은 지명에서 이름이 유래가 되었다는 설이다. 예전 서울의 빈대골(서울 정동 덕수궁 뒤편, 빈대가 많아서 빈대골이 되었다는 설도 있음)에는 부침개 장수가 많이 모여 살았다. 이들이 생업을 위해 만들어 팔던 부침개가 유명했다. 이 음식에 이들이 살던 지명을 따서 빈대떡이라는 이름이 붙었다는 설이다.

두 번째 설은 『명물기략』이라는 책의 내용에 기인한 것이다.

책 속에 중국 콩가루 떡 '알병'이 나오는데, 제법 유명한 떡이었다. 떡 이름인 알병의 '알' 자는 빈대를 뜻하는 말이고 '병'은 떡을 의미하는 말이라서 알병을 그대로 직역한 말이 '빈대떡'이 되었다는 설이다.

[시리얼(cereal)] 바쁜 아침에 간단하게

옛날에는 학교나 직장에 늦으면 간편하게 먹을 수 있는 변변한 것이 없어서 굶는 수밖에 없었다. 하지만 요즘엔 우유, 달걀 프라이 아니면 토스트 등 다양한 메뉴가 있다. 간편하고 영양까지 챙겨 먹을 수 있는 메뉴인 시리얼은 성인은 물론 어린이들이 특히 좋아하는 간식이자 식사 대용이다.

시리얼의 주재료는 쌀, 밀, 수수, 오트밀, 과일 씨 등 다양한 가공 곡물류로 가공 기술이 발달하면서 점점 더 재료가 다양해졌다. 주로 주스나 우유와 곁들여 먹는 시리얼은 아침 식사로 많이 먹는데 개봉하여 바로 먹을 수 있게 만들었다. 이용이 편리할 뿐만 아니라 각종 비타민, 미네랄, 단백질 등 영양소가 많아서 식사와 영양 간식으로 그만이다.

이 '시리얼(cereal)'의 어원적 유래는 그리스 신화 속에서 찾아볼 수 있다. 대지의 여신 혹은 농업의 여신 데메테르 (Demeter)가 있다. 이 여신이 로마 신화 속에서는 추수와 농업의 여신인 케레스(Ceres)인데, 그녀의 이름에서 라틴어 'Cerealis'가 파생되었다. 이 단어가 프랑스어로 유입되어서 'céréale'이 되면서 영어의 '시리얼(cereal)'로 정착했다.

달걀 | Egg

[달걀(egg)] 계란이야, 달걀이야?

수백 년 동안 사람들은 닭이 먼저냐 달걀이 먼저냐 하는 질문으로 골머리를 썩어 왔다. 기독교에서는 신이 먼저 생명체를 창조했다는 창조설을 들어 닭의 손을 들어 주었다. 하지만 빅토리아 시대의 새뮤얼 버틀러는 닭은 달걀이 다음 세대의 달걀을 만들기 위한 수단에 불과하다며 달걀의 손을 들었다. 그러나 한 가지 점에서는 논쟁의 여지가 없다. 닭이든 달걀이든 우열을 가리기 어려울 정도로 맛이 있으며 메뉴의 종류가 끝이 없다는 것이다.

'egg'는 '새'를 가리키는 인도유럽어 어원에서 나왔다. 자칫 잘못 발음하면 기분 나쁜 어감의 'york(노른자)'에는 발음과는 달리 빛과 생명이라는 좋은 의미가 있다. 이 단어는

'yellow'를 의미하는 고대 영어에서 나왔는데, 이 단어의 그리스어는 식물 새싹의 '황록색'을 뜻한다. 고대 영어와 그리스어 모두 궁극적으로 '어슴푸레한 빛, 빛의 흔적'을 뜻하는 인도유럽어 어원에서 파생되었다. 'glow(빛나다)', 'gold(금)'와 같은 단어와 어원이 같다.

그렇다면 달걀의 어원은 무엇일까? 우리나라에서는 달걀을 '닭의알'에서 '달긔알'이 되었다가 '달걀'로 진화했다고 보고 달걀을 토박이말로 인정하였다. 그런데 계란과 달걀을 함께 혼동하여 쓰는 일이 많다. 계란은 '닭 계, 알 란'의 두 한자가 모여서 된 한자어다. 달걀이 고유어이므로 달걀로 쓰는 것이 더 바람직하다.

한 수 배워 봐! 발상의 전환이라는 말 끝에 오가는 '콜럼버스의 달걀'이라는 말이 있다. 콜럼버스가 신대륙을 발견하고 돌아오자 환영회가 열렸다. 축하해 주는 사람이 있는가 하면 시기하는 무리가 있게 마련이다. 콜럼버스가 아니더라도 서쪽으로 배를 몰고 계속 가면 새로운 섬을 발견할 수 있다는 것이다. 화가 난 콜럼버스는 옆에 있던 달걀 하나를 들며 사람들에게 그걸 세워 보라고 했다. 아무도 세우는 사람이 없자, 콜럼버스는 달걀 끝을 탁자에 톡톡 쳐서 깨트린 후 테이블 위에 달걀을 세웠다. 그 모습을 보고 사람들은 그렇게 하면 누구나 할 수 있다고 말하자, "이렇게 세우는 것은 남이 하고 난 다음에는 쉽다. 그러나 처음으로 하기는 쉽지 않다. 신대륙 발견도 마찬가지다. 알고 보면 간단하지만 맨 먼저 생각하는 것이 중요하다"라고 말했다. 그러자 아무도 그를 우습게 보지 못했다는 유명한 일화가 있다.

[오믈렛(omelet)] 오므리면 더 맛있다

오믈렛은 달걀을 풀어서 우유나 생크림을 첨가하고 반숙해서 만든 다음 그 달걀로 음식을 둥그렇게 말아서 먹는 요리로 프랑스에서는 주로 아침 식사용이며, 우리나라에서는 넓게 익힌 달걀로 볶은 밥을 싸는 오므라이스로 변형되었다. 이 요리는 전 세계적으로 보편화되어 그 나라 특성에 맞게 변형시켜 즐기고 있다.

원래 오믈렛은 달걀을 깨서 노른자와 흰자를 잘 섞은 다음 소금, 후추로 간을 맞추고 버터를 첨가한 프라이팬에 부어 반숙 상태로 익힌 다음 그 익힌 달걀 속에 다양한 양념을 넣고 볶은 밥을 넣은 프랑스의 발렌시아풍 오믈렛에서 유래되었다고 한다. 이 발렌시아풍 오믈렛을 일본인들이 도입한 후 식성에 맞게 요리를 변형하고 이름까지 바꾼 것이 우리가 아는 오므라이스다.

시골에서 서울로 대학 진학을 하면서 처음으로 오므라이스를 먹어 보았으니까 꽤 오래전 이야기다. 그때는 쌀밥 라이스를 달걀로 둥그렇게 오므려서 싸주었기 때문에 이름이 오므라이스인 줄 알았다.

'오믈렛(omelet)'의 어원을 보면 여러 설이 있다.

첫 번째 설은 예상 밖의 상황이 용어를 탄생시킨 격이다. 옛날 스페인 국왕이 신하와 함께 시골 길을 유람하던 중 배꼽시계가 배가 고프다고 신호를 보내왔다. 도시락 준비가 되어 있지 않았던 신하는 근처 농가에 가서 빨리 만들 수 있는 요리를 부탁했고, 집주인은 재빠르게 타 재료와 풀은 달걀을 팬에 넣어 익혀서 접시에 담아 진상했다. 왕은 집주인의 빠른 동작에 "Quel homme lest!(정말 동작이 빠른 남자군)"라며 신기해 했다. 이 말이 나중에 'hommelest(오믈레스트)'로 변하고 다시 'omelet(오믈렛)'으로 확정되었다는 설이다.

두 번째 설은 라틴어인 '달걀(ovum)'과 '달걀구이(ovemel)'에서 오믈렛이란 용어가 유래되었다는 설이다. 밥을 달걀로 감싼 요리이기 있기 때문에 붙여진 이름이라 볼 수 있겠다.

세 번째 설은 라틴어 '라멜라(lamella: 얇은 접시)'에서 오믈렛이 유래되었다는 설이다. 이 라멜라가 고대 프랑스어로 유입되어 14세기에는 '알뤼멜르(alemelle: 칼날)'로 변화되었으며, 다시 'alemette'가 되었다. 이 말이 '오믈레뜨(omelette)'로 변형되어 17세기 초 영어권으로 유입되어 지금의 'omelet'이 되었다는 설이다.

[치킨(chicken)] 튀겨야 산다

우리나라에서 제일 잘 나가는 배달 메뉴를 꼽으라면 무엇이 있을까? 세대별 나이별로 다를 수 있겠지만, 그중에서 치킨이 톱(top) 3 안에는 들지 않을까?

30대 이하 특히 초등학생에서 고등학생까지는 피자나 햄버거도 많이 좋아하겠지만, 닭고기는 남녀노소를 가리지 않고 사랑는 음식이 아닐까 싶다. 외식하거나 배달을 시켰을 때 혹은 가정에서 식사나 간식으로 맛있게 먹을 수 있는 것도 닭고기이고, 친구나 가까운 지인 혹은 직장 동료와 생맥주집에서 술 한 잔 기울이면서 안주로 영양과 포만감을 느낄 수 있는 것도 닭고기이다. 결국 남녀노소 모두 즐길 수 있는 국민 고기가 닭고기인 것이다.

우리는 예로부터 대부분 삼계탕 등 백숙으로 먹거나 불에 바비큐로 구워 먹었다. 그러던 것이 이제는 서양 문물, 특히 '프렌치 프라이드 치킨' 매장이 들어오면서 기름에 닭을 튀겨 먹게 되었다. 이제는 오븐에 구운 닭, 전기 구이 통닭, 튀긴 닭, 삶은 닭 등 상황에 따른 요리 방법도 많이 발달하였다.

우리가 맛있게 간식으로 즐겨 먹는 '치킨(chicken)'의 어원적 유래를 살펴보면, 게르만 조어인 'kiukinan'에서 유래되어 고대영어 'cicen'이 되었다가 중세영어 'cycen(chicken)'이 변형되어 'chicken'으로 자리 잡았다.

한 수 배워 봐! 밤에 출출하여 야식을 시켜 먹으려고 배달음식 책을 뒤적이다 재미있어서 꼼꼼히 읽었던 적이 있다. 특히 치킨집 상호가 하나같이 기발하고 톡톡 튀어서 평범한 이름으로 치킨 집을 개업하면 장사가 잘 안 될 거 같다는 생각이 들었다. 아무래도 비싸게 광고를 하니 통통 튀고 기억하기 쉬운 브랜드가 훨씬 더 실속이 있어서 그런 것 같다.

재미있는 상호 몇 개가 있는데, 오빠닭이 그 한 예다. 오빠닭은 오븐에 빠진 닭으로 닭의 요리법을 메뉴의 이름으로 사용하고 있다. 그리고 쫄닭(간장에 졸인 닭), 후닭(프라이드로 튀긴 닭), 파닭(파를 얹은 닭) 등의 메뉴도 이색적이다. 홀랄라 치킨은 숯불이 빨갛게 타오르듯 치킨 집이 번창하라는 뜻에서 지었다고 한다. 호식이 두 마리 치킨이라는 브랜드도 있는데, 치킨업계의 CEO의 이름을 브랜드로 걸어 치킨 한 마리 가격에 두 마리를 제공한다는 뜻이다. 네네치킨은 치킨을 먹는 내내 행복하고 맛있는 시간을 즐기라는 의미를 담고 있는 상호라고 한다.

햄 | Ham

[햄(ham)] 고기라서 행복해요

햄은 돼지 뒷다리 고기를 이용하여 부패하지 않고 오래 보관할 수 있도록 소금에 절이고, 훈제 처리하여 건조하는 등의 가공 과정을 통해서 만든다. 나라마다 만드는 방법과 이용하는 부위는 조금씩 다르겠지만, 미국에서는 돼지의 어깨 부분 고기도 이용한다고 한다.

햄은 만들 때 고기가 상하지 않고 오랫동안 유지되도록 하는 보존력과 독특한 향과 풍미가 있다. 일반적으로 어떤 부위를 사용하고 얼마만큼 처리하느냐에 따라서 차이가 난다. 가공 기간은 보통 1개월 정도 소금 절임, 1개월 정도 훈제 처리, 1년 정도 건조 숙성을 한다.

햄은 인간에게 문명이 생긴 이래 먹어 온 가장 오랜 역사를 가진 고기류 중의 하나다. 이슬람 국가에서는 돼지고기를 금기시하기 때문에 햄을 먹지 않지만, 그 밖의 나라에서는 없어서 못 먹는 사랑받는 고기다.

햄은 적어도 그 기원이 한참 거슬러 올라가지만, 현대적인 형태로는 이탈리아의 프로슈토 디파르마, 스페인의 세라노, 프랑스의 바욘, 미국의 시골 햄 등이 유명한데, 1년 이상 숙성시킨다. 햄은 익혀서 먹기도 하지만 종잇장처럼 얇게 썰어 생으로 먹어도 맛이 있다. 선명한 장밋빛에 비단 같은 질감과 과일 향이 나는 고기의 맛은 돼지 살코기를 세상에서 가장 멋진 음식으로 탈바꿈해 준다.

'햄(ham)'의 어원을 살펴보면 게르만 조어 'hanmo'가 고대 영어로 유입되어 'hamm, ham, hom(무릎 굽음)'이 되었고 1637년경 중세영어 'hamme'이 되면서 최종 'ham'으로 정착했다.

한 수 배워 봐! 햄은 먹는 것과는 전혀 연관이 없는, 비전문적으로 무전기를 조작하는 아마추어 무선 통신사를 가리키는 용어이기도 하다. 1908년 하버드대학의 무선클럽의 멤버가 운용한 아마추어 무선국의 이름이 'HAM'이었다. 멤버는 3명으로 앨버트 하이먼(Elbert. S. Hyman), 봅 알메이(Bob Almay), 페머레이(Peggy Murray)로 이름의 첫 이니셜을 따서 HAM이라고 했다.

[햄버거(hamburger)] 패스트푸드의 대명사

　1980년대 중반까지만 해도 경양식집(레스토랑)에 가서 돈가스나 함박스테이크를 먹는다는 것은 요즈음 같으면 이성 친구와 패밀리 레스토랑에 가서 식사하며 데이트하는 것처럼 특별한 날의 행사 같은 것이었다.

　그때 가졌던 의문 중의 하나가 왜 이름이 함박스테이크냐는 것이었다. 시골에서 함지박은 세숫대야보다 큰 플라스틱 그릇을 지칭하는 이름으로 통용되었기 때문에 둘 사이의 연관이 도저히 연상되지 않았다. 그 의문점은 시간이 흐르고 패스트푸드인 햄버거를 먹어 보면서 풀렸다.

　오늘날 콜라와 함께 미국을 대표하는 음식으로 알려진 햄버거(hamburger)의 탄생을 살펴보면 실은 미국과는 별 관계가 없다. 원래 햄버거의 출생 내력을 보면 '타타르 스테이크'가 원조다. 중세시대 아시아 초원의 몽골계 유목 민족인 타타르족은 생고기를 얇게 자른 후 소금과 후추 등의 양념을 고기 위에 뿌려서 말안장에 넣고 말을 탔다. 이들은 사람과 말 사이에서 고기가 짓눌려서 연해지면 먹었다. 이것은 육회에 가까운 날고기 타타르 스테이크였다.

　아시아에 왔던 독일 함부르크 상인들이 이 독특한 방법을 배워 갔는데 생고기를 먹지 않던 그들이 날고기를 먹는다는 것은 처음에는 무척 곤욕스러웠다. 그래서 자기들 나름대로 고안하고 발전시킨 것이 고기를 잘게 갈아 익혀서 빵 사이에 끼워 먹는 방법이다. 이때부터 독일에서도 특히 함부르크 지방에서 이 요리 방법이 성행하기 시작했다.

시간이 한참 흐른 후 드디어 함부르크의 이 요리가 미국에 상륙하게 되었다. 독일인이 미국으로 건너오면서 1904년 성루이스 세계박람회에서 햄버거 스테이크를 빵에 넣어서 첫 선을 보였다.

많은 사람이 호기심 반 관심 반으로 이 음식을 먹기 시작했고 먹다 보니 식사 대용으로 먹을 만했다. 이 음식이 널리 퍼지면서 함부르크 지방에서 온 것이라며 지명을 따서 '함부르크'의 영어식 발음인 '햄버거(hamburger)'라는 이름이 되었다. '함부르크'에서 '햄버거'로, 그리고 우리말의 '함박'으로 된 것이다. 말이 변해 가는 과정이 참 재미있다.

[소시지(sausage)] 고대 그리스 인도 즐겨 먹은 음식

호프집에서 시원한 생맥주를 반가운 벗들과 함께 마시면서 자주 주문하게 되는 안주 중의 하나가 소시지 안주다. 안주로도 그만이고 식사를 더욱 풍부하게 하는 음식의 재료로도 그만이다.

소시지는 잘게 다진 돼지고기 등에 소금, 돼지기름, 다양한 양념과 향신료 등을 첨가하여 동물의 창자 또는 인공 케이싱(casing)에 조심스럽게 채워서 잘 봉한 다음 하루 동안 숙성했다가 끓는 물에 삶아 먹는 음식을 가리킨다. 만드는 방법은 같지만, 돼지고기로 만들면 소시지가 되고 생선을 주재료로 해서 만들면 어묵이 된다. 즉, 소시지는 여러 종류의 고기 중 특히 돼지고기가 주로 쓰이고 소금으로 염장하여 창자나 케이싱에 채워 익힌 음식이다. 원래 고기는 맛있는 부위를 먼저 요리하여 먹거나 다른 제품을 만들려고 부위를 떼어내면 쓸모가 덜한 잡고기만 남는다. 소시지는 이때 남게 되는 별로 쓸모없는 고기들을 버리기는 아깝기도 해서 잡고기를 이용할 목적으로 만든 음식이다. 돼지, 염소, 닭과 같은 육류 등의 내장 등도 사용하여 만든다. 원료가 다양하다 보니 소시지의 종류도 무척 많다.

그렇다면 사람들이 소시지를 언제부터 만들어 먹었을까?

그 유래를 보면 소시지는 그리스의 서사 시인인 호머의 저서 『일리아드와 오디세이』 중 오디세이 18장에 "숯불 위에 고기와 피로 채워진 염소 위를 화덕 주변에 놓았나? 용사들만이 오늘 만찬에서 그 요리의 가장 맛있는 부분을 차지하고"라는 부분이 있다. 여기에서 창자가 아니라 염소 위를 이용하여 소시지를 만들어 먹었을 정도로 소시지는 최소 3,000년 전 부터 만들어 먹었다고 추측해 볼 수 있다.

고대 바빌로니아, 그리스, 로마 등지에서는 이미 여러 형태의 소시지를 생산했는데 오늘날과 같은 소시지가 비약적으로 발전한 계기는 기독교계와 이슬람권이 충돌한 중세시대 십자군 전쟁이다.

십자군 전쟁 이후 참전 군인들이 소시지를 자기 고장으로 가지고 가면서 이들의 지역적 특성에 맞게 더욱 다양하게 발전시켰다. 대표적으로 유명한 소시지는 독일의 '프랑크푸르트 소시지', 오스트리아의 '비엔나소시지', 이탈리아의 '볼로냐 소시지' 등이 있다.

'소시지(sausage)'의 어원은 '소금에 절인다'는 뜻의 중세 라틴어 'salsus', 'salsicius'가 'salsicia'로 변형되었고, 다시 앵글로 노르만어로 유입되어서 'saussiche'가 되었다. 이 단어가 중세 영어로 유입되어 'sausige'로 변형되어 최종 '소시지 (sausage)'로 정착했다. 소시지의 기원이 소금과 관련이 있음을 알 수가 있다.

다른 설은 라틴어의 'salsicia'에서 유래된 프랑스어의 'saucisse', 혹은 이탈리아어 'salsicca' 등에서 왔다는 설이 있다.

[순대] 우리나라 전통 소시지

　재래시장 뒷골목에 우후죽순으로 자리 잡은 순댓집은 장 보느라 허기진 배를 싼 값에 채워 주는 정겨운 우리의 음식이며 퇴근길에 얇은 지갑으로도 한 잔 술을 배불리 먹게 해 주었다. 떡볶이와 함께 김이 모락모락 나는 순대는 학생들의 허기진 배를 든든하게 채워 준 음식으로 순대에 얽힌 개인의 추억은 다양할 것이다.

　물 건너 외국에 소시지가 있다면, 우리나라엔 순대가 있다. 소시지처럼 순대도 돼지에서 나오는 내장을 버리기 아까워 그 속에 갖은 양념을 넣어 만든 음식이다.

　순대는 430년경 중국 산둥반도 지역에서 저술되어 비교적 우리나라 문화에 대해 자세히 언급된 『제민요술』에서 양의 창자에 양고기를 넣고 쪄먹었다는 기록에서 찾을 수 있다. 19세기 우리나라의 요리서인 『규합총서』에는 소의 창자를 쪄서 먹는 찜 요리가 소개되어 있다.

　또한 같은 시대에 저술된 요리서인 『시의전서』에는 민어 부레를 이용한 생선 순대와 돼지 창자를 이용하여 만든 지금의 순대와 거의 비슷한 요리가 소개되어 있으나 당시에는 흔히 먹는 음식은 아니었다.

　칭기스칸이 세계를 정복할 때, 전투용 식품으로 돼지 창자에

쌀 등의 곡류와 채소를 섞어서 넣은 다음 건조하여 먹은 데서 유래하였다고도 전해진다. '순대'의 어원이 만주어에서 유래된 것을 보면 꽤 설득력 있다.

순대는 신선한 돼지 창자를 깨끗이 씻고 선지, 찹쌀, 숙주, 무, 시래기, 두부, 다진 돼지고기에 갖은 양념을 하여 버무려서 속을 채운다. 재료가 안 들어가는 것 빼고 다 들어가기에 철분이나 단백질, 비타민 등이 풍부한 영양식으로 최근에는 일본에 수출되어 호평을 받고 있을 정도다.

독일의 소시지가 세계를 주름 잡고 있는 현실에서 우리의 순대도 김치만큼이나 경쟁력 있는 식품으로 자리매김할 가능성이 충분하다고 여겨진다.

[핫도그(hot dog)] 개고기로 소시지를 만들었다고?

어린이들이 유난히 좋아하는 길거리 음식 중의 하나가 '핫도그'다. 기다랗고 분홍빛 도는 소시지에 막대기를 꽂고 밀가루를 뱅뱅 둘러서 노릇노릇 바삭하게 튀겨 빵 위에 케첩이나 겨자 소스를 발라 주면 입에 군침이 도는 맛있는 간식이 된다. 그런데 소시지를 가열하여 뜨겁게 먹는 것이니 '핫 소시지'라고 해야지 왜 핫도그라고 했을까?

'핫도그(hot dog)'의 어원적 유래에는 두 가지 설이 있다.

첫째, 독일 음식 중의 프랑크푸르터(frankfurter)라는 빵에 소시지를 넣어 먹는 음식이 있다. 1860년 미국에 전래된 이 음식은 1893년 시카고 박람회 때 '금강산도 식후경'이기에 시장기를 잠시 속여 둘 겸해서 여러 사람이 소시지를 빵 틈에 끼워 넣은 이 프랑크푸루터를 먹으면서 박람회 구경을 즐기고 있었다. 이 먹는 광경을 보고 한 손님이 "마치 뜨거운 개고기 소시지를 먹는 것 같다"고 말했다. 그렇지 않아도 음식 이름이 어려워서 망설이고 있었는데, 이 말이 귀에 강력하게 박힌 가게 주인은 바로 음식 이름을 '핫도그'라고 지었다는 설이다.

둘째, 소시지로 유명한 독일에서 만든 이 소시지는 다리가 짧고 몸통이 긴 닥스훈트라는 개와 닮았다고 하여 이름이 붙여졌다는 것이다.

처음에는 갓 나온(hot) 소시지라는 의미로 'hot dachshund sausage(갓 나온 닥스훈트 소시지)'로 불렸다. 간편하게 먹을 수 있는 간식 겸 식사 대용이다 보니 이 음식은 야구 경기장에서 미국 사람들이 가장 즐겨 먹는 음식이었다.

1906년 신문에 만화를 연재하던 도건(Tad Dorgan)이 야구 경기장에 갔다가 닥스훈트 소시지를 사람들이 먹는 것을 보고 만화에 이것을 그려 넣을 생각을 했다.

그 다음 날 닥스훈트를 넣은 그림을 그렸는데, 도건은 참으로 난처했다. 이미 그림은 다 그렸지만, 단어 하나 때문에 화룡점정이 되지 않아 애를 끓이고 있었던 것이다. 닥스훈트의 스펠링을 알 수가 없어서 어쩔 수 없게 된 그는 그 만화 밑에다 "Get your hot dogs"라고 썼다고 한다.

무척 인기가 많은 만화 덕에 '닥스훈트 소시지'의 대타인 '핫도그'가 주전인 닥스훈트 소시지를 몰아내고 영원히 자리를 잡아서 '핫도그'로 불리게 되었다는 설이다. 그래서 인생은 돌고 도는 것이다. 조연이 어느 날 주연의 자리를 꿰차서 찬란한 주연으로 주목받은 예가 주위에는 많다.

얼음 | Ice

[아이스크림(ice cream)] 혀 안에서 사르르 녹아요!

전 세계의 남녀노소 모든 사람이 즐겨 먹는 음식을 꼽으라면 많은 것이 언급되겠지만, 그 중의 하나는 아이스크림일 것이다. 예전에는 주로 무더운 여름에 먹었는데, 이제는 사시사철 기온과 관계 없이 먹는 음식이 되었다. 아이스크림은 그 부드러우면서도 달콤한 맛 때문에 군것질거리로 아니면 식후 디저트로 인기가 높다. 또한 치아를 사용하지 않고 혀만으로도 쉽게 먹을 수 있는 몇 안 되는 음식이다.

아이스크림의 원형은 눈이나 잘게 으깬 얼음에 술, 꿀, 과일, 과즙 등을 섞어서 만든 차가운 음식으로 볼 수 있는데 고대 동서양에서부터 기록이 전해 내려오고 있다.

고대 중국인들은 BC 3000년경부터 잘게 부순 얼음이나 눈에 꿀이나 과일즙을 섞어서 무더울 때 시원하게 먹었다는 기록이 있다. 유럽에서는 BC 4세기경에 알렉산더 대왕이 이집트로 원정 갔을 때 적군보다 더 무섭게 전투력을 잃게 하는 일사병을 방지하기 위하여 알프스의 눈을 보관했다가 과일이나 주스에 넣어 시원하게 병사들에게 먹였다는 일화가 있다.

폭군으로 알려진 로마의 네로 황제는 포도주에 과일을 섞은 다음 이것을 알프스에서 가져온 얼음에 얼려 먹었다는 기록이 있다.

유럽에 아이스크림과 유사한 것이 처음 전해진 것은 이슬람 세계에 널리 유행하고 있었던 '샤르바드(셔벗의 어원)'라고 한다. 그 후 시간이 흐르면서 제품도 진화하게 된다. 오늘날과 비슷한 아이스크림은 르네상스 시대의 이탈리아 요리사들에게서 기원을 찾을 수 있다.

이탈리아 요리사들은 마르코 폴로의 『동방견문록』에 기록되어 있는 중국의 희한한 얼음 음료와 간단한 제조방법에서 힌트를 얻어서 많은 시행착오를 겪었다.

드디어 1550년경 얼음에 칠레초석 또는 식염 등의 빙점 강하제를 섞어서 얼리는 방법을 고안해 내면서 이 방법이 널리 보급되었다. 일종의 셔벗(과즙 아이스크림) 형태였다고 한다. 그 뒤 요리사들의 노력 덕분으로 기술적인 발달을 거듭해서 이전의 셔벗을 만드는 것과는 다른 방법으로 제품을 만들게 되었다. 즉, 크림에 달걀 노른자와 감미료를 섞고 휘저어서 냉동시키는 방법을 사용함으로써 오늘날과 같은 얼음 입자가 섬세하고 부드러운 제품이 만들어져 유럽 상류사회의 색다른 디저트가 됐다.

종래의 술 종류나 과즙 대신 우유와 크림을 주원료로 하는 제품으로 '아이스크림'이라는 단어가 처음 등장한 것은 1672년 찰스 2세 궁정 문헌에서다. 궁중요리사인 제럴드 티생이 최초의 아이스 디저트를 만들면서 셔벗과 아이스크림으로 분화되어 발전하였다. 그래서 제럴드 티생을 근대 아이스크림의 선구자라 한다. 부유층의 전유물인 아이스크림을 일반 대중이 맛볼 수 있도록 18세기 후반에는 미국에 아이스크림 가게가 처음 생겼고, 그 뒤 1세기에 걸쳐 일반 가정으로 보급되어 크게 선풍을 일으켰다.

또한 아이스크림의 공업적 대량 생산도 미국에서 먼저 이루어져 1851년에는 볼티모어의 제이콥 퍼셀이 아이스크림을 제조하여 판매하기 시작하였다. 그는 우유 판매업자로 성수기에 팔고 남은 크림을 이용해 아이스크림을 만들었다. 전문 상점에 당시 가격의 절반 가격으로 공급함으로써 최초의 대량 생산으로 엄청난 성공을 거두었다.

1904년 세인트루이스 세계박람회는 아이스크림 발전의 중대한 획을 긋는 계기를 마련해 주었는데 그때 처음으로 세상에 선을 보인 아이스크림콘(당시 와플 장수가 와플을 콘 모양으로 말고 나면 아이스크림 장수가 아이스크림을 채워 주는 방식)이 오늘날까지 유행하며 사랑받고 있다.

아이스크림의 분류는 우유의 유지방 성분이 6% 이상 함유된 것은 '아이스크림', 2~6% 함유된 것을 '밀크아이스', 무지유 고형분이 2.0% 이하를 '셔벗'으로 부른다.

아이스크림의 어원은 얼음(ice)과 얼음입자가 크림(cream)처럼 부드러우므로 두 단어를 합성하여 탄생하였다.

한 수
배워 봐!
셔벗(sherbet)은 중동의 charvet라는 음료에서 기원을 찾을 수 있다. 달콤한 과즙이나 다른 음료를 얼린 것으로 우유, 설탕, 달걀 흰자, 젤라틴을 넣고 섞어 얼린 것이 셔벗이다. 프랑스어로는 소르베(sorbet)다. 소르베는 '시럽'을 가리키는 아랍의 '샤랍'에서 '소르베토'를 지나 '소르베'가 되었다. 정식 코스에서 입맛을 새롭게 하려고 앙트레(주요리)와 로스트 요리의 중간에 나오는데, 요즘은 디저트로 나온다. 셔벗은 아이스크림보다 부드럽지만, 얼음보다 진하다.

[크림(cream)] 아이스크림처럼 부드럽다

우유를 자연 상태로 놓아두면 시간이 흐르면서 밀도가 무거운 아이들은 아래로, 가벼운 아이들은 위로 자리를 잡는 과정에서 자연스럽게 지방층이 만들어진다. 크림은 이 지방질이 많은 성분을 공장에서 원심 분리기를 이용해서 추출해낸 유제품의 일종이라 할 수 있다. 세계 각국은 그 국가마다 법으로 정한 크림의 등급에 차이가 있다. 그 차이는 크림에 지방이 얼마나 함유되어 있느냐에 따라서 조금씩 다르다.

일반적으로 커피 크림인 라이트 크림이라 불리는 '저지방 크림'은 18~20% 이상의 버터 지방을 함유한다. 미디엄 크림인 '중지방 크림'은 30~36%의 버터 지방을 제품에 함유하고 있는데 아이스크림과 버터를 만드는 데 쓴다.

휘핑 크림이나 고지방 크림이라 불리는 '진한 크림'은 36% 이상의 버터 지방을 함유하고 있다. 그 사용 용도는 주로 다양한 케이크를 장식하는 데 사용하고 과일에 얹어서 먹기 때문에 보통 사람들이 가장 흔하게 접할 수 있고 맛있게 먹는 크림이라 할 수 있다.

'크림(cream)'의 어원적 유래를 보면 고대 그리스어 'chrisma(연고, 기름 부음)'와 근세 라틴어 'crāmum(지방을 걷어내다, 크림)'이 앵글로노르만어 'creme', 'cresme'가 되었고 다시 중세 영어 'creime', 'creme'으로 유입되어서 최종 'cream'이 되었다.

우유를 가만히 내버려두면 자연적으로 표면에 지방이 응집된 크림 층이 형성된다. 심하게 흔들리면 크림이 버터가 된다. 남은 우유는 자연히 산으로 변하고 응고되어 걸쭉한 요구르트가 된다. 물기를 따라내면 고체인 커드와 액체인 유장으로 분리된다. 신선한 커드에 소금을 뿌리면 치즈가 된다.

[냉면] 너무나 차가워

더운 여름철에 즐겨 먹는 음식으로 냉면을 빼놓을 수 없다. 지금은 남녀노소, 빈부귀천을 막론하고 누구나 즐겨 찾지만, 냉면의 발생 기원을 더듬어 보면 그렇게 고상한 것은 못 된다.

흔히 평양냉면, 함흥냉면 하듯이 냉면의 원산지는 평안도, 함경도 및 강원도로 이 지방은 평야가 귀한 산간지인 까닭에 쌀이 귀했다. 1년 열두 달 중 하얀 쌀밥을 먹는 날은 명절밖에 없는 화전민들이 메밀이나 감자녹말로 국수처럼 만들어 먹은 음식이 오늘날 냉면의 원조다.

신라 제24대 진흥왕은 무더운 여름철에 북부 국경 지대로 순찰을 갔다고 한다. 신하들이 장만해 간 궁중 음식은 더위에 모두 상해서 아무리 임금이라고 해도 산간벽지에서 쫄쫄이 배를 곯는 신세가 되어야 했다. 다급해진 신하들이 지역 화전민들에게 음식을 장만하도록 명령했는데 자신들의 주식인 메밀국수밖에 없어서 그냥 내놓기엔 송구스러워 구하기 어려운 얼음 덩어리 몇 조각 올려서 국수를 대접했으니 이것이 바로 차가운 면인 냉면이다. 이 지역 화전민들은 겨울에 깊은 땅굴 속에 얼음을 저장했다가 여름에 꺼내어 사용했던 것이다.

궁에 돌아온 임금은 냉면 맛을 잊지 못하고 신하들을 시켜 냉면을 만들라고 했으며, 결국 북부 지방의 얼음 동굴을 본떠서 수도권에 얼음저장고를 설치하도록 했다고 한다. 그리하여 지금의 경주에 유명한 고적으로 석빙고가 남아 있다고 한다.

고종 황제도 냉면을 즐겼다는 기록을 보면 냉면의 유래는 조선 시대로 거슬러 올라간다. 『동국세시기(東國歲時記)』, 『진찬의궤(進饌儀軌)』, 『부인필지(夫人必知)』 등의 기록으로 보아 조선 시대부터 즐겨 먹은 음식으로 추측된다.

냉면이 본격적으로 대중화된 것은 한국전쟁 이후 월남한 이북 사람들이 정착하면서 전국적으로 퍼지게 되었다. 냉면은 크게 함흥냉면과 평양냉면으로 나뉜다. 먼저 평양냉면은 메밀 가루에 녹말을 약간 섞어 반죽하여 국수를 만든다. 큰 대접에 면을 담고 편육, 오이와 배를 채 썰어 삶은 달걀 등과 함께 고명으로 얹는다. 쇠고기, 닭고기 등으로 육수를 내거나 차가운 동치미 국물을 부어 식초와 겨자를 곁들여 먹는다.

함경도 지방에서 발달한 함흥냉면은 고장 특산물인 감자녹말로 만든다. 면이 질기며 홍어와 같은 생선으로 회를 쳐 고추장으로 양념하여 비벼 먹는데, 감칠맛이 일품이다.

젤리 | Jelly

[젤리(jelly)] 탱글탱글 빛이 나

젤리는 말랑말랑하고 쫄깃쫄깃하며 부드러워서 아이들이 특히 좋아하는 간식이다. 반투명한 몸체에 촉촉하게 윤기가 흐르고 모양새가 예쁘다. 특히 한입 머금었을 때 입안에서 진한 향을 내는 액체가 사르르 녹는데 그 맛이 달콤하며 먹는 것도 재미있다. 그래서일까. 아이들이 질리지도 않은지 계속해서 먹으려고 드는 음식이다. 젤리처럼 입안 가득 채우면서 사르르 녹는 음식은 없다. 이러한 성질을 갖게 하는 것은 젤라틴이라는 성분 때문이다.

최초의 젤라틴은 고기와 생선 요리였다. 젤라틴은 동물의 뼈, 연골, 피부, 생선 비늘의 결합조직에 함유된 단백질로 콜라겐을 물과 함께 장시간 가열하면 생성되는 유도 단백질이다.

동물 단백질인 젤라틴은 원재료의 성질과는 달리 크림과 과즙 주스와 섞어 멋진 고형으로 변신한다. 달콤하고 과일 향이 나며 휘황찬란한 색상을 가진 디저트로 탈바꿈되는 것이다.

젤리는 연회에서 접시 장식용으로 사용하면서 디저트로 발전하였다. 동물의 뼈나 가죽을 오랜 시간 끓여서 젤라틴을 추출하여 다양한 모양의 몰드를 개발하여 그 속에서 굳힌다. 그러고 나서 테이블 중앙을 장식하는 데 사용했다. 장식만 하고 버리기는 아까웠는지 요리사들은 설탕을 첨가하여 단맛을 낸 뒤 연회에 디저트로 내기 시작했다.

1840년경에 가루로 된 젤라틴이 개발되었지만, 냉장고나 아이스박스가 가정에 보급되기 이전까지는 그리 대중화되지 못했다. 현대와 같은 젤리 푸딩의 형태가 나오기까지는 지난 몇 세기 정도에 불과하다.

'gel'과 'jelly'는 수분으로 구성된 연약한 고체를 가리키는 단어였다. 'gelatin'은 수분을 젤처럼 변하게 하는 단백질을 가리키는 것으로 '차가운' 혹은 '얼리다'라는 뜻의 'gelare'에서 파생한 단어로 인도유럽어가 어원이다. 젤리(jelly)도 젤라틴(gelatin)과 마찬가지로 '얼리다'라는 뜻의 라틴어 동사 겔루(gelū)에서 나왔다. 프랑스어로 유입되어 'geler'로 변하고, 이 동사의 과거 분사 여성형이 고대 불어 'gelée'다. 이 단어는 명사로도 쓰이는데, 1300년대에 영어로는 'jely'로 표시되었다가 17세기에 오늘날과 같은 'jelly'가 되었다.

[바바루아(bavarois)] 때론 푸딩처럼, 때론 무스처럼

'바바루아'는 무스처럼 달걀노른자와 설탕을 가볍게 휘핑하여 만든 생크림에 과일 퓌레와 젤라틴을 섞어 차갑게 굳힌 과자다.

이 바바루아는 독일의 남부도시 바비에르(Baviere) 지방 귀족의 프랑스인 요리사가 최초로 만들었다. 옛날 바바루아는 오늘날과 만드는 방법이 달랐다. 즉, 오늘날 바바루아를 만들 때 사용하는 핵심 재료인 달걀노른자를 사용하지 않고 젤라틴과 특히 설탕을 많이 사용하다 보니 단맛이 엄청나게 강했다고 한다. 당시 설탕은 매우 값이 비싼 귀중품이었다. 그래서 설탕을 많이 첨가한 바바루아는 아무나 먹을 수 없었고, 귀족 등 소수 사람만이 먹을 수 있는 음식이었다.

'바바루아(bavarois: 바바리아 남자, 바바리아의)'는 독일 지방 바비에르(Baviere)에서 만들었기 때문에 'bavarian(바바리안 사람)'이 변형되어 '바바루아'가 되었다.

한 수 배워 봐! 이 바바루아와 이름이 비슷하고 탄생지가 같아서 사람들을 헷갈리게 하는 것이 바로 바바루아에 'e'가 붙은 '바바루아즈(Bavaroise)'인데, 이것은 마시는 음료다. 이 바바루아즈 역시 바바루아를 처음 만든 바비에르 지방에서 17

세기에 등장했다고 한다. 처음에는 홍차, 시럽, 우유를 이용하여 만들어 먹었는데 먹다 보니 호흡기에 문제 있는 사람들에게 예상 밖으로 효과가 있어서 의약품 기능의 음료로 매우 인기가 높았다고 한다.

이 음료가 다른 지역으로도 알려진 시기는 18세기경이다. 바비에르 왕국의 왕자들이 파리에 와서도 이 음료를 즐겨 마셨고 이를 본 파리 사람들이 이것을 '바비에르 사람' 이란 의미로 '바바루아즈(bavaroise: 바바리아 여자)' 라는 이름을 붙이면서 음료 이름으로 정착되었다.

[사탕(candy)] 이보다 더 달콤할 수는 없다

기분이 우울할 때 한입에 쏙 들어가는 작은 사탕을 먹으면 기분이 잠깐 전환된다. 사탕의 역사를 보면 가장 오래된 기록인 BC 2000년경 고대 이집트 분묘의 벽화 등에 무화과, 야자, 향신료 등에 꿀을 넣은 과자에 대한 그림과 상형문자가 기록되어 있다. 이스라엘, 그리스 등에서도 꿀을 이용한 과자를 만들었다는 기록이 존재한다.

기원전 334년에 세계적인 정복왕 알렉산더 대왕 휘하의 네아리스 장군이 인도로 원정 나갔을 때, "인도 사람들은 갈대를 이용해서 꿀을 만들어 먹는다"고 상부에 보고하였다. 사탕수수 나무가 그때까지만 해도 중동과 유럽에는 전해지지 않아서 그들의 눈에는 갈대처럼 보인 것이다.

원정군이 인도를 침공하기 훨씬 전부터 인도 사람들은 사탕을 일반적으로 만들어 먹고 있었다는 것을 알 수 있다. 중국에서도 BC 530년경 인도에서 도입한 사탕수수에서 짜낸 단맛이 있는 액체를 가열하고 건조해서 분말 사탕을 만들어 먹었다는 기록이 있다.

유럽에는 인도에서 재배되던 사탕수수를 650년에 아랍인이 자기 나라로 가져와서 재배를 시작하면서 서서히 전파되기 시작했는데, 일반 서민에게까지 사탕이 보급된 것은 십자군 원정 이후의 일이다.

14세기 중엽부터 사탕이 본격적으로 만들어지기 시작했으며 발전을 거듭하여 16세기에 와서 제과업자들이 다양한 제품으로 생산하게 되었다. 하지만 이때까지는 간단하면서도 단순한 수공업의 형태였고, 18세기 후반부터 최초의 사탕 제조기계가 개발되어 본격적으로 공업적인 대량 생산이 가능하게 되었다.

사탕은 만드는 재료와 제품의 단단한 정도에 따라서 세 가지로 분류된다. 우리에게는 덜 익숙한 퐁당, 마시멜로 등을 섞어서 거품이 들어가게 한 '거품 사탕'이 있다. 친숙한 종류로는 제품의 질이 단단하여 치아가 약한 사람들은 한 번에 으깨어 먹기 곤란하여 빨아서 녹여 먹는 드롭프스 종류의 '하드 사탕' 과 남녀노소를 불문하고 누구나 쉽게 씹어 먹을 수 있는 캐러멜, 젤리 같은 부드러운 재질로 만든 '츄잉 사탕' 이 있다.

사탕은 달콤하고 깜찍하고 맛있는 과자로서가 아니라 신체의 균형을 잡기 위해 약제사가 조제하는 당제로 시작되었다. 설탕은 의약품으로서 몇 가지 역할을 했다고 한다.

첫째, 약재의 쓴맛을 설탕의 단맛으로 덮어 약을 쉽게 복용할 수 있게 한다. 둘째, 설탕의 잘 녹는 성질로 약재끼리 잘 섞이게 한다. 셋째, 녹인 설탕이 당의정 안의 약 성분들을 서서히 배출하게 도와준다. 지금도 설탕은 목캔디처럼 약용으로도 쓰이고 있다.

'사탕(candy)' 의 어원을 보자.

첫 번째 정설로 여겨지는 설은 어원이 페르시아어 'qand(사탕수수, 설탕, 자당)' 로 아랍어 'qandi' 로 변형됐다. 이 단어가 고대 프랑스어로 변형되어 유입되면서 앞에 설탕이 첨가되어 'sucre candi' 가 되고 다시 'sugar candy' 로 정착되었다. 이 단어가 13세기 중세 영어로 유입되어서 앞의 단어는 사라져버리고 최종 'candy' 가 되었다.

두 번째 설은 라틴어에서 나온 말로 '캔(can : 설탕)' 과 '디(dy : 틀에 넣어 굳히다)' 를 합성하여 '사탕(candy)' 이 되었다는 설이다. 의미는 "설탕을 일정한 모양이 있는 형틀에 넣어서 굳힌 과자" 란 뜻이다.

갈색으로 변한 설탕을 캐러멜(caramel)이라고 하는 데, 색깔이 짚을 닮았다고 해서 여기에서 유래했다.

캐러멜이라는 단어는 17세기 프랑스어에서 처음 등장한다. 포르투갈어 caramel에서 스페인어로 거쳐 온 것이다. 포르투갈어 caramel은 '길쭉한 설탕'과 '고드름'을 모두 가리키는 단어다. 둘 다 모양이 길쭉하고 반짝반짝해서 같이 쓴 것 같다. 이 단어는 다시 '갈대'를 뜻하는 라틴어 calamus에서 파생되었다. 그리스어 kalamos도 짚을 의미하며 인도유럽어 어원은 '풀'을 뜻한다. 갈대나 풀이나 모두 갈색으로 색깔에서 캐러멜의 어원이 나왔다.

[치즈(cheese)] 젤리처럼 말랑말랑 쫄깃해

치즈는 소나 염소 등 동물의 젖과 크림 등을 원료로 하여 젖산균 또는 기타 단백질 분해효소 등을 첨가하여 케이신을 응고시키고, 유청을 제거한 다음 열을 가하고 압력을 가하는 등의 처리 과정을 거쳐 만든 신선한 응고물 또는 발효 숙성식품을 말한다.

치즈의 유래는 BC 6000년경 메소포타미아의 유물에 치즈와 유사한 것에 대한 기록이 있고, BC 3000년경 크레타 섬에서 치즈를 만드는 도구인 목제기구가 섬에서 출토되었다. 유럽에서는 스위스 치즈의 역사가 유구하다. 그래서 혹자는 스위스가 치즈의 원조라고도 주장한다. 그렇지만 치즈의 역사를 보면 고대 아라비아에서 무역하던 한 상인이 우연히 치즈를 발견한 것이 시초라 한다.

아라비아의 행상인 카나나는 무역품목 외에도 여행 중에 필요한 음식과 갈증이 날 때 마시려고 양의 위로 만든 물주머니에 염소의 젖을 준비했다. 그가 무역 여행을 무사히 마치고 주머니를 열어보니 액체인 젖은 모두 사라지고 처음 보는 이상하고 촉촉한 흰 덩어리만 남아 있었는데, 이것이 '치즈의 발견' 이라 한다.

요즘처럼 수통이 있었다면 치즈를 발견하는 일은 꿈에도 상상하지 못할 일이다. 또한 염소의 젖이 치즈로 변한 일을 지금은 과학적으로 그 과정을 설명할 수가 있지만, 카나나 처지에서 보면 그저 황당한 일이었을 것이다. 그때 젖이 치즈가 된 것은 양의 위로 물주머니를 만들었기에 그 주머니 속에 소화효소인 레닌이 남아서 염소의 젖을 응고시켰기 때문이다.

치즈는 중앙아시아에서 발견되어 유럽으로 전해졌다. 고대 그리스 사람들은 치즈를 '하늘의 선물' 이라고 생각했고, 로마 제국에서는 진귀하고도 소중한 사치품의 하나로 스위스에서 수입했다고 한다. 특히 로마 시대에 유럽에서는 레닌(응유효소: 단백질 분해효소)을 첨가함으로써 치즈의 형태를 만들고 눌러 붙여 지금의 경질 치즈를 만드는 과정과 동일할 정도로 기술적 발전을 이루어 계속 전수되었다. 로마 병사들은 매일 똑같은 양의 치즈와 빵 한 조각, 와인 한 컵, 소금 한 덩어리를 공급받았다.

영국에는 치즈 만드는 방법을 로마인들이 전파했는데, 고대 잉글랜드나 스코틀랜드에서는 다량의 카세인을 함유한 버터를 채운 작은 통을 수년간 땅속에서 숙성시켰다. 로마가 멸망하고 치즈도 쇠퇴기를 맞는다. 하지만 이 쇠퇴기인 중세에서는 교회가 치즈를 만드는 방법 등 기술을 유지하고 발전시켰으며 농민에게도 교회의 사제가 치즈 제조법을 전해 주었다. 우리나라에서도 국산 치즈의 기원이라 보는 전북 임실의 치즈도 천주교 사제에서 시작된 것이다.

오늘날처럼 치즈를 대규모로 생산한 것은 1851년 미국 뉴욕에서 윌리엄스가 체다 치즈 공장을 설립하면서 가능해졌다. 그래서 이제는 전 세계적으로 다양한 치즈를 원할 때마다 먹을 수 있게 되었다.

'치즈(cheese)'라는 말의 어원을 살펴보면 라틴어 '카세우스(cāseus)'에서 독일어 '카제(kase)', 이탈리아어 '카시오(cacio)', 스페인어 '케소(queso)'가 되었고, 고대영어인 'cese'가 변하여 중세 영어인 'chese'가 되었고 이 단어가 지금의 'cheese'로 변화되었다.

**한 수
배워 봐!**

로마 병사들이 매일 치즈와 함께 공급받았던 소금은 영어로 'salt' 다. 이 단어는 라틴어로 소금 돈이라는 뜻의 '살라리움(salarium)' 에서 유래되었다. salarium 란 salary의 어원인데, 봉급이라는 뜻이다. 당시 로마 시대에서 소금은 만드는 과정이 복잡하고 어려워 소량만 생산할 수 있었고 아주 비싼 품목이었다. 그래서 로마 병사들에게 봉급을 금화 대신 소금으로 주었다고 한다.

예수의 산상수훈에서도 소금이 나온다. "너희는 세상의 소금이니"(마태복음 5:7)라는 구절은 지금처럼 음식의 맛을 돋우고 음식을 장기적으로 보존하기 위해 필수적인 소금과 같은 역할을 하라는 뜻이 있다. 하지만 당시에 소금은 매우 귀중하고 값비싼 물자였다. 예수가 말하는 소금은 지금처럼 널리 통용되고 흔한 물건으로서가 아니라 귀중하고 값비싼 물건을 의미한다.

김치 | Kimchi

[김치] 한식 대표 선수

김치는 밥상에 늘 올라오는 가장 기본이 되는 반찬이다. 쉽게 접할 수 있어서인지 김치에 관해 관심을 기울이는 사람은 거의 없다.

김치는 순수 우리말처럼 생각하기 쉬운데, 사실은 '침채(沈菜)'라는 한자에서 나온 말이다. 침채라는 말은 고려 후기에 처음 쓴 것으로 추측된다. 침채가 팀채가 되었다가 1525년에 『훈몽자회』에 '딤채'라는 글자가 나온다. 딤채란 소금에 절인 채소에 소금물을 부어 만든 국물이 많은 김치를 가리키는데, '김채'가 되었다가 오늘날 '김치'로 쓰인다.

또한 해마다 겨울을 앞두고 큰 행사처럼 치르는 '김장'도 한자에서 나온 말이다. 김장의 사전적 풀이는 '겨우내 먹기 위하여 김치를 한꺼번에 많이 담그는 일'이라는 뜻으로, 옛날에는 '침장(沈藏)'이라 쓰던 것이 오랜 세월이 흐르면서 자연스럽게 지금의 김장으로 변한 것이다.

침채는 '소금에 절인 채소'라는 뜻이다. 일찍이 농경문화가 자리 잡은 우리나라의 주식은 탄수화물이었다. 이러한 탄수화물을 소화하고 흡수하는 데는 소금에 절인 채소가 제격이었는데, 쉽게 구할 수 있는 채소를 소금, 간장, 식초 등으로 절여서 발효해서 먹었다.

특히 채소가 나지 않는 겨울 동안 채소를 섭취하려는 방법으로 김치를 만들었다. 발효는 가장 오래되고 가장 간단하게 음식물을 저장하는 방법이다. 특별한 기후 조건이나 가열 방법, 연료가 필요하지 않으며 담을 용기만 있으면 된다. 옛날에는 땅 구덩이에 묻어 보관하며 발효시키기도 했다.

삼국 시대의 김치에 대한 기록을 보면 데치거나 끓인 후 소금에 절이는 중국과는 달리, 우리나라는 생채소를 그대로 절였다고 한다. 일본에는 백제인이 절임 기술을 전파하면서 절임 음식이 만들어졌다고 그 기원을 찾을 수 있다. 고려 시대에 이르러 단순한 채소 절임에서 동치미, 나박김치와 같은 물김치가 등장하면서 김치의 종류가 다양해졌다. 조선 시대 전기에는 주재료와 양념의 구분이 확실해지면서 매운맛을 내는 생강, 마늘 등이 사용되었다.

임진왜란을 전후로 신대륙이 원산지인 고추가 전해지면서

김치는 혁명적인 변화를 겪게 된다. 본래 마늘, 산초 등으로 매운맛에 길든 조선인에게 고추라는 새로운 음식은 입맛에 딱 맞았고, 김치의 발효를 효과적으로 돕는 데 중요한 역할을 담당하였다. 특히 젓갈의 비린내를 제거하면서 식물성인 채소와 동물성인 젓갈이 맛과 영양에 조화를 이루면서 김치는 한층 발전하게 된다. 1900년경에 통배추가 재배되면서 배추가 김치의 주재료로 확고하게 자리 잡았다.

김치의 역사를 되짚어보면서 발견할 수 있는 것은 창의력과 뛰어난 응용력이다. 김치의 종류는 무려 200가지가 넘으며 김치의 발효에서 파생한 식혜와 장아찌를 포함하면 그 수는 셀 수가 없다. 또한 지역마다 사시사철 독특하고 지역 환경에 맞는 김치가 만들어졌고 재료도 채소에서 나물에 이르기까지, 과일과 어류, 육류에 이르기까지 모든 종류의 음식이 맛나고 멋들어지게 어우러진 한식 대표 선수가 바로 김치다.

[총각김치] 부끄러워 말고 드세요

배추김치와 쌍벽을 이루는 총각김치는 아삭아삭하며 매콤하고 시원한 맛이 일품이다. 시각, 미각, 청각 모두가 즐거운 총각김치는 왜 이름에 총각이라는 말이 들었을까? 그렇다면 처녀김치도 있을까? 우리말에는 남녀를 지칭하는 말이 다양하다. 소녀, 소년, 그, 그녀, 아가씨, 처녀, 총각, 아줌마, 아저씨, 이모, 삼촌 등등 무척 다양하게 발달하여 왔다. 그 중에서 '처녀(處女)'는 단어 속에 '女'가 있어서 그 뜻을 어렴풋이 짐작할 수 있다. 반면 '총각'은 어원을 쉽게 짐작하기 어렵다. 보통 우리말로 생각하기 쉽다. 그런데 총각(總角)은 한자어다. 총(總)이라는 한자는 '모두, 언제나'라는 뜻이지만, 원래는 '꿰매다, 상투 짜다'라는 의미로 쓰였다.

옛날 우리나라에서는 아이들이 머리를 양쪽으로 갈라 뿔 모양으로 머리를 동여맸는데, 그 머리를 '총각'이라고 했다. 이런 머리는 대개 장가가기 전의 남자가 했다.

총각김치는 손가락 굵기만 한 무를 갖은 양념에 버무려 담은 김치인데, 어린 무의 생김이 총각의 머리와 모습이 비슷하다고 해서 생긴 단어다. 속설에는 총각의 거시기와 모습이 비슷해서 만들었다며, 김치를 버무리거나 김치를 먹는 여자들의 얼굴을 붉게 만들었다는 우스갯말도 있지만, 농담은 농담일 뿐 오해하지 말자. 재미있는 것은 '총각김치'와 함께 '홀아비 김치'가 있다는 것이다. 이 김치는 무나 배추 한 가지로만 담근 김치를 말하는 표준어다.

총각김치는 예전에는 '알타리 무, 알타리 김치'라고도 했는데, 지금은 '총각무'로 통일됐다. 1988년 개정 표준어 규정에서 '고유어 계열의 단어가 생명력을 잃고 그에 대응하는 한자어 계열의 단어가 널리 쓰이면 한자어 계열의 단어를 표준어로 삼는다' 는 규정에 따랐다.

[동치미] 겨울엔 동침이 좋다

요즘 붉은 고추의 가격이 급등하면서 김치를 담그는 일이 금치를 담근다고 할 정도로 지갑 열기 무서운 세상이 되었다. 중국산 고추가 많이 수입됐다고는 하지만, 식탁 위에 수입산을 안전하게 사용할 수 있을지 걱정이다. 그렇다고 김치를 안 먹을 수는 없으니 이럴 땐 고춧가루가 들어가지 않는 김치를 담그는 것도 대안이라면 대안이다.

이열치열(以熱治熱)이라는 말이 있다. 또한 맞불 작전으로 이한치한(以寒治寒)이라는 말도 있다. 열로 열을 쫓거나 추위로 추위를 쫓는다는 말이다.

예로부터 우리나라 사람들은 삼복 때는 몸보신 음식으로 개를 삶아 파, 고추, 마늘 등을 넣어 팔팔 끓인 보신탕을 먹어 여름을 이겨냈다. 인삼과 닭을 넣고 삶은 삼계탕도 많이 먹었다. 추운 겨울에는 오히려 찬 음식을 먹었는데 냉면을 먹거나 작은 무로 동치미를 담가 먹기도 했다.

동치미를 맛있게 담그려면 무엇보다 재료 선정이 중요하다. 무는 작고 단단한 것으로 두드렸을 때 꽉 찬 소리가 나는 것이 좋다. 실파와 절인 파, 생강, 마늘, 고추 그리고 소금과 물만 있으면 동치미를 만들 수 있다. 겨울에는 국수를 삶아서 시원한 동치미 국물을 넣어 먹으면 동치미 막국수로 한 끼를 간단하게 때울 수도 있다.

김치는 보통 배추김치, 총각김치, 물김치 등등 김치라는 단어 앞에 주된 재료의 이름이 들어가게 마련인데, 동치미는 김치치고 이름이 귀엽다. 그런데 뜻은 뜻밖에 간단하다. 동치미는 겨울에 담가 먹는 김치라는 뜻이다. 겨울에 담근다는 동심이라는 뜻의 '동팀'과 접미사 '이'가 붙어 동침이(冬沈이)다. 발음하기 쉽게 동치미가 된 것이다.

랍스터 | Lobster

[랍스터(lobster)] 가난의 상징에서 사랑의 묘약으로

랍스터(바닷가재)는 송로버섯, 철갑상어 알 등과 함께 죽기 전에 먹어 봐야 할 음식 중 하나라고 한다. 영양학적으로도 우수하지만, 귀하고 비싼 음식이기 때문이다. 한 마리에 십만 원씩이나 하는 고가라서 나와 같은 서민은 보통 몇 년에 한 번 먹을까 말까 한 비싼 음식이다. 그런데 이 랍스터를 옛날에는 하인이나 죄수가 질리도록 먹어서 이제 그만 달라고 부르짖었을 정도라니 세월이 흐르면서 랍스터의 몸값이 하늘 높은 줄 모르고 치솟은 격이다.

미국이 영국의 식민지 시절이었을 때 랍스터는 가난을 대표하는 음식이었다. 랍스터가 곳곳에 널려 있어서 주로 가난한 집이나 하인들이 먹었다. 17세기 매사추세츠의 한 농장에서 발생한 파업 타결책 중 '랍스터를 주 3회 이상 주지 않겠다' 라는 항목이 있었다는 판국이다.

또한 죄수들에게 하루가 멀다고 지급된 음식이기도 했다. 우리나라는 쌀이 귀하고 콩이 흔해서 죄수들에게 콩밥을 공급했다. 우리나라가 죄지은 사람에게 "콩밥 먹을래?"라는 말을 쓰고 있듯이, 미국에서는 죄지은 사람에게 "랍스터 먹을래?"라고 하지 않았을까?

미국 초기 개척 시절에는 랍스터가 얼마나 흔했는지 먹는 것조차 지겨워서 밭에 비료로 뿌리거나 집게발은 낚싯바늘로 썼다. 그러다가 16~17세기 프랑스와 네덜란드에서는 왕족과 귀족이 즐겨 먹게 되었고 19세기부터 미국 전역으로 퍼져 나가면서 서서히 고급 요리로 인기를 끌기 시작했다.

미국 메인 주는 1840년에 랍스터 산업이 발달하면서 '랍스터의 고장'으로 유명해졌다. 미국에서 잡히는 랍스터는 무게가 19kg까지 나가는 것도 있으나, 지금은 350g 정도가 보통이다. 랍스터의 커다란 집게발은 전체 몸무게의 절반을 차지한다. 집게발 부위가 맛이 있는 이유는 가장 스태미너를 필요로 하기 때문에 섬유근육이 발달했으며 독특한 기름진 맛을 내기 때문이다.

유럽 일부 문화권에서는 랍스터를 '사랑의 특효약'으로 여기는데, 랍스터의 성분 때문이기도 하고, 요리를 먹을 때의 분위기 때문에 사랑하는 감정을 유발할 수 있었기 때문이다고도 한다. 요즘도 랍스터를 전문으로 하는 레스토랑은 상당히 로맨틱하고 우아한 분위기를 낸다.

랍스터는 칼로리와 콜레스테롤이 낮고 단백질과 미네랄이 풍부하며 부드러운 속살과 독특한 풍미 또한 일품이다. 필수 아미노산이 풍부하여 성장기 어린이에게 좋으며 갑각류 특유의 키토산은 뼈와 근육의 형성을 돕는다. 랍스터 알은 핵산이 풍부해 노화를 방지하기 때문에 여성의 피부미용에 좋다. 일부에선 사랑의 특효약이라도 한다.

영어로 'lobster'는 'locust(메뚜기)'와 함께 '뛰다, 날다'라는 뜻의 인도유럽어 'lek'에서 유래했다. 갑각류와 곤충 사이의 유사성을 놀랍도록 일찍이 간파한 것이다. 한자로는 '용새우(龍蝦)'라고 표기하는데 새우, 가재 중에서 으뜸이라는 뜻이다. 가난한 식사에서 부의 상징인 요리로 발전해 오면서 가재가 용이 된 셈이다. 연인들이여, 사랑의 묘약과도 같은 성분을 함유한 랍스터를 즐겨라! 당신의 밤도 아름다워질 수 있다.

한 수 배워 봐! 갑각류를 가리키는 단어 대부분은 선사시대까지 거슬러 올라간다. '새우(shrimp)'는 '돌다, 휘다, 움츠리다'라는 뜻의 인도유럽어 'skerbh'에서 나왔는데, 새우의 구부러진 모양에서 나온 단어다. '게(crab)'과 '가재(crayfish)'는 '긁다, 깎다'라는 뜻의 인도유럽어 'gerbh'에서 유래했다. 갑각류를 잡다가 집게발에 사람의 피부가 긁히자 여기에서 나

[굴(oyster)] 정력의 대명사

굴은 다양한 영양소를 이상적으로 함유하여 바다의 우유라고 불린다. 『동의보감』에서 굴은 모려육(牡蠣肉)이라고 하는데, 먹으면 맛이 있고 몸에도 아주 좋으며 피부를 보드랍게 하고 안색도 좋게 한다. 바다에서 나는 족속 중에 최고로 귀한 것이라고 굴의 효능을 기록하였다.

영양학적으로 굴의 가장 큰 특징은 무기질이다. 특히 아연, 철분, 구리 등의 성분이 상당히 많은데, 특히 철분과 아연은 우유보다 200배 이상 많이 함유하고 있다. 칼슘은 우유의 절반가량 함유하고 있으며, 비타민 B12는 우유의 50배 이상이다. 3대 영양소인 단백질, 지방, 탄수화물 뿐만 아니라 무기질, 비타민 등 5대 영양소가 골고루 함유되어 있다.

굴은 싱싱할수록 좋아서 겨울에 많이 먹는다. 더운 계절에 굴을 먹지 말라고 하는 이유는 수온이 올라가면 상하기 쉽고 소위 조개류 독소에 의한 식중독에 노출되기 쉽기 때문이다.

하지만 요즘엔 냉장 유통기술이 발달해서 사시사철 싱싱한 굴을 손쉽게 구입하여 먹을 수 있다.

굴(oyster)이 소위 스태미나식이라는 데는 여러 가지 버전의 이야기가 전해진다. 영어로 최음제를 'aphrodisiac' 이라고 하는데, 이 단어가 그리스 신화에 나오는 아프로디테(비너스)에서 왔고 아프로디테가 조개껍질에서 태어났다는 설이 있다. 세기의 바람둥이인 카사노바가 하루 4번씩 챙겨 먹었다고 하여 동서양을 막론하고 정력의 대명사로 알려졌다. 나폴레옹은 전쟁터에서도 굴을 즐겨 먹었으며, 이집트의 클레오파트라도 굴을 즐겨 먹었다고 한다. 스페인의 동 쥬앙도 굴을 즐겨 먹었다고 한다.

실제로 굴 하나에는 하루 권장량의 아연이 함유되어 있다. 이 아연은 정자 생성에 중요한 기능을 하고 역시 테스토스테론 형성에 관여하는 것으로 알려져서 성 기능 장애에 도움이 될 수 있다는 주장은 나름대로 근거가 있다.

굴 껍데기는 표면이 거친데다 안쪽은 구불구불한 모양이 겉은 바위 같고 속은 마치 굴 속 같다. 그래서 우리말로 굴을 석화(石花)라고 부르는데, 굴의 생김새에서 연유한다. 제주도 방언으로는 소라나 우동을 '구쟁이' 라고 하는데, 구쟁이에서 '구' 는 굴(窟)처럼 생긴 껍데기를 갖고 있다는 뜻에서 나온 듯하다.

'구리(銅)' 란 말은 '굴+이' 로 분석된다. 굴을 파고 혈거(穴

居) 생활을 하던 오랜 옛날, 굴 속에서 광석을 캐내어 구리를 만들어 쓰면서 청동기 문명시대를 연 우리 조상이 이 금속을 '굴이' 라 부른 데서 나온 말이라고 생각된다.

영어로 굴은 'oyster' 인데, '뼈' 를 뜻하는 인도유럽어 'ost' 에서 왔으며, 뼈와 같은 색깔의 두툼한 껍데기를 가진 연체동물을 가리킨다.

조미료 | Msg

[소스(sauce)] 요리의 일등공신

    요리는 단순한 음식을 넘어서 과학과 예술로도 칭송을 받는데 그렇게 되게 한 일등공신이 바로 다양한 소스다. 음식에 첨가되는 소스는 음식의 재료들이 잘 혼합되고 맛과 색채를 더욱 아름답게 하여 먹는 이들에게 풍미를 더해 준다.

    소스는 어원이 고대 라틴어에서 파생한 것만을 보아도 훨씬 이전부터 간단한 종류의 소스가 이미 사람들의 식탁 위에 존재했다고 유추해 볼 수가 있는데 로마 시대에 생선과 소금으로 만든 소스가 존재했다고 한다.

    대두를 주재료로 한 중국의 소스, 향신료로 맛을 내고 걸쭉하게 만드는 인도의 소스, 고추로 걸쭉하게 만든 살사와 같은 멕시코의 소스 등 수많은 소스가 탄생지와 상관없이 넓은 지역에서 폭넓게 사용되고 있다.

　육류나 채소 등에 맞게 사용되는 소스의 종류는 화이트소스, 브라운소스, 크림소스, 베샤멜소스, 바비큐소스, 옐로우소스, 과일소스 등이 있다. 재미있는 이야기로는 "소스의 종류와 수는 이 지구에 존재하는 요리사의 수만큼이나 많다"라는 말이 있다. 그만큼 만드는 사람에 따라서 조금씩 다르게 만들기 때문에 종류를 열거한다는 것은 어쩌면 의미 없고 황당한 일이다.

　소스라는 단어는 '소금'이라는 뜻의 고대 라틴어에서 나왔다. 소금은 자연에서 온 농축된 맛내기 재료이자 바다에서 온 순수한 미네랄 결정체다.

　주식으로 먹는 곡류나 채소는 그 자체로는 특별한 맛이 없어서 주식에 맛을 더하기 위해 다양한 재료를 찾아왔는데 가장 간단한 방법은 바로 자연이 준 조미료다. 소스의 어원은 'salt(소금)'의 모태가 된 고대 라틴어 'salsa, salsus'에서 유래한 고대 프랑스어 'sauce'가 오늘날까지 내려오고 있다.

한 수 배워 봐!

인간은 기본적으로 단맛, 짠맛, 쓴맛, 신맛이라는 4가지 맛을 느낀다. 현대에 들어와 여기에 감칠맛이라는 5번째 맛이 인정되면서 맛있는 음식을 더 먹고 싶어지게 만든다는 이 감칠맛이 음식의 맛을 좌우하는 데 중요해졌다. 사실 조미료나 소스라는 것은 음식의 맛을 증진시키기 위해 도움을 주는 재료다. 천연에서 얻은 성분을 얻으면 아무 문제가 없는

데 인공적으로 만든 화학조미료는 인체에 무해하다고는 하지만 많이 먹어 좋을 것은 없다.

감칠맛 내는 데 따를 자가 없다는 화학조미료인 MSG(mon1osodium glutamate)는 L-글루탐산의 나트륨염(글루탐산나트륨)의 약자다. 버섯, 육류, 김, 토마토 등 자연 식품에 단백질의 일부분으로 존재한다. 이러한 자연 식품을 섭취했을 때 부작용이나 병적 증세가 보고된 예는 없다. 다만 식품 첨가제로 만든 화학조미료의 경우 독성을 띤다. MSG는 일본의 이케다 박사가 다시마 추출물에서 발견한 물질로 일반 음식점에서 가정에 이르기까지 맛을 내기 위해 많이 사용하고 있다. 다량의 MSG를 섭취했을 때 10~20분 후 후두부의 작열감과 함께 불쾌감, 근육 경직, 메스꺼움 등의 증상이 얼마간 나타나기도 한다. 특히 중국 음식에 이 MSG가 많은데 중국음식을 먹고 난 후 이런 증상을 호소하는 사람이 많아 '중국 음식점 증후군(Chinese Restaurant Syndrome)이라는 말이 있을 정도다.

[케첩(ketchup)] 원조는 토마토가 아니라 생선이라네

핫도그나 햄버거에 먹음직스럽게 올려 주는 케첩은 언제부터 생겨났을까? 우리가 요즘 즐겨 먹는 케첩은 미국에서 만들어졌지만, 그 유래를 보면 복잡하다. 케첩의 어원에 대해서는 여러 설이 있다.

오래전 책에서 읽었는데 제목이 생각나지 않아 출처를 밝힐 수 없는 첫 번째 설은 태국의 한 어장에서 케첩을 발견했다는 설이다. 태국의 북부 치앙마이에서는 하천에서 잡은 물고기를 찹쌀에 섞은 다음 소금을 쳐서 발효시킨 어장(漁醬)을 집집마다 만들었다.

이것이 월남, 필리핀, 중국으로 전파되었는데 중국 복건어로 어장을 '코오찹'이라 불렀다. 18~19세기 초 영국인이 중국에 상륙하여 '코오찹'을 난생 처음 접하게 되었다. 그들은 이 소스를 영국으로 가지고 가서 자기들 나름대로 변형하고 발전시키면서 소스로 사용하였다.

영국에서는 토마토케첩이 1900년까지도 없었다. 하지만 20세기부터 대형 회사가 소스를 대량 생산했고 제 1차 세계대전 때부터 가정에 널리 보급하기 시작했다.

제 1차 세계대전 후부터 미국으로 수출하면서 미국의 하인츠, 델몬트 회사 등이 제품을 더욱 발전시켜 오늘날 이용하는 케첩을 만들어서 세계에 보급했고, 패스트푸드 체인점의 보급으로 전 세계적인 식품이 되었다.

두 번째 설은 중국에서 1690년경 소금, 식초 등을 어류에 첨가하여 톡 쏘는 독특한 소스를 개발했다고 한다. 이 소스를 사람들은 '케치압(Ke-Tsiap, kê-chiap)'이라고 했다.

시간이 흘러서 '케첩(Kechap)'이라는 이름으로 말레이시아

부근으로 전파됐다. 18세기 초에 인근의 싱가포르 상인들이 그 케첩 퓌레를 영국 상인에게 팔면서 유럽과 영국에서도 맛볼 수 있게 되었다.

당시 영국의 한 요리사는 이 소스의 유용함을 잘 알고 있었지만, 문제는 기존 케첩에 쓰였던 재료를 구입해서 그대로 만드는 것이 쉬운 일이 아니었다. 그래서 그는 구하기 힘든 아시아의 재료를 대신해서 주변에서 손쉽게 구할 수 있는 양송이를 이용해서 조금은 새롭게 만들었는데, 바로 이 소스가 '케첩(ketchup, kechap)'으로 불리게 되었다.

유럽 대륙과는 달리 식문화가 다르다 보니 소스가 귀한 영국에서는 케첩이 음식에 유용하게 이용되었다. 이 케첩은 1792년 미국 필라델피아에서 출판된 『The New Art of Cooking』이라는 책에서 토마토케첩이라는 조리법으로 미국에 처음 소개되었고, 1830년대에 미국에서 만들기 시작하면서 전국적으로 인기를 끌었다.

1876년 헨리 하인츠가 토마토에 설탕을 가미하고 토마토 내용물의 함량을 높여 사람들에게 팔면서 오늘날과 같은 토마토케첩이 널리 보급되었다.

세 번째 설은 중국의 민난어 kē-chiap이 말레이지아 'kicap'으로 되고 1690년경 'catchup'이 되면서 정착됐다고 한다.

[마요네즈(mayonnaise)] 될 대로 되라는 심보가 만든 기적

'마요네즈(mayonnaise)'는 일반적으로 채소나 샐러드 등을 먹을 때 위에 뿌려 먹는 드레싱용 소스인데 이제는 각종 요리에 폭넓게 사용하는 우리나라의 조미료 같은 존재라 할 수 있다. 주로 식초와 달걀에 식용유를 섞어서 만든다. 주재료인 달걀노른자를 사용하여 마요네즈를 만들거나 노른자와 흰자 모두 이용하여 만든다. 영어로는 발음하기도 어려운 긴 말을 대신해서 간략하게 '메이요(mayo)'라 부른다.

'마요네즈'의 어원을 보면 다른 단어와는 다르게 불확실하고 설도 많다.

그 중에 많은 사람이 정설로 받아들이고 재미있기도 한 첫 번째는 항구의 이름에서 연유했다는 설이다. 1756년 프랑스와 영국이 7년 동안 피비린내 나는 전쟁을 하였다.

지중해 연안의 미노르카(Minorca) 섬의 마온(Mahon) 항에서 리슐리외 공작이 드디어 영국군을 물리치고 승리를 거두었다. 프랑스군은 돌아와 승리를 기념하는 파티를 열기로 한다. 그러나 요리사는 오랜 기간 전쟁 때문에 물자가 거의 없어 골머리가 아팠다. 그래서 미노르카 원주민의 도움을 받아 섬 여기저기에서 식재료를 구했다. 다행히 섬이라 먹을 거리는 풍성했으나 소스가 없었다. 그나마 달걀, 오일이 전부였다. 실망한 나머지 될 대로 되라며 한 통에 넣어 재료를 마구 뒤섞어 버렸다. 그런데 기적이 일어났다. 소스 맛이 기가 막힐 정도로 맛있게 된 것이다.

이 맛있는 음식에 이름이 없었기 때문에 공작은 고민하다가 승리를 거둔 Mahon 항의 이름에 접미사 '-aise(~풍)'를 붙여 'mahonnaise'라고 이름을 붙였다. 'mahonnaise'를 붙리다가 후에 'mayonnaise'로 변했다는 설이다.

두 번째 설은 프랑스의 'Bayonne' 지방에서 이 제품이 최초로 만들어졌기 때문에 'bayonnase'로 부른 것이 기원이라는 설로 이 'bayonnase'에서 '마요네즈'가 파생했다는 것이다.

세 번째 설은 만든 사람의 이름에서 왔다는 설이다. 처음 만든 'Mayenne'라는 사람 이름이 변형되어 '마요네즈'가 됐다는 설이다.

네 번째 설은 요리할 때 소스가 뜨거운 팬 위에서 격렬히 반응하기 때문에 '부산하게 움직이다'는 뜻의 프랑스어 'manier'를 붙여서 만든 말이 '마요네즈'가 됐다는 설이다. 유사하게 프랑스 요리사인 앙투안 카렘도 '젓다'는 뜻의 '마니에(manier)'에서 마요네즈가 유래되었다고 주장한다.

다섯 번째 설은 'mayeu'라는 말이 중세에는 달걀의 노른자를 의미하였는데 마요네즈가 달걀의 노른자를 주체로 이용한 소스였기 때문에 처음 'mayeunaise'로 불리었고 다시 '마요네즈' 가 되었다는 것이다.

[마가린(margarine)] 버터 대용으로 딱 좋아

식사 때 반찬이 마땅치 않으면 밥을 볶아 먹거나 비벼 먹곤 했다. 특히 달걀부침 하나에 마가린 한 숟가락과 간장 한 숟가락을 넣어 비벼 먹으면 짭짤하면서도 고소한 맛이 어찌나 맛나던지. 하지만 자주 먹으면 배에 타이어를 두를 수도 있으니 냉장고가 텅 비었을 때만 먹어야 한다.

마가린은 면실유, 콩 등 식물성 기름 혹은 소 등의 동물성 기름을 섞은 후 소량의 물과 소금, 유화제, 비타민 A와 D 등을 첨가해서 급랭으로 고체화하여 만든다. 보통 식물성 기름을 주재료로 쓴다.

마가린의 탄생 기원을 보면, 프랑스 나폴레옹 3세 때 가축 전염병으로 버터의 생산량이 급격히 줄어드는 일이 발생했다. 그러자 버터는 하늘 높은 줄 모르고 가격이 치솟았고 품귀 현상이 일면서 존귀한 존재가 되었다.

상황이 이렇게 되자 일반 가정에서는 요리하는 데 필수품인 버터를 구할 수 없게 되면서 모두가 아우성치는 일이 발생했다.

이 사태를 해결하기 위하여 나폴레옹 3세는 1869년에 버터의 대용품을 만들기 위한 경진대회를 개최했다. 이에 화학자 메즈 무리에(Mege Mouries)는 버터의 대용품으로 마가린을 개발하여 1869년 7월 15일에 프랑스와 영국에서 특허를 얻었다.

그 후 미국으로 전해져 1871년 뉴욕에서 처음으로 인공 버터라는 이름으로 마가린을 생산하게 되었다. 영양 측면에서는 비슷하나 저렴해서 대용품으로 탄생한 식물성 인조버터 마가린은 동물성 포화 지방의 고소한 버터가 심장병을 일으킨다는 사실이 알려지면서 버터의 대용품으로 더 많이 판매되었다.

'마가린'의 어원을 살펴보면, 고대 그리스어 '마가론(margaron : 진주)'이 프랑스어 'margarine'으로 변형되면서 정착되었다. 이는 마가린을 만들 때 제품의 색이 빛나는 진주색과 비슷해서 이름이 붙여졌다.

한 수 배워 봐! 마가린의 형제인 버터는 만들 때 젖소에서 짠 우유나 기름에 소금, 향료 등을 첨가하는데 땅콩 같은 견과류 혹은 과일과 채소를 활용해 만들기도 한다. '버터(butter)'의 어원적 유래는 그리스어 '보우티론(boutyron)'에 기원을 둔 라틴어 '부티럼(butyrum)'으로 이 단어는 'bous(소)'와 'tyros(치즈)'가 혼합된 단어다. 이 단어가 서게 르만어에 유입되어서 'buter'가 되었다. 다시 고대 영어 'butere'로 유입되고 중세영어 'butter'가 되어 오늘날까지 내려오고 있다.

19세기 면실유 등 식물성 기름을 그대로 만들거나 다른 물질을 첨가하여 만든 반고형 상태의 쇼트닝은 제빵에 돼지기름이나 버터 대용으로 이용한다. '쇼트닝'은 영어 'short'에서 유래된 것으로 '부서지기 쉽다'는 의미다.

견과류 | Nuts

[견과류] 다이어트에 좋은 친구

견과류는 지방이 많아 먹으면 살이 찔 것으로 생각하는 사람들이 많다. 그러나 반대로 견과류의 지방은 다이어트에 도움이 된다는 연구결과가 나왔다.

특히 복부 지방을 빼는 데 효과가 있다는 소식에 여성들에게 인기가 높아지고 있다. 견과류는 혈관을 막는 포화 지방이 아닌 몸에 좋은 다중불포화 지방과 단포화 지방이 많이 들어서 다이어트에 도움이 된다.

견과류의 하루 적정 섭취량은 하루 한주먹 정도다. 그램으로 따지면 25g 정도. 한 번에 먹기보다는 하루에 3~5회 정도 나눠 먹는 것이 좋다. 꾸준히 섭취하면 체중을 줄이는 데 도움을 주고, 복부 비만이 해소된다.

또한 대사증후군을 예방하는 데도 효과를 볼 수 있다. 노파심에서 말하는데 견과류 100g은 600칼로리다. 하지만 앞서 설명했듯이 견과류의 지방은 오히려 다이어트에 좋은 반면, 한 번에 너무 많이 먹지 않는 게 좋다.

바쁜 현대인들이 아침을 꼬박꼬박 챙겨 먹기에는 어지간히 부지런하지 않고는 어려운 일이다. 그런데 견과는 단백질, 포화지방산, 칼슘, 철분 등이 이상적으로 조화를 이루고 있으며 조금만 섭취해도 포만감이 들어 한 끼 식사를 대신하기에도 좋다.

만약 식사 전에 먹는다면 30분 전에 먹는 것이 식사량을 줄이는 데 도움이 된다. 그리고 이런 성분 때문에 견과는 선사시대부터 이미 사람들의 중요한 영양 공급원이었다. 여기에는 먹기 위해 굳이 조리할 필요가 없다는 편리성도 포함된다.

견과류는 공기와 닿으면 산소와 결합해 산패하기 때문에 개봉한 후에는 잘 밀폐해서 냉장 보관하고 빠른 시일 안에 먹는 것이 좋다. 장기간 보관하려면 단단히 밀봉해서 냉동 보관한다.

견과의 'nut'은 처음부터 '딱딱한 껍질에 둘러싸인 식용 씨앗'을 의미했고 지금도 그러하다. 이 정의에 따르면 도토리, 헤이즐넛, 밤, 너도밤나무 열매만이 견과에 속한다.

몇 가지 대표적인 견과류에 대해 알아보자.

먼저 아몬드다. 아몬드는 세계에서 경작 규모가 가장 큰 견과 작물이다. 청동기시대부터 재배되기 시작해서 캘리포니아가 최대 생산지다. 항산화 물질인 비타민 E가 많이 함유되어 있다. 아몬드는 마지팬의 주재료인데 이에 관한 재미있는 에피소드가 있다.

마지팬은 설탕과 아몬드를 곱게 갈아 예쁘게 모양을 만든 과자인데 십자군 전쟁 때 유럽으로 전해졌다. 1470년에 레오나르도 다빈치가 밀란의 군주 루도비초 스포르차를 위해 마지팬으로 조각품을 만들었다. 그는 "나는 그들이 내가 만든 조각품을 마지막 한 조각까지 게걸스럽게 먹어치우는 모습을 고통스럽게 지켜보았다"라고 기록했다.

그다음으로는 아마존 지역이 원산지인 캐슈너트다. 캐슈너트는 인도땅콩이라고도 부르는데, 땅콩과 달리 나무에 달린 열매다. 또한 우유 빛깔의 캐슈너트는 신의 젖이라고도 하는데, 신의 축복과 영양이 가득한 견과류라고 할 수 있다. 캐슈나무에 캐슈애플이라는 과실이 열리고 그 아랫부분에 씨앗이 달리는데 먼저 가열해서 꺼내야 씨앗을 오염시키지 않고 캐슈너트라는 것을 먹을 수 있다. 캐슈너트는 모양이 마치 태아 모양 같아서 원기회복에 좋다고도 한다.

또한 콜레스테롤이 거의 없으며 섬유질이 풍부하고 땅콩처럼 산화되지 않아 장기간 두고 먹을 수 있다. 캐슈너트는 아몬드 다음으로 국제 교역량이 많으며 인도와 동아프리카가 최대 생산지다. 중남미에서는 카쇼우, 필리핀에서는 까소이, 중국에서는 요과라고 부른다.

호두는 영어로 'walnut'인데 '이방인'을 의미하는 고대 영어의 'wealh'과 '견과'를 뜻하는 'hnutu'의 합성어다. 호두가 동쪽에서 영국의 섬으로 도입되었기 때문이다. 세계적으로 아몬드에 이어 두 번째로 소비량이 많은 인기 있는 견과류다. 또한, 호두는 견과를 가리키는 유럽 언어의 명칭과 비슷하다.

[초콜릿(chocolate)] 신의 음식

초콜릿은 카카오 반죽에 밀크, 버터, 설탕 등을 첨가한 음료 혹은 이것을 틀에 부어 굳힌 과자다.

인디언들은 카카오를 신이 내린 음식이라 여겼다. 18세기경 스웨덴 박물학자 린네가 인디언의 정서를 반영하여 이 카카오를 그리스어로 '테오브로마'로 명명했다. 테오브로마는 'theo(신)'와 'broma(음식)'의 합성어다.

카카오의 유래와 발달과정을 살펴보자. 카카오는 남아메리카(아마존 강 유역 및 오리노코 강 유역)에서 탄생한 것으로 알려졌다. 카카오가 유럽에 처음 전해진 것은 1502년 콜럼버스가 인디언에게서 약탈한 카카오 콩 등을 스페인으로 갖고

온 것이 시초다.

이때는 카카오 콩을 쓸모없는 물건으로 여겼으나, 1519년 스페인의 코르테스가 칼 5세 황제에게 보고한 내용 중엔 "화폐로도 사용되는 카카오 콩은 원주민들이 신이 내린 선물로 여기며 피로회복 등 건강을 위해서 먹는데 그 효과도 다른 것보다도 훨씬 우수하다"라고 카카오의 가치가 높음을 언급했다.

다음 해 코르테스가 카카오를 왕실에 음료로 제공한 후 스페인 귀족이나 부유층 등 상류 계급의 독점 음료가 되었고 시간이 흐르면서 이탈리아와 프랑스 등 유럽 전역에 카카오가 퍼지기 시작하면서 영국에서는 카페에서 초콜릿을 판매하기에 이르렀다. 전혀 쓸모가 없다고 여겼던 카카오가 미운 오리 새끼에서 고고한 백조로 화려한 재탄생을 한 것이다.

초콜릿의 발전 과정을 보면 1819년은 초콜릿 발전에 중대한 영향을 미친 해다. 알렉산더 가이라가 혼합기를 만들어서 최초로 초콜릿을 생산할 수 있는 기반을 마련하였고, 스위스의 프랑수아 루이 카이에가 최초로 사각형 초콜릿을 생산했다. 1828년에 네덜란드인 반 호텐(Van Houten)이 설탕을 혼합한 지방분을 압착하여 고형화에 성공하면서 현재와 같은 초콜릿 원형을 만들어냄으로써 맛 좋은 과자로 등장하게 되었다.

코코아 버터가 세상에 나온 후 1875년 스위스 피터(Daniel Peter)가 밀크를 첨가하는 데 성공하여 초콜릿의 대세인 현재의 밀크 초콜릿 산업의 문을 열어 놓았다.

1900년에는 미국의 허쉬에서 허쉬 초콜릿을 생산하였고 커버링 초코는 1976년 린트가 개발했다. 요즘에는 웰빙 열풍이 불면서 항산화 효소인 폴리페놀이 들어 있는 카카오 함량을 높여서 맛은 쓰지만, 건강에 좋다는 다크 초콜릿이 유행하고 있다. 이 건강에도 좋고 맛도 좋은 카카오와 초콜릿의 어원은 무엇일까?

　'카카오(cacao)'의 어원은 마야어로 'cacahuatle'다. 이 말이 'cacauatl'로 변형되고, 다시 축소 변형되면서 'cacao'가 스페인어로 유입되어 최종 오늘날의 용어로 자리 잡았다.

　'초콜릿(chocolate)'의 어원은 멕시코어로 'chocolatl'이다. 초콜릿의 어원은 고유명사와 관련이 있을 것 같은데 실은 '지퍼'처럼 의성어에서 온 말이다. 그 유래에 대해서는 영국인 토머스 게이지가 1967년에 쓴 『A New Survey of the West Indies』라는 책에 자세히 나와 있다. 그는 카카오 페이스트가 뜨거운 물에 녹을 때 나는 소리가 'choco chcod'인데 이 의성어에 물을 의미하는 'atl'이 붙어서 'chocolatl'이 되었다고 주장했다. 당시 스페인 사람들은 아스텍의 호칭에 따라 'chocolatl'이라 사용했지만, 'chocolate'로 잘못 표기된 것이 일반화되어서 유럽에 정착했다. 이 말이 유럽으로 와서 17세기 프랑스어 'chocolat', 스페인어 'chocolate'가 되었고 이것이 독일에서는 'schokolade' 등으로 불리는데 오늘날의 '초콜릿(chocolate)'으로 최종 정착된 것은 미국에서다.

파스타 | Pasta

[파스타(pasta)] 천의 얼굴을 가진 밀가루 반죽

파스타는 파스타 요리에서 가장 중요한 면을 지칭하는 말로도 쓰이고, 밀가루와 물로 반죽하여 만든 모든 면류를 가리켜서 쓰이는 용어이기도 하다.

파스타의 기원에 대한 설에는 두 가지가 있다.

첫 번째 설은 BC 3000년경 중국에서 이탈리아로 파스타가 유래되었다는 것으로 탈리아텔레(폭이 넓은 면)같이 생긴 면과 스파게티와 비슷한 기다란 면(국수)을 중국인이 식사 때 만들어 먹었는데, 이 중국 면이 기원이라는 설이다. 이 중국 면을 중국에 갔던 마르코 폴로가 이탈리아에 전파하면서 이탈리아 사람들이 입맛에 맞게 더욱 발전시켜서 이탈리아식 파스타가 유행하게 되었다는 설이다.

두 번째 설은 로마 시대나 폼페이 시대부터 이 파스타 비슷한 것을 사람들이 즐겨 먹었는데, 이것이 파스타의 자연스러운 유래라는 설이다.

모든 면류를 가리키는 복잡한 용어인 파스타는 형태와 반죽에 따라서 종류가 엄청나게 많다. 파스타는 형태에 따라서 350여 가지 이상의 다양한 종류가 있는데, 형태에 따른 파스타 종류는 크게 쇼트(short)와 롱(long) 파스타로 나눌 수 있다. 쇼트 파스타는 속이 빈 둥근 모양의 마카로니, 꽈배기처럼 나선 모양으로 꼬인 푸실리 등이 있다. 롱 파스타는 가늘면서 긴 원통 모양의 스파게티, 길고 납작한 모양의 탈리아텔레, 얇은 면 형태인 라자냐 등이 있다.

반죽에 따라서는 건조(dried) 파스타와 생(fresh) 파스타로 나뉜다. 원래 파스타의 출발은 생 파스타였지만, 오랫동안 보관할 수가 없다는 치명적인 단점을 가지고 있다. 그렇다면 건조 파스타는 어떻게 만들게 되었을까? 그 방법의 실마리를 제공한 것은 아라비아였다.

아라비아 상인들은 다른 지역 사람들과 무역하려고 장기간 사막을 가로지르면서 숙식을 해결해야만 했다. 그래서 이들에게 대두된 당면 과제는 수일 동안 가지고 다니면서 먹을 수 있는 음식물을 확보하는 일이었다. 사람이 하루 세 끼를 고기만 먹고 살 수는 없다. 말린 고기도 여행에 많은 도움이 되었겠지만, 국물이 있는 면 요리도 때로는 먹고 싶었을 것이다.

하지만 집에서 먹던 생 파스타는 여행에 가지고 갈 수가 없었다. 그 이유는 기존 생 파스타는 시간이 지나면 쉽게 변질하기 때문에 장기간 여행을 해야만 하는 이들에게는 부적합했기 때문이다.

하지만 뜻이 있는 곳에 길이 있다고 했다. 고민에 고민을 거듭하던 아라비아 상인들은 우연히 면을 건조하면 쉽게 변질하지 않는다는 사실을 알게 되었다. 즉 밀가루를 물로 반죽하여 건조하면 오랫동안 보관이 가능하며 필요할 때 언제든지 먹을 수 있었던 것이다. 그래서 이들은 무역을 떠날 때마다 건조 파스타를 가지고 다녔다. 이 장기간 보존이 가능한 건조 파스타가 나오면서 보급이 확산되었고 유럽 각지로 전래될 수 있었다. 종류도 많고 식사용으로도 그만인 파스타의 어원은 무엇일까?

'파스타(pasta)'의 어원에는 두 가지 설이 있다.

첫 번째는 '소금을 뿌리다'는 뜻의 고대 그리스어 'pastos'가 'pasta(보리죽)'가 됐고 라틴어로 유입되어 'pasta(반죽, 패스트리 케이크)'로 정착되었다는 설이다.

두 번째는 '풀로 이긴 반죽'이라는 뜻의 라틴어 'inpaseutaraeri'에서 유래하여 19세기 'paste'가 되었고 다시 'pasta'로 정착되었다는 설이다.

[스파게티(spaghetti)] 오늘 한 끼는 이탈리아식으로

요즘에는 이탈리아 레스토랑이 많이 있는데 이탈리아 식당이 거의 없던 시절에도 스파게티는 우리나라에 존재했었다. 최초로 스파게티를 먹어 본 것은 대학교 1학년 때였는데 그때 토마토소스로 면을 볶은 음식 맛이 생소하여 한동안은 먹지 않았다. 지금은 맛있게 먹고 있는 스파게티가 그때는 이탈리아 음식인지도 몰랐다.

피자와 함께 이탈리아를 대표하는 음식인 스파게티의 기원에 대해서는 여러 설이 있다.

첫 번째 설은 마르코 폴로가 중국에서 들여왔다는 설이다. BC 3000년경 중국에서 처음 탄생한 면은 처음은 소수만이 먹었겠지만, 시간이 흐르면서 대부분 사람이 즐기는 대중적인 면으로 자리를 잡았다. 시간이 흐르고 중국을 방문한 마르코 폴로가 중국인들이 면을 먹는 모습을 보고는 상당한 관심을 보였다. 그래서 1295년경 그는 중국인들의 면을 모국인 이탈리아에 들여와서 널리 퍼트렸다는 것이다.

두 번째 설은 이탈리아 반도 중서부의 고대 국가인 에트루리아 족이 만들어 먹었던 것이 지금까지 내려오면서 발전했다는 것이다.

세 번째 설은 자연적으로 필요해서 발생했다는 것이다. 사람들이 먹던 밀가루 반죽을 처음에는 손으로 떼어 내어 끓여 먹다 보니 크기도 가지각색이었다. 크기가 다르면 먹기에도 불편했을 것이다. 하지만 점차 칼이나 도구를 이용하여 떼어내다 보니 크기도 일정해졌고 이것이 지금처럼 됐다는 설이다.

스파게티의 역사는 파스타의 역사이기도 하다. 이탈리아에 파스타가 처음 소개된 시기는 대략 11세기로 추측되며 이후 나폴리에서는 누른 빵을 구운 다음 길게 자른 라가노(ragano: 그리스어 '라가논'에서 온 라틴어 '라가눔'이 어원)라는 파스타가 등장했다. 이 '라가노'는 처음에는 프라이팬에 밀가루, 콩 등 여러 종류의 재료를 함께 넣어 만들었다고 한다. 일단 나폴리에서 시작하여 이탈리아 전역에 소개된 이후 사람들이 라가노를 평소에도 많이 먹다 보니 그 수요가 증가하여 베네치아, 피렌체, 제노바에서는 라가노가 중요한 무역 제품으로 거래되었다.

중세 말에는 '마카로니'가 이탈리아에서 파스타를 대표하는 보통명사로 쓰이게 되었다. 하지만 당시의 마카로니는 우리가 요즘 흔히 먹는 둥글고 짧으며 구멍이 뚫린 마카로니와는 맛과 생김새가 전혀 다른 것으로 밀가루에 치즈와 버터를 첨가하여 만든 조금은 조악하고 세련미와는 거리가 있는 음식이었다고 한다.

15세기까지도 사람들이 음식을 즐겨 먹으면서도 용어에 대한 명쾌한 정립을 시도하지 않아서 용어들이 혼동되고 혼용되어 쓰였다. 즉, 음식을 만들 때 기름으로 튀기거나, 뜨거운 물로 익히거나, 소금으로 절인 파스타 등 만드는 방법이 다르고 종류도 다른 모든 종류의 파스타를 각자의 이름이 없다 보니 통칭하여 '파스타'라고 불렀다.

그러나 요즘 우리가 즐겨 먹는 가장 일반적인 '붉은 파스타'는 대략 1830년경에 미국에서 토마토가 이탈리아로 도입되면서 만들어지기 시작했다. 이 토마토의 도입은 스파게티 역사에 족보를 명확하게 만들어 주는 대변혁이었다. 스파게티를 대분류하고 세분화하는 데 일조한 것이다. 오늘날까지 이탈리아에서는 토마토소스가 들어갔느냐 안 들어갔느냐에 따라서 스파게티의 종류가 구분된다.

스파게티는 이탈리아에서 '파스타(pasta: 이탈리아 면류의 총칭)' 산업이 발전하고 제면기가 제조된 18세기 무렵에 시작됐다고 추측한다. 스파게티 면을 만드는 방법은 주재료인 밀가루에 물과 달걀을 넣고 반죽한 다음, 이 반죽을 틀에서 가늘고 길게 뽑아내어 말리면 된다.

스파게티를 먹는 방법은 우리가 국수를 삶고 나서 면 위에 고명을 얹어서 먹는 것과 똑같다. 일단 스파게티 면을 물에 넣고 소금을 조금 가미하여 7분간 삶은 다음 꺼내서 따뜻한 소스를 면 위에 곁들이면 먹음직스런 요리가 완성되고 이제 맛있게 먹어 주기만 하면 된다.

맛있고 간편한 '스파게티(spaghette)' 어원의 유래를 살펴보

자. 스파게티의 단수형은 '스파게토(spaghetto)' 로 보통 '스파게티' 라는 복수형을 사용하는데, 스파게토는 '스파고(spago: 끈)' 와 '에토(etto)' 라는 축소사가 합성되어 탄생한 단어다. 어원은 라틴어 'spagus(끈)' 에서 유래되었는데 면이 끈과 같이 가늘고 길게 만들어지기 때문에 생긴 용어라 할 수 있다.

한 수 배워 봐! 앞서 파스타와 스파게티를 알아보았다. 다시 짧게 정리하자면, 파스타는 한마디로 '밀가루로 반죽한 모든 요리' 다. 간단히 밀가루 반죽을 뜻한다. 그 중 스파게티는 수없이 많은 파스타 중에 길고 단면이 동그랗고 건조한 형태의 파스타를 뜻한다.

[카르보나라 스파게티(carbonara)] 비밀 조직의 요리

스파게티 종류의 하나인 카르보나라 스파게티는 면, 달걀, 베이컨, 생크림, 후추 등을 졸이면서 백포도주를 첨가해서 맛깔스럽게 만든 요리다. 그 고소하고 고급스러운 맛 때문에 전 세계인에게 사랑받는 스파게티가 되었다.

'카르보나라 스파게티(spaghetti carbonara)' 의 어원에는 두 가지 설이 있다.

첫 번째 설은 '카르보나라(carbonara)'는 '숯 굽는 사람'이라는 뜻의 이탈리아어 'carbonaro(복수형은 carbonari)'에서 유래 되었다. 산속에서 숯을 굽던 사람들은 아무래도 사람들이 북적대는 복잡한 곳과는 멀리 떨어져서 살다 보니 보통 사람들과는 먹는 것이 조금은 다를 수밖에 없었다. 자주 시장을 볼 수 없으니 싱싱한 것을 먹기가 쉽지 않았다. 그래서 주로 먹는 스파게티도 조금은 달리 만들어야만 했다.

그들은 일반인과는 달리 자기들 방식으로 오랫동안 보존할 수 있도록 소금에 절인 고기와 달걀만으로 스파게티를 만들어 먹기 시작했다. 숯 일을 하다 보니 식사 때 이들의 옷에 묻은 숯이 접시와 음식에 떨어지는 일이 빈번히 발생했다.

처음에는 음식에 문제가 생겼다고 투덜댔지만, 시간이 흐르면서 시각적으로도 음식과 숯가루와의 조화가 맛을 더 상승시켜 줄 것 같아서 이후에는 후추를 면 위에 아예 뿌려 먹게 되었다. 어쩌면 어차피 숯가루가 음식에 떨어지는 것을 막을 수 없으니 후추를 뿌려 숯가루인지 후추인지 불평하지 말고 먹게 하려는 요리사의 의도가 있을지도 모르겠다. 이 스파게티를 사람들이 널리 만들어 먹으면서 음식의 이름으로 숯을 의미하는 '카르보나라'가 붙게 된 것이다.

두 번째 설은 비밀결사 조직의 이름에서 음식 이름이 유래가 되었다는 설이다. 이탈리아 비밀결사대 '카르보나리

(Carbonari)' 당은 19세기 초에 결성된 비밀결사 조직으로 정부 강요의 왕정을 반대하고 공화정을 지지하며 이탈리아와 프랑스에서 비밀리에 활동했다.

이들의 영향으로 1861년 이탈리아에 통일의 길이 이루어졌다. 조직의 요리사가 최초로 만든 이 음식을 당원들이 식사 때 맛있게 먹으면서 점차 퍼져 나가 일반인도 즐겨 먹게 되었다. 최초로 이 조직에서 만들어 먹은 음식이기에 조직 이름을 따서 스파게티 이름을 지었다는 것이다.

한 수 배워 봐! 전통적인 이탈리아 방식의 카르보나라와 우리가 먹는 카르보나라는 맛과 모양이 다르다.

우리는 생크림을 듬뿍 넣어 걸쭉하게 만들지만, 이탈리아식 카르보나라는 크림은 전혀 사용하지 않는다. 판체타(이탈리아식 햄)와 달걀노른자, 치즈가루만을 사용해 만들기 때문에 진한 노란색을 띤다.

한국식으로 크림을 넣어 고소하고 걸쭉하게 만든 카르보나라는 이탈리아에서 전파된 것이 아니라, 제2차 세계대전 이후 미국에서 시작된 변형된 형태라고 한다. 제2차 세계대전 이후 많은 이탈리아 사람이 미국으로 이주해 갔고, 음식들이 전해지면서 미국 사람의 입맛에 맞게 요리를 변형했다. 한국식은 크림과 우유를 충분히 넣고 끓이다가 파르메산 치즈를 넣어 졸여서 소스를 만들어 먹는다.

[라면] 후루룩 쩝쩝! 맛 좋은 라면

우리가 맛있게 먹는 라면은 밀가루 면발을 증기로 숙성시킨 다음 기름에 튀기거나, 튀기지 않은 마른 면발에 수프를 첨가한다. 비만을 유발하거나 건강에 해롭다는 이론이 있지만, 누구나 쉽게 조리해서 허기를 채울 수 있는 라면은 특히 전 국민이 즐겨 찾는 식사임은 부인할 수 없다.

그렇다면 라면은 언제 만들었을까?

그 시초는 중국이 원조라는 설도 있지만, 지금과 같은 라면은 일본에서 처음 만들어졌다는 것이 정설이다. 라면의 유래를 보면 1958년 일본인 안도우 시로후꾸가 라면 제조법을 최초로 개발했다고 한다. 시로후꾸는 어느 날 자주 가는 술집에서 요리사가 만드는 튀김요리 과정을 유심히 보다가 튀김 과정에서 힌트를 얻어서 라면 제조법을 고안했다.

마치 아르키메데스가 목욕탕에 뛰어들었다가 왕관 속에서 금의 함량을 우연히 풀어낸 것과 같다. 그 과정을 보면 국수를 기름에 튀기면 국수 속의 수분이 증발하면서 익게 된다. 이때 국수 속 수분이 있던 곳에 구멍이 생기는데 이 상태로 면을 건조했다가 필요할 때 뜨거운 물을 부으면 구멍에 물이 들어가면서 본래의 상태로 면이 풀어지게 된다는 점을 이용한 것이다.

그 해 일본의 일청(日淸) 식품이 국수 면발에 양념 국물을 첨가한 아지스케면을 처음으로 시판하면서 다른 회사에서도 라면을 출시했고 이후 여러 회사에서 경쟁적으로 라면을 시판하게 되었다. 하지만 식품 같은 경우 처음으로 제품이 나오면 강력한 적은 바로 시간이다.

시간이 지나면서 제품에 문제가 생긴 것이다. 당시 라면은 아지스케면으로 요즘과는 다르게 수프가 없이 면발에 양념을 첨가하여 만들었다. 그러다 보니 시간이 지나면 양념 때문에 면이 쉽게 변질하였다. 이런 문제점을 개선하여 1961년 명성 식품에서 현재 우리가 먹는 라면과 같이 수프를 별도로 분말화한 제품을 생산하였다. 즉, 면과 양념이 완벽하게 분리된 제품이 나온 것이다.

우리나라는 1963년, 일본의 라면을 모델로 삼양식품에서 '삼양라면'을 처음 생산했다. 1965년에 식량이 부족해지자 정부는 밀가루 음식을 권장하는 분식장려운동을 펼쳤다. 서민들은 끼니를 때우는 대안으로 조리가 간편하고 특유의 맛이 있는 라면을 자주 먹게 되었다.

그리고 1980년에는 컵라면이 등장하면서 국제화되었다. 1990년에 고급화 바람이 불면서 생라면이 등장했지만 성공하지 못했다. 라면 국물은 지금과는 달리 처음에는 된장 맛이었다가 1970년대 들어오면서 김치 맛을 가미한 라면수프가 등장해 얼큰한 맛이 대세를 이루어 지금까지 사랑받고 있다.

라면의 어원에 대해서는 여러 가지 설이 있다.

첫 번째는 라면이란 용어가 출현한 것은 20세기라는 것이 정설이다. 일본어 사전에 노면(老麵)이란 말은 발음이 '노멘'인데 이 노멘이 변하여 '라면'이 되었다는 설이다.

두 번째는 수타면처럼 계속 면을 늘려 뽑는 면을 중국에서 납면(拉麵)이라 하는데 납면의 중국 발음이 '라미엔'이어서 이것이 일본어로 유입되어 라면이 되었다는 설이다.

세 번째는 중국의 남쪽 지방의 건면을 남면(南麵)이라 불렀다. 중국어 남면은 '라미엔'이라고 발음하는데 일본으로 오면서 '라멘'이 되었다는 설이다.

한 수 배워 봐!

군에 있을 때 끓여 먹던 라면은 잊을 수가 없다. 쫄깃한 면발에 얼큰한 국물을 먹고 난 뒤 속이 풀리는 그 기분은 다른 어떤 비싼 음식보다도 만족도가 높다. 쌀이 없는 집이 없듯이 라면이 없는 집은 거의 없을 것이다. 외국에 나갈 때도 꼭 챙겨가게 되는 라면은 가히 국민 식품이라고 할 수 있겠다.

한국인은 2011년을 기준으로 연간 36억 개의 라면을 소비했다는 통계가 나왔다. 국민 1인당 1년에 75개씩 먹은 셈이다. 인구가 많은 중국은 480억 개가 넘고 일본은 53억 개, 미국은 40억 개로 총 소비량은 떨어지지만, 한 사람이 먹는 양은 단연 세계 1위로 한국인이 라면을 좋아하는 것이다.

[국수(noodle)] 잔칫날 필수 요리

세계 사람들이 부담 없이 편하게 즐길 수 있는 음식을 꼽으라면 제일 먼저 언급하는 음식이 바로 면으로 만든 면 요리일 것이다.

이 면 요리인 국수는 반죽을 가늘게 뽑아서 말렸다가 필요할 때 물이나 기름에 끓여서 먹는데 한 끼 식사로도, 간식으로도 그만이다. 나라마다 국수의 재료는 다양하다. 그 나라의 토양에 맞게 자라는 식물을 키워서 그 재료로 면발을 만든다.

그렇다 보니 면발 재료는 밀, 보리, 쌀, 감자 등 여러 종류가 있는데 국수는 면으로 만드는 모든 종류의 면류(파스타, 국수, 라면 등)를 지칭하는 용어이기도 하고 가늘게 뽑은 면만을 지칭하는 용어이기도 하다.

세계적으로 음식을 먹으면서 우리나라처럼 예절과 정숙을 강요하는 나라도 드물 것이다. 그 이유는 식사하면서 잡담을 하거나 경망스럽게 음식을 먹는 것이 남들 보기에 안 좋다는 인식이 머릿속에 강력하게 박혀 있기 때문이다. 면발이 긴 음식을 먹으면서 앞니로 면발을 낑낑거리면서 자르는 모습을 생각해 보면 이해가 될 것이다.

그래서 우리나라 사람들은 음식점에서 냉면 등 면발이 긴 음식을 주문했을 때, 남의 시선을 위해 그리고 편하게 먹기 위해 면발을 3~4회 가위로 늘 잘라달라고 부탁을 하는데 외국인, 특히 중국인들이 그 장면을 보면 기겁을 한다고 한다. 그 이유는 중국에서 면은 장수와 부에 관련되기 때문에 절대로 면을 잘라 먹지 않는다고 한다. 그런 연유 때문인지 우리나라에서도 생일이나 좋은 날, 특히 결혼식 등 오래 지속이 되어야 하는 잔칫날에는 국수 등 면을 먹는다.

그렇다면 세계인이 즐기는 면 음식인 국수는 사람들이 언제부터 만들어 먹었을까? 정확한 역사를 추정하기는 어렵겠지만, 국수는 대략 BC 5000년경부터 아시아, 특히 중국에서 시작되었다는 데는 이견이 없다.

처음에 국수는 황허 강 지역에서 만들어 먹었던 것으로 추정하는데, 이 지역은 벼 대신 밀을 많이 재배하다 보니 밀가루 음식이 다양했다. 그렇지만 오늘날과 같은 가늘고 긴 형태의 국수는 3세기 무렵 중국 삼국시대의 위나라에서 탄생했다고 한다. 동양에서는 다양한 종류의 면 문화가 나라마다 조금씩 다르게 발달했는데, 이 면 문화가 건너가서 서양에서 꽃을 피운 요리는 이탈리아의 스파게티다.

그렇다면 우리가 출출할 때 즐겨 먹는 국수인 'noodle'의 유래는 무엇일까?

첫 번째 설은 'noodle'은 라틴어의 'nodus(매듭)'에서 유래되었다는 것이다.

두 번째 설은 근원은 확실하지 않지만, 독일어 'nudel(noodle)'

에서 유래되었다고 한다.

그렇다면 국수와 국시는 어떻게 다를까? 좀 썰렁한 난센스 퀴즈이긴 하지만, 국수는 밀가루로 만들고 국시는 밀가리로 만든다. 국시는 국수의 경상도 사투리다.

우리말의 어원을 해석한 『동언고략』에서 국수는 한자 麴讐에서 나왔다고 주장하며 다음과 같이 설명하고 있다.

"밀가루(麵)로 국수(麵)를 만든다. 밀가루(麵)로 밀기울(麴)도 만든다. 국수(麵)는 주로 메밀가루로 만드는데, 메밀가루는 술을 내는 맛이 없다. 그러므로 밀기울(麴)로서는 메밀가루가 원수(讐)이니 메밀가루 국수는 밀기울의 원수, 곧 국수(麴讐)라 한 것이다."

해석하면, 우리나라에서 국수의 원료를 놓고 밀가루와 메밀가루가 투쟁했는데, 국수의 원료로 밀가루가 워낙 부족하니 흔한 메밀가루를 쓰자. 그런데 밀가루의 아들뻘인 밀기울이 자기 아버지 밀가루를 밀어낸 메밀가루를 원수로 여긴 데서 '국수(麴讐)'라는 말이 나왔다는 설명이다. 억지스러운 발상이긴 하지만 정확한 근거가 없으니 재미로만 알아두면 좋을 것 같다.

파스타 | Pasta

이름도 재미있고, 맛도 좋은 막국수의 어원에 대해서
는 여러 갈래의 주장이 있다.

첫째, 닥치는 대로 대충해서 막 먹는 국수에서 비롯
되었다는 설이다. 조리법이 따로 있는 것이 아니라 아무 때나
집에 있는 재료로 대충 말아먹는 음식이기 때문이다.

둘째, 막 만든 국수를 바로 먹는다는 의미가 있다. 메밀국수는
시간이 지나면 들러붙는 성질이 있어서 빨리 만들어서 곧바로
먹는데서 비롯되었다고 한다.

셋째, 메밀의 성질에서 어원이 시작되었다는 주장이다. 옛날에
는 메밀가루를 만들려면 맷돌을 돌려 메밀껍질을 벗겼는데, 잘
벗겨지지 않은 메밀 알은 따로 모아 간 것을 막가루라고 했는
데 이 막가루로 국수를 만들어서 막국수라고 한다는 것이다.

식당 | Restaurant

[레스토랑(restaurant)] 정력을 파는 신비한 식당

　예전에는 '레스토랑' 하면 호텔 다음으로 쳐주는 고급 음식점이었기 때문에 보통 사람들은 기념일이나 특별한 분위기를 낼 때만 가는 아주 각별한 장소였다. 하지만 이제는 웬만한 음식점도 영어로 레스토랑이라 표기를 하다 보니 주위에서 흔히 볼 수 있는 음식점을 지칭하는 단어가 되었다.

　사전에서 '레스토랑(restaurant)'은 원래 영양가 풍부한 음식을 먹으며 휴식을 취해 건강을 유지하고 회복하는 장소였으나 현재는 고급 음식과 정중한 서비스가 제공되는 식당으로 정의하고 있다. 역사적으로 볼 때는 식사하기 위한 탁자와 의자를 제공하며 직원이 대기하고 있다가 서비스해 주는 장소만을 가리킨다.

음식점이 처음 생긴 것은 로마 시대 때다. 당시 로마에서 유명했던 카라칼라 목욕탕 주위에는 휴게실과 오락실이 많았는데, 음식을 먹을 수 있도록 음식을 파는 가게도 생겨났다. 이 가게가 음식점의 기원이다.

레스토랑의 기원을 보면 1765년 프랑스의 몽 불랑제가 경영하는 식당에서 'restoratives(원기를 회복시키는, 강장제)'라는 이름의 수프를 팔기 시작하면서 생겨났다고 한다. 그는 식당 문 앞에 큰 글씨로 '정력에 좋은 신비한 수프!'라는 간판을 내걸고 장사하였다.

이 신비한 수프는 양의 발을 화이트소스로 끓여낸 것으로 루이 15세도 이 'restoratives'라고 부르는 신비한 수프를 즐겨 먹으면서 아주 좋은 음식이라며 호평했다고 한다. 그 후 이 수프의 이름이 보편화하면서 '체력, 원기를 회복시킨다'는 뜻의 '레스토랑(restaurant)'이라는 이름이 탄생하였는데, 이후에는 음식물을 제공하는 식당의 이름으로 일반명사화되었다.

원래 '제록스'는 기업 브랜드인 고유명사였는데 '복사'라고 일반명사화한 것과 같은 이치라 할 수 있다. 미국에서는 프랑스에서 이민 온 페이펠트가 자기 나라의 프랑스식 식당인 'Julien's Restorator'를 개업하면서 1794년경에 'restaurant'이라는 말이 생겨났다고 한다. 그 후 세계 각국의 레스토랑은 독자적인 특징을 띠고 발전해 오고 있다.

'레스토랑'의 어원은 라틴어 'restaurans(회복하다)'에서 온 프랑스어인 'restaurer(회복한다, 체력을 회복시킨다, 식사를 제공하다)' 가 기원이다. 이 restaurer라는 단어는 영양이 풍부한 음식을 먹고 휴식을 취하여 피로한 심신 및 체력을 원래의 상태로 회복시킨다는 의미를 지니고 있다.

이 단어에서 정력 수프인 'restoratives' 가 나왔고, 다시 '정력 수프를 파는 가게' 라는 뜻으로 '레스토랑(restaurant)' 으로 변형되었는데, 이제는 어느 정도 품격 있는 음식점을 가리키는 일반명사로 쓰이고 있다.

[메뉴(menu)] 오늘은 뭘 먹지?

우리말의 차림표 또는 식단인 '메뉴' 는 음식점에서 고객에게 제시하기 위하여 준비한 각종 음식 혹은 제품의 이름과 가격, 그리고 고객이 제품을 구입하는 데 필요한 다양한 안내와 조건을 적은 목록이다. 우리는 메뉴를 앞에 놓고 어떤 것을 먹을 것인지 서로 갑론을박하면서 선택의 기로에서 잠깐 동안 행복한 고민에 빠진다. 음식점에 가기 전에 먹고 싶었던 특정한 음식을 정하지 않았거나 음식점의 특성을 잘 모를 경우는 메뉴가 매우 현명한 선택을 하는 데 중요한 이정표가 된다.

메뉴를 처음 사용한 것은 1498년경 프랑스의 어느 귀족이 요리를 색다르게 먹을 수 없을까 하는 고민에서 나왔다고 한다. 그 메뉴를 정식으로 적용하여 발전시킨 사람은 1541년 프랑스의 부룬스윅 공작으로 그는 연회에서 요리의 내용과 순서 등이 적힌 메뉴를 식탁에 놓고, 그 순서에 따라 차례대로 요리를 서빙했는데 이전의 서빙 방식보다 웨이터나 고객 모두에게 편리하여 그 후로는 이 방식으로 요리를 제공하면서 유럽에 널리 퍼져 나갔다.

'메뉴(menu)'의 어원을 보면 원래 '매우 작다'는 뜻의 라틴어 'minutus'와 프랑스어 'minute'에서 온 말로 '작다', '작은 목록', '상세하게 기록하다'란 뜻인데, 프랑스에서는 메뉴 외에 'carte'라고 하고 영국에서는 'bill of fare'라고 부른다.

[샐러드(salad)] 주연을 빛내는 조연

음식을 먹을 때 음식을 맛있게 먹을 수 있도록 도와주는 요리의 하나인 샐러드. 이 샐러드는 인간이 언제부터 만들어 먹기 시작했을까?

샐러드는 기원전 그리스와 로마 시대부터 존재했던 음식으로 그때 당시에는 오늘날처럼 복잡하게 만들지 않았고 신선한 채소류에 소금을 조금 끼얹어서 만들어 먹던 것에서 유래되었다고 한다. 육류를 주로 먹는 유럽에서는 고기가 산성이기 때문에 알칼리성인 채소와 곁들여 먹으면 중화되어서 건강에 도움이 된다는 믿음 때문에 더욱 발전하게 되었다. 나라마다 먹는 방법은 조금씩 다른데 샐러드를 메인 요리와 같이 먹는 곳이 있는 반면, 어떤 나라에서는 메인 요리가 끝난 다음에 샐러드를 먹는다.

샐러드는 신선한 채소 혹은 삶은 채소와 갓 조리된 어패류나 고기류 등에 소스를 뿌려 만드는 요리라 할 수 있다. 원래 샐러드는 우리나라의 반찬 같은 역할을 하는 요리로 전채의 개념이 강했지만, 이제는 당당히 하나의 독립된 메인 품목으로까지 발전하였다. 샐러드의 종류는 신선한 채소나 과일 등을 소스로 버무린 단순 샐러드(simple salad)와 신선한 채소와 과일, 어패류, 육류 등을 소스에 혼합하여 만든 혼합 샐러드(combination salad)가 있다. 샐러드는 주재료와 소스 그리고 우리 음식의 고명 같은 장식(garnish)으로 구성된다.

음식을 맛있게 먹을 수 있도록 해 주는 샐러드의 어원은 어디에서 왔을까? '샐러드(salad)'는 라틴어 'sal(소금)'에서 파생한 'saliō'에서 통속 라틴어 'salata(salty)'가 나왔다. 이 말이 북부 이탈리아로 와서 'salada, salata'로 정착되었고 고대 프랑스어로 차용되면서 'salade'로 변형되었다. 4세기에 영어로 유입되어 최종 'salad'가 되었다. 참고로 라틴어 'sal'에서 파생한 단어는 'salsa', 'sauce', 'sausage', 'salary' 등이 있다. 한때 우리는 일본 영향으로 샐러드를 '사라다'라고 했는데 일본어의 잔재는 과감히 버리는 것이 좋다.

[수프(soup)] 부드럽게 술술 넘어간다

처음 레스토랑에서 수프가 나오면 바로 먹지 않고 좀 기다렸다가 밥을 말아서 먹었던 기억이 난다. 그땐 나만 그런 게 아니라 대부분 사람들이 그렇게 먹었다. 그런데 지금 그렇게 하면 무식하다고 같이 놀아 주려고도 하지 않아서 수프가 나오면 우아하게 스푼으로 떠서 먹는다. 밥을 말고 싶은 생각이 간절하지만 참을 땐 참을 줄도 알아야 한다.

레스토랑에 가서 양식을 먹을 때 제일 먼저 나오는 음식인 묽은 죽 같은 수프는 고기류, 어패류, 채소류를 단독으로 혹은 혼합하여 원하는 재료와 양념과 함께 물, 우유 등을 넣고 끓인 국물이라 할 수 있다.

주로 고기 국물을 기본으로 한다. 여기에 우리나라 고명처럼 상황에 맞게 여러 재료를 얹어서 먹는다. 수프는 메인 요리를 먹기 위한 사전 코스로 양도 적고 영양가도 많아 주요리의 식욕을 돋우는 역할을 하는 전채 요리로 건강에도 좋다. 특수하게 만든 일부 수프는 메인 요리 역할을 하기도 한다.

양식에서 제일 먼저 나오는 선두 주자인 수프는 사람들이 언제부터 만들어 먹기 시작했을까? 수프는 로마 시대부터 8~9세기경까지 음식 재료를 물에 넣고 끓여서 재료가 익으면 국물과 함께 먹는 요리법이었다.

르네상스 시대에 이르러서는 이탈리아의 여러 가지 요리가 프랑스에 전해지자 그 영향으로 프랑스의 독자적인 수프 요리가 다양하게 탄생하였다.

서양에서는 보통 묽고 맑은 수프(potage clair)가 첫 순서로 식사에 나오고, 진하고 영양가 있는 짙은 수프(potage Lie)는 앙트레(entrêe)로 생선 요리와 고기 요리 사이에 나온다.

양식을 먹을 때 속이 놀라지 말라고 선발대로 우리 몸에 들어가는 '수프(soup)'의 어원적 유래를 보면 근세 라틴어 'suppa(sopped bread: 적신 빵)'에서 고대 프랑스어 'souppe', 'sope'로 변형되었고 다시 1645년경 중세 프랑스어 'soupe'가 되었다가 영어권으로 유입되어서 'soup'로 최종 정착되었다.

[애피타이저(appetizer)] 부담 없이 가볍게

시장이 반찬이라고 배고플 때 먹는 음식은 말할 것도 없이 맛이 있다. 그렇지만 배가 고프지 않을 때 먹는 음식은 사정이 조금 다르다. 기차가 서서히 탄력을 받아서 질주하듯이 음식도 서서히 입맛을 당기게 해 주는 것이 있다면 배가 고프지 않아도 맛있게 식사할 수 있을 것이다.

입맛을 서서히 당기게 해 주는 것이 바로 서양 요리에서 메인 요리가 나오기 전에 먹는 전채 요리인 '애피타이저(appetizer)'인데, 흔히 식사 전의 식욕을 돋워 주는 요리로 두 가지로 분류할 수 있다.

하나는 서양요리에서 정해진 순서대로 요리가 나오기 전에 제공하는 소품 요리(무료)를 총칭한다. 다른 하나는 레스토랑에서 메인 요리가 나오기 전에 약식으로 소량의 먹을 것을 주문(유료)하여 먹는 애피타이저가 있다. 애피타이저는 식욕을 돋우도록 만든 음식이기 때문에 혀를 자극할 수 있는 매콤하면서도 시고 톡 쏘는 맛의 소스가 주로 사용되고 후식인 디저트(dessert)는 케이크, 아이스크림과 과일 등 달콤한 맛을 내는 재료가 대부분이다.

애피타이저가 언제부터 시작되었는지는 확실하지 않지만, 여러 가지 설이 있다. 고대 그리스에서는 포도주와 함께 식욕을 자극하는 '푸로무루시스'란 요리에 대한 기록이 있다. 이 요리를 애피타이저로 보기도 한다. 13세기에 마르코 폴로가 전파해서 알려지게 된 중국의 냉채 요리를 이탈리아에서는 다양하게 발전시켜 먹었다. 16세기에 이탈리아의 다양한 요리법과 함께 냉채 요리가 프랑스에 전해져서 오늘날의 '오-되브르(전채 요리)'로 진화했다고 한다. 요리를 순서대로 먹을 때 사전에 나오는 전채 요리는 프랑스에서 정형화시키고 발전시켰다는 것이 정설이다.

또 다른 '오-되브르'의 기원은 제정 러시아에서 시작되었다는 설이다. 제정 러시아에서는 만찬 전에 보드카를 자쿠스키(zakuski)와 먹었다고 전해진다. '자쿠스키'는 전채 요리로 스낵 등과 같은 맛있는 다양한 요리로 구성되었다. 이 자쿠스키를 먹는 풍습이 유럽 각지에 퍼져서 오늘날의 '오-되브르'가 되었다는 설이다.

식욕을 돋우는 전채 요리는 영어로 '애피타이저(appetizer)', 프랑스어는 '오-되브르(hors d'oeuvre)'라 한다. '오-되브르'는 'hors(~의 밖, ~앞)'와 전치사 'de' 그리고 'oeuvre(작업, 행위)'의 합성어로 '전채, 전식'이란 의미다.

'애피타이저(appetizer)'의 어원을 보면 '갈망하다'는 뜻의 라틴어 'appetitus'가 고대 프랑스어 'appetit, apetit(식욕, 식욕 촉진제)'로 되었고 중세 영어 'appetit'로 유입되어서 최종 'appetite'가 되었다. 이 appetite에 식욕을 돋우는 것이라 해서 '-er'을 붙인 것이 '애피타이저(appetizer)'다.

애피타이저에는 몇 가지 조건이 있다. 먼저 식욕을 돋우기 위해 상큼한 맛을 내야 한다. 코스의 맨 처음에 제공되기 때문에 미각과 시각을 자극해야 한다. 짠맛, 신맛, 단맛 등 다양한 맛의 주재료와 조화를 이루어야 한다. 주 요리와 중복되는 재료는 피하고 영양적으로 균형을 잡는 게 좋다. 한입에 먹을 수 있도록 분량이 적고 계절음식을 재료로 쓰는 게 좋다. 애피타이저는 요리사의 솜씨와 기술에 따라 달라지므로 요리사의 창의력이 중요한 역할을 하기도 한다.

[스테이크(steak)] 오늘 나는 특별한 사람이 된다

금전적인 여유가 있는 사람이라면 모를까 평범한 서민에게는 정말 특별한 날에 큰 맘 먹고 먹어야 하는 음식이 스테이크다. 스테이크는 누구나 한 번쯤 먹어 보고 싶은 요리 리스트에 올라 있는 고가의 훌륭한 고급 요리다. 그 누가 고급 호텔에서 포크와 나이프를 들고 스테이크를 썰어 먹는 것을 상상하지 않을 수 있으랴.

스테이크는 큰 덩어리로 구워 먹는 음식이다 보니 대구, 다랑어 등 커다란 생선을 크게 토막 내어 굽는 것도 스테이크의 부류에 들어간다고 한다. 그렇지만 우리가 통상 스테이크라 하면 쇠고기, 송아지 고기 등 쇠고기를 구운 '비프 스테이크(beef steak)'를 지칭한다.

스테이크에서 일반적으로 가장 많이 이용하는 부위는 등심이나 안심 부위다. 하지만 스테이크 종류를 자세히 살펴보면 고기 부위에 따라서 갈비 부분의 'rib steak', 허리 부분의 'T-bone steak', 허리 끝 부분의 'sirloin steak' 등 종류도 꽤 많다.

스테이크는 일반적으로 강한 불을 이용하여 세 가지 방법으로 요리하는데, 겉만 살짝 익혀서 썰었을 때 피가 흐르는 '레어(rare)', 겉은 잘 익었으나 속의 고기가 완전히 익지 않아서 붉은색이 남아 있는 '미디엄(medium)', 겉과 속이 모두 잘 익은 '웰던(welldone)' 등 세 가지 종류가 있다. 사람마다 스테이크 요리를 먹는 취향이 남다르고 세 가지 요리 방법에 따른 고기의 맛도 제각각이기 때문에 자신이 좋아하는 타입을 선택해서 먹으면 된다.

맛있는 '스테이크(steak)'의 어원을 살펴보자. 스테이크는 고대 스칸디나비아어로 꼬챙이로 굽는다는 뜻의 'steikja'가 'steik'로 변형되었고 최종 'steak'로 정착되었다. 고대 스칸디나비아인은 쇠고기와 같은 고기를 먹을 때 막대기에 고기를 꿰어서 불에 구워 익힌 다음 막대기를 빼고 고기를 썰어 먹었다고 한다. 이 요리가 시간이 흐르면서 유럽의 다른 지역으로 퍼져 나가면서 사람들은 조금씩 다르게 고기를 요리하여 먹기 시작했다. 그래서 스테이크는 처음의 '막대기에 꿰어서 구운 고기' 란 의미 대신 '두꺼운 고기를 구운 것' 이라는 의미로 변했다.

[바비큐(barbecue)] 고기는 통 크게 통째로 구워야지

오랜만에 고기가 먹고 싶어서 집에서 프라이팬이나 철판에 고기를 구우면 집 안에 연기가 가득 차고 바닥은 기름 범벅이 되어 뒤처리가 참으로 난감하다. 구우면서 그 냄새에 질려 생각보다 많이 먹지도 못하는 것 같다.

답답한 집을 벗어나서 깨끗한 자연의 공기를 만끽하고 하늘의 별도 볼 수 있는 시골집 마당이나 탁 트인 야외에서 고기를 구워 먹으면 설명할 수는 없지만, 운치도 있고 맛도 더 있는 것 같다.

통상적으로 집 밖에서 고기를 구워 먹는 것을 바비큐라고 한다. 미국인이 즐겨 먹는 '바비큐(barbecue)' 의 사전적 정의는

'돼지, 소 등을 통째로 굽는 것'이다. 보통은 줄여서 'BBQ'라 하는데 우리나라 치킨 프랜차이즈 업체와 이름이 같다. 흔히 생선은 머리부터 꼬리까지 통째로 먹어야 몸에 더 좋다는 이야기를 들었다. 큰 고기는 어렵겠지만, 노가리나 멸치 등 조그만 생선을 통째로 먹는 것은 가능하다. 머리부터 꼬리까지 통째로 구워 먹는 바비큐는 어디서 온 말일까?

'바비큐'라는 말에는 몇 가지 유래가 있다.

첫 번째 설은 아이티 원주민의 요리 이름에서 기인했다고 한다. 스페인 사람들은 서인도 제도에 왔을 때 아이티 원주민이 고기를 통째로 구워 먹는 것을 처음 보았다. 스페인 사람들도 이 요리를 따라 만들어 먹으면서 널리 퍼졌고 이름도 이 요리를 지칭했던 '바비큐'가 그대로 굳어졌다는 설이다.

두 번째 설은 아메리카 인디언의 요리 이름에서 유래되었다고 한다. 아메리카 인디언은 티피(teepee, tipi)라고 부르는 조그만 천막집에서 먹고 자는 등 대부분의 생활을 해결했다. 집 안에서 요리하면 연기 등이 잘 배출되지 않기 때문에 야외에서 화덕을 이용하여 고기를 구워 먹었는데 이 요리 이름인 '바베아큐(babe a queue)'에서 바비큐가 유래되었다고 한다. 바베아큐는 '머리부터 꼬리'까지라는 뜻이다.

세 번째 설은 타이노어인 'barbakoa(구운 요리)'가 스페인어 'barbacoa'로 유입됐고 이 단어에서 '바비큐(barbecue)'가 나왔다는 것이다.

부위별로 잘라서 구워먹던 백인이 인디언의 방식을 좇아서 고기를 통째로 구워먹는 방식은 17세기 버지니아 식민지에서 생겨났다고 한다. 당시에는 돼지 등을 통째로 구워 먹었다고 하는데 지금은 고기, 소시지, 어패류, 채소 등 다양한 재료를 구워 먹는 것을 통틀어서 바비큐라고 한다.

요즈음 틀에 박힌 실내 요리보다 야외에서 요리하는 것이 재미있어 야외 연회 등에서 많이 쓰는데, 바비큐는 미국에서 시작된 후 전 세계적으로 널리 퍼졌다.

[퐁뒤(fondue)] 스위스를 대표하는 전통 요리

퐁뒤는 백포도주에 치즈를 녹인 냄비 요리로 바게트 등 빵을 조그맣게 잘라 녹인 치즈나 초콜릿 혹은 소스를 찍어 먹는 스위스의 대표 음식이다. 세분화하면 전자는 '치즈 퐁뒤'라 하고 우리가 흔히 먹는 '샤부샤부'처럼 끓는 기름이나 물에 고기 등 여러 재료를 튀겨먹는 것은 '퐁뒤 부르고뉴' 혹은 시누아르' 등으로 불린다. 넣는 재료에 따라서 이름이 조금씩 달라진다. 이름이 무엇이든 그 이치는 우리가 하얀 가래떡을 조청이라 불리는 엿에 찍어 먹는 것과 같은 것이라 하겠다.

퐁뒤가 언제 생겨났는지 유래를 살펴보면 명확하지는 않지만, 18세기경 치즈와 와인이 스위스에서 널리 보편화되면서 자연스럽게 생겨났다고 추측해 볼 수가 있다. 퐁뒤의 유래에 대한 설에는 두 가지가 있다.

첫째, 빵을 맛있게 먹으려고 하다 보니 생겼다는 설이다. 시간과 정성을 들여 만든 촉촉하고 부드럽던 빵이 말라 버리면 버리기에는 무척 아깝다. 그래서 나름대로 맛있게 먹으려는 방법의 하나로 용기에 치즈를 넣어 녹인 후 마른 빵을 치즈에 찍어 먹으면서 자연스럽게 전해졌다는 설이다. 일설에는 마른 빵을 활용할 목적이 아니라 말라 버린 치즈를 활용할 목적으로 녹이다 보니 이 요리가 생겨났다고도 주장한다.

둘째, 19세기 초 스위스 사냥꾼들은 산속에서 식사 때 먹기 위하여 도시락 개념으로 마른 빵과 치즈를 지니고 다녔다. 시간이 흘러 사냥을 마치고 밤이 되어 그 추운 밤에 허기를 달래며 몸을 녹이려고 텐트 옆에서 불을 피우고 식사 준비를 했다. 통에 치즈를 넣어 불에 녹인 다음 꼬챙이에 빵을 끼워서 따뜻하게 녹인 치즈에 찍어 먹었는데, 이것이 퐁뒤의 유래라는 설이다. 퐁뒤에 사용하는 치즈에 백포도주를 함께 넣어 끓이면 빵을 찍어 먹을 때 맛이 더 좋다고 한다.

'퐁뒤(fondue)'의 어원적인 유래는 프랑스어인 'fondre(녹이다, 용해하다)'에서 왔다. 이 단어의 과거형 'fondu'에 어미 '-e'가 붙어서 지금의 말이 되었다.

빵 자체보다는 빵을 맛있게 해 주는 치즈 등 녹인 소스가 주역으로 두드러진 예라 하겠다.

스위스 사람들은 퐁뒤 요리에 자부심이 높다. 한국에 김치가 있다면 스위스에는 퐁뒤가 있다고 말한다. 퐁뒤는 물과 먹으면 소화가 잘 안 되므로 반드시 포도주와 함께 먹기를 권한다. 퐁뒤는 프랑스의 부르고뉴 지방에서 유리된 서민들의 애환이 담긴 요리다. 재미있는 것은 여자가 퐁뒤를 먹다가 항아리에 음식을 빠트리게 되면 오른쪽에 있는 남자에게 뽀뽀해야 한다는 전통이 있다고 한다.

퐁뒤를 먹기 위해서는 퐁뒤 전용 항아리를 사용해야 한다. 이것을 '캐쿠론(caquelon)'이라고 한다. 사용하는 항아리는 열전도율이 크지 않아서 치즈나 소스가 눌어붙거나 식지 말아야 한다. 일반적으로 항아리는 알코올 램프로 데우는데 끓이는 게 아니라 데워 먹는 개념이기 때문에 화력이 좋을 필요는 없다.

퐁뒤를 먹기 위해선 예의를 지켜야 한다. 퐁뒤 전용 포크로 찍은 음식만 이로 살짝 물어 포크를 뺀 다음 음식을 입속으로 넣어야 한다. 즉, 입속으로 포크를 넣어 침을 묻히지 말아야 한다. 서양의 다른 음식과는 달리 공동 항아리를 사용하기 때문이다.

스낵 | Snack

[스낵(snack)] 난 아무거나

  '스낵' 은 좁은 의미로는 비스킷과 같이 밀가루와 설탕을 주 원료로 해서 오븐이나 프라이팬에 굽지 않고 기름에 튀겨 만 든 음식을 말한다. 우리나라의 새우깡, 양파링 같은 과자류를 지칭하는 말이다. 우리는 흔히 저렴하고 흔하게 구해서 먹을 수 있는 간식을 '심심풀이 땅콩이나 껌' 으로 비유한다. 즉 '심 심풀이 땅콩' 이란 말은 시간을 지루하지 않게 보낸다는 것을 의미한다. 멍하니 있는 것보다 무엇인가를 씹으면서 보는 것 이 집중력도 향상되고 씹으면서 이와 턱을 자극하여 뇌를 활 성화한다고 한다. 그래서 TV를 보거나 공부하거나 책을 보면 서 먹게 되는 가벼운 음식이 바로 스낵이다.

  넓은 의미로는 '부담 없이 언제 어디서나 편리하게 먹을 수 있는 음식' 혹은 '가벼운 식사'를 가리킨다. 가볍게 먹을 수 있는 식사 종류를 파는 곳을 '스낵바(snack bar)'라고 한다.

'스낵'의 어원은 중세 영어 'snap(깨물다)'과 중세 네덜란드어인 'snac(k)'에서 'snacken(깨물다)'으로 유래가 되어 지금의 '스낵(snack)'으로 발전했다고 한다.

자꾸자꾸 손이 간다는 몇십 년 전통의 국민 스낵인 '새우깡'은 '깡보리밥'에서 어원을 찾을 수 있다. '깡'이라는 말이 풍기는 순박하고 투박한 이미지를 브랜드로 하여 대중이 친숙하게 받아들이도록 한 것이다. 또한 개발 당시에 농심 신춘호 회장의 어린 딸이 아리랑을 '아리깡'이라고 부르는 데서 힌트를 얻었다고 한다.

[프티 푸르(petit four)] 작아서 앙증맞다

'프티 푸르'는 크기가 작아서 한 입에 먹을 수 있는 작고 앙증맞고 귀여운 과자류 및 간식거리의 이름이다. 프티 푸르의 종류를 보면 크게 두 가지가 있다. 하나는 비스킷, 마카롱, 거품 패스트리같이 구워 만든 작은 디저트류인 '프티 푸르 세크

(Petits fours secs)'다. 또 하나는 작은 케이크, 작은 패스트리, 작은 파이 등을 차갑게 만들거나 색다르게 장식한 '프티 푸르 글라세(Petits fours glacés)'가 있다.

이 과자는 언제 어디에서 무슨 사연을 가지고 이 세상에 나왔는지 유래를 살펴보자.

옛날 유럽에서는 집 안에 화덕을 마련하고 빵을 구워 먹었다. 화덕이라는 것은 돌을 이용하여 둥그렇게 만든 것으로 그 밑에서 불을 때면 열이 골고루 전달되고 오랫동안 열이 벽면에 보존된다. 그 열이 전달된 벽면에 밀가루 반죽을 잘 밀착시켜 빵 등을 구워 먹는다.

18세기 프랑스에서는 본래의 목적인 빵을 굽고 난 뒤 불씨를 제거해도 가마의 열기가 한참 동안 남아 있다 보니 사람들은 나름대로 잔머리를 굴리기 시작했다. 불이 아까운데 이 잔열로 빵 말고 다른 것은 만들어 먹을 수 없을까? 그래서 오랫동안 지속되는 열을 이용하여 만들어 먹기 시작한 음식 중의 하나가 '프티 푸르'라고 한다.

원래 프티 푸르는 작은 과자만을 지칭했으나 이제는 광범위하게 의미가 확장되어 쓰이면서 한입 크기의 조그만 케이크 종류에서 손으로 집어 먹을 수 있는 다양한 작은 서브 음식을 포괄하는 용어가 되었다. 프티 푸르의 어원은 다음과 같다. 프티(petit)는 '작은'이라는 뜻이고, 푸르(four)는 '오븐'을 뜻한다. 프랑스어로 작은 화덕이라는 의미다.

[비스킷(biscuit)] 절박한 상황이 만든 최선의 선택

영국을 대표하는 '비스킷'은 우리가 즐겨 먹는 다양한 모양의 작은 과자를 가리킨다. 비스킷은 주원료인 밀가루에 우유, 버터, 달걀, 초콜릿, 설탕, 향료 등을 섞은 다음 반죽해서 다양한 모양의 틀에 부어서 구운 과자를 지칭하거나, 반죽을 손이나 도구를 이용하여 떼어 내어서 구워 만든 과자를 지칭한다. '비스킷(biscuit)'의 어원 유래를 살펴보면 두 가지 설이 있다.

첫째, 많은 사람이 정설로 받아들이는 설은 두 번 구워서 이 이름이 유래됐다는 설이다. '비스킷(biscuit)'은 라틴어 'biscoctus'가 어원인데, biscoctus는 두 번이라는 뜻의 'bis'와 '요리하다, 굽다'의 뜻인 'coctus'가 합쳐진 단어다. 이 단어는 프랑스어로 유입되어 같은 의미의 'bescuit'으로 변형된다. 이 단어에서 'bisket'이 나오고 최종 'biscuit'이 되었다. 즉, 말 그대로 비스킷은 뜨거운 오븐에서 한 번 굽고 다시 한 번 냉각 오븐에서 건조해서 만든다.

둘째, 지명에서 이름이 유래가 됐다는 설이다. 이 이론에 대해서는 이견이 있다. 즉, 비스케 항구에서 비스킷을 만들어 먹어서 음식이 유래된 것이지 어원의 유래와는 관계가 없다는 사람과 항구 이름이 과자의 이름이 됐다고 주장하는 사람들의 의견이 상반된다. 아무튼 두 번째 설을 살펴보면 19세기 초 영국의 배가 풍랑으로 프랑스와 스페인 사이에 있는 '비스케' 항구에 잠시 정박했다.

　이때 선원들은 먹을 것이 떨어지자 그때까지 마지막으로 남아 있던 밀가루를 모두 물에 풀어서 반죽했고, 그 반죽을 떼어내서 구워 먹었는데 그런대로 먹을 만했다. 이때부터 이 음식에 항구 이름을 붙여서 '비스킷' 이라는 이름이 생겨났다고 한다. 본래 비스킷은 밀가루를 물에 반죽하여 이스트를 넣지 않고 구워낸 것으로 그 후 비상식량으로 여행, 항해, 등산할 때 먹기 위해 만들었고 특히 전쟁 때 군인들의 휴대식량으로 사용되었다.

한 수 배워 봐!

비스킷을 미국에선 쿠키(cookie)라고 부른다. 독일어 'koekje(작은 케이크)'에서 유래되었다. 쿠키는 말이 조금씩 발전하면서 나라마다 이름과 유래가 달라졌다. 프랑스에서는 사블레라고 부르는데, 샌드 케이크라는 뜻이다. 노르망디 지방에서 바삭한 감촉이 느껴지는 데서 처음 붙여진 이름이다. 중국에서는 예불을 올릴 때 과일 모양으로 만들어 올리던 과자에서 당과자의 시초를 찾아볼 수 있다. 우리나라는 본래 과일을 과자라고 표기했다. 중국처럼 제사용으로 과일이 꼭 필요했는데 과일이 없는 계절에는 곡물로 과일 대용품을 만든 것이 과자의 유래다.

[크래커(cracker)] 소리가 커서 몰래 먹을 수 없는 과자

'크래커'는 밀가루를 이용해서 얇은 비스킷을 만들듯이 딱딱하게 열을 이용해서 구워 만든 과자로, 평소 입이 궁금할 때 즐겨 먹는 간식 종류의 하나다.

설탕을 많이 넣지 않아 담백한 맛이 특징으로 커피나 차와 곁들여 주식 대용으로 쓰기도 한다. 이스트를 넣어 발효시켜 부풀리거나 소다를 넣어 만든 소다크래커가 대표적이다. 치즈를 배합한 치즈 크래커, 통밀을 배합한 통밀 크래커 등이 있다.

'크래커'의 어원을 살펴보면 동사형인 'crack(부서지다)'인데, 갈라진 금, 갑작스러운 날카로운 소리, 찰칵 하며 깨지다라는 뜻이 있다.

이 동사형 'crack'에 '사람 혹은 행위자'를 의미하는 '-er'이 합성되어 탄생한 '크래커'에는 '폭죽'이란 의미가 있다. 크래커라는 이름이 지어진 것은 음식을 먹을 때 과자가 으깨지는 소리가 크게 들려서 그 상황을 침소봉대하여 폭죽이 터지는 것 같다고 하여 이름이 붙여졌다.

다른 뜻의 크래커도 있다. 이 크래커는 과자와는 전혀 다른 의미로 사용된다. 전 세계적으로 인터넷이 잘 발달하다 보니 남의 컴퓨터에 들어가서 정보를 빼내어서 불법으로 유통하거나 컴퓨터를 망가뜨리는 악성 바이러스를 감염시키는 일이 빈번해지고 있다. 이 불법적으로 남의 컴퓨터에 침입하여 공격하는 사람들을 '크래커' 라고 한다.

[포테이토칩(potatochip)] 최대한 얇게 썰어 주마

감자를 얇게 썰어서 달콤 짭짤하게 기름에 튀겨낸 과자 포테이토칩은 어른이나 아이나 간식거리로 즐겨 먹는다.

우리나라 과자를 생산하는 대부분의 기업에서 제품을 내놓고 있는데 포테이토칩의 탄생을 보면 재미있는 일화가 있다.

1835년 상류 계급의 인사들이 자주 모이는 뉴욕의 한 호텔 레스토랑에서 작은 사건이 발생했다.

어느 날 이 지역의 유명인사 한 명이 감자튀김을 주문했는데 음식이 너무 두꺼워서 먹기 불편했다. 그래서 감자가 너무 두껍다고 웨이터에게 불만을 토로하자 이 말이 요리사의 귀에 들어가게 되었다.

자기가 만든 음식을 가지고 불평을 한 손님에게 약간 화가

난 레스토랑 요리사 조지 그람은 손님을 놀려주기 위해서 어떻게 하면 더 획기적으로 만들까 고민하다가 발상 자체를 두꺼운 것과는 정반대로 종이처럼 얇게 감자를 써는 쪽으로 착안한 다음 계속 얇게 썰어 보았다. 드디어 그는 만족스럽게 얇게 썰어진 조각(chip)을 기름에 튀겼다.

그런데 그 감자튀김은 매우 맛이 있었고 시간이 흐르면서 점점 유명해져서 전 미국에 퍼지게 되었다. 이 감자튀김의 이름은 처음에는 지명인 '사라토가칩'으로 불렸는데 후에 포테이토칩이란 새로운 이름으로 정착되었다. 우리나라에는 제2차 세계대전 때 일본에서 건너와 퍼지게 되었다.

'포테이토칩(potatochip)'의 어원은 포테이토를 얇게 썰어서 튀겼기 때문에 그 모양에서 나왔다. 즉, '감자(potato)'와 '조각(chip)'을 합성하여 탄생한 단어다.

한 수 배워 봐! 포테이토칩을 잘 튀기는 데는 요령이 필요하다. 먼저 감자를 소금물에 10분 정도 담갔다가 마른 행주로 물기를 잘 닦아서 튀기면 단시간에 좋은 빛깔로 맛있게 튀겨진다. 기름에 튀기는 요리는 기름 산화에 주의해야 한다.

[튀김(덴푸라)] 생선은 옷을 입어야 제맛

각종 해산물이나 야채를 밀가루 혹은 튀김가루에 묻혀서 달걀 물에 적신 다음 기름에 튀겨 낸 일본 음식이 덴푸라다. '덴푸라'라는 말의 어원에는 여러 주장이 있다.

첫 번째 설은 가톨릭의 의식 용어에서 이 단어가 파생되었다는 설이다. 가톨릭의 '사계재일(Quatuor Temporas)'은 사계절이 시작될 때 각 3일씩은 고기를 먹을 수 없게 금하고 있다. 이 기간에 신자들은 고기 대신 생선을 먹으며 천주의 은혜에 감사하고 음식의 강복을 기원하는 의식을 치르는 데 이 의식이 '사계재일'이다.

1570년 일본의 나가사키 개항으로 들어온 '예수회' 소속 포르투갈 선교사들은 이 의식 기간에 육식하지 않는 대신 그 대안으로 일본에서 많이 잡히는 새우를 기름에 튀겨 먹었다. 이 튀김 음식을 본 적이 없는 일본인들이 신기해서 "이 음식이 무슨 음식이냐"고 선교사들에게 물었다.

일본어를 잘 이해하지 못한 선교사들은 '사계재일(Quatuor Temporas)'에 대해 열심히 설명했고 일본인들은 선교사가 말하는 '콰투오르 템포라' 중에서 '템포라(Temporas)'가 요리의 이름이라고 잘못 생각했다. 그래서 일본인들이 새우나 채소 등 튀김 요리를 '템포라'라고 명명하면서 오늘날 '덴푸라'

가 되었다는 것이다.

두 번째 설은 포교 장소의 이름에서 파생되었다는 설이다. 선교사들이 종교를 포교할 때는 사람들이 많이 모이는 장소를 우선 고려한다. 일본에서는 사람들이 가장 많이 모이는 장소가 사찰이었기 때문에 선교사들은 절을 찾은 사람들을 대상으로 새우 등 각종 해산물 튀김을 나눠 주며 포교 활동을 했다. 그래서 일본인들 사이에 절(Temple)에 가면 서양의 선교사들이 튀김 음식을 나눠 준다는 소문이 나면서 '템플(temple)' 과 발음이 비슷한 '덴푸라' 라는 이름이 생겼다는 설이다.

세 번째 설은 '덴푸라' 가 대만 용어라는 설로 대만에서는 지금도 튀김 음식 가운데 '첨부라(天婦羅)' 가 있는데 일본의 덴푸라(天浮羅)식 발음이 비슷하고 튀김이라는 점에서 같은 어원이라고 주장하는 설이다.

한 수 배워 봐! 어묵 하면 오뎅이라고 흔히 알고 있다. 오뎅은 일본 말이고 어묵은 우리말이라서 오뎅이라고 말하면 무식하다고 무시당하기도 한다. 그러나 우리나라에서나 두 말이 같은 의미이지 실상 일본에서는 차이가 있다. 일본에서 오뎅은 어묵, 유부, 우무 등을 꼬치에 꿰어 장국에 익힌 것을 말한다. 즉, 오뎅의 재료가 어묵이다. 덴푸라는 튀김의 한 종류로 각종 채소나 어패류에 밀가루 반죽을 입혀 튀긴 요리를 말한다.

야채 | Vegetable

[숙주나물] 배신의 아이콘

　녹두는 물에 불리면 싹이 자라는데 마치 콩나물과 비슷하다. 소금물에 삶아서 채반에 건져 물기를 빼고 갖은 양념으로 무치면 숙주나물이다. 녹두순으로 만든 나물인데 왜 이름이 녹두나물이 아니라 숙주나물이 된 것일까? 숙주나물은 쉽게 상하는 특성이 있는데 그 특성에 빗댄 사연이 있다.

　세종의 뒤를 이어 문종이 왕이 되었으나 2년 만에 숨지자, 어린 단종이 왕위를 물려받았다. 이때 수양대군은 단종을 몰아내고 스스로 왕위에 올랐다. 그때 수양대군을 도운 집현전 학자가 신숙주다. 사람의 마음이 그처럼 쉽게 변하다니 마치 한나절만 두어도 상해 버리는 녹두나물 같다며 녹두나물을 이제 숙주나물이라고 불러야겠다고 비꼰대서 숙주나물의 이름이 나온 것이다.

그러나 신숙주가 누구인가. 세종대왕을 도와 훈민정음 창제에 큰 공헌을 한 학자가 아닌가. 또한 세종 때는 오랑캐의 수많은 침입을 막아내는 등 큰 업적을 세운 인물이다. 이름이 같다고 해서 숙주나물의 불명예를 떠안을 이유가 없을 것 같다. 어떤 책에서는 신숙주가 평소 녹두나물을 즐겨서 이 나물 반찬이 밥상에 끊이지 않자, 세종대왕이 녹두나물만 보면 신숙주가 생각난다며 이름을 '숙주나물' 이라 하라고 명하여 오늘에 이르렀다고 한다.

[도라지] 영원한 사랑, 도라지

도라지는 뿌리를 나물로 먹기도 하지만, 약용으로도 많이 쓴다. 열이 나거나 편도염, 설사 등에 도라지를 쓰고 특히 기관지에 효과가 있다고 알려졌다. 우리 가족은 기관지가 약해 가을에 배와 도라지, 생강을 넣어 즙을 내서 먹는데 맛도 좋고 목에도 좋아서 수년간 꾸준히 먹어 오고 있다.

도라지는 영어로 'platycodon' 으로 그리스어 'platys(넓다)'와 'kadon(종)' 의 합성어다. 꽃의 모양에서 유래되었으며 꽃

말은 영원한 사랑이다. 꽃말이 영원한 사랑이 된 데에는 슬픈 사연이 있다.

어느 시골에 도라지라는 이름의 어여쁜 소녀가 살고 있었다. 도라지는 부모님이 일찍이 돌아가셔서 먼 친척뻘 오빠와 함께 살았다. 둘은 서로 의지하고 아끼며 살았다. 그러던 어느 날, 오빠는 돈을 벌기 위해 중국으로 떠났다. 떠나면서 십 년 후에 만나자며 도라지를 절에 맡긴다. 도라지는 오빠와 헤어지는 것이 싫었지만, 오빠의 약속을 믿고 돌아오기만을 기다렸다. 도라지는 오빠가 떠난 날부터 절 뒤에 있는 언덕에 올라가 혹시 오빠가 탄 배가 오지 않을까 노심초사하면서 바다를 바라보았다.

세월이 흘러 십 년이 지났지만, 오빠는 돌아오지 않았다. 20년이 지나도 돌아오지 않자 도라지는 비구니가 되기로 했다. 하지만 오빠를 기다리는 마음은 변치 않았다.

어느덧 도라지는 할머니가 되었다. 그래도 매일같이 언덕에 올라가 오빠를 기다렸다. 그때 등 뒤에서 "도라지야, 도라지야, 오빠가 왔다!"라는 소리가 들려왔다. 오빠라는 말에 귀가 번쩍 뜨인 도라지는 화들짝 놀라며 뒤를 돌아보았다. 그 순간 그녀는 한 포기의 꽃으로 변했는데, 그 꽃이 바로 도라지꽃이다. 그녀의 간절한 염원과 오랜 기다림을 안타깝게 여긴 산신령이 그녀를 꽃으로 만든 것이다.

기타 | Wxyz

[껌(gum)] 치아 건강을 위하여

고무나무 줄기의 나무껍질에 칼이나 도구를 이용하여 상처를 낸 다음 일정 시간이 지나면 하얀 액체인 수지가 나오기 시작하는데 이것을 모아서 가공하여 만든 제품이 고무다. 고무를 이용하여 만든 제품 중에는 예전에는 고무신이 많았는데 이제는 자동차 타이어가 가장 많이 볼 수 있는 고무 제품이 아닐까 한다.

이 '고무'는 네덜란드 말인 'gom'을 일본인들이 차용하여 생긴 말이다. 우리나라 국어사전에서 '고무'는 프랑스어 'gomme(고무, 지우개)'에서 차용하여 정착한 단어로 풀이하고 있다. 그 발음이 '곰'인데도 일본어와 똑같이 '고무'로 표기한다. 일본인은 't'가 들어간 영어 단어(예, taxi)를 제대로 발음하지 못하는데, 마찬가지로 '곰'이라 발음하는 데도 애로 사항이 있어서 '고무'라 발음하다 보니 '곰'이 '고무'로 변한 것이다. 영어로는 'gum'에 해당한다.

그 기원을 보면 고무는 어원이 고대 그리스어 'kommi'와 라틴어 'gummi'로 이 단어가 고대 프랑스어 'gomme'가 되어서 오늘날까지 내려오고 있다. 식사 후 씹는 껌의 어원도 마찬가지로 고대 그리스어 'kómmi'에서 라틴어 'gummi, cummi'로 유래했다. 이 단어가 근세 라틴어 'gumma'가 되고 다시 앵글로 노르만어 'gome'로 유입되었다. 이 단어에서 중세 영어 'gomme, gumme'가 나오면서 'gum'으로 정착했다. 태생이 같은 말인 네덜란드어 'gom'은 일본에 들어와서 '고무'가 되었고, 영어 'gum'이 우리말에 도입되었을 때는 '껌(chewing gum)'이 되었는데, 다른 나라 말을 어떻게 받아들이느냐에 따라서 의미가 전혀 달라진다.

인디언은 참으로 현명했던 것 같다. 요즘 많은 제약사가 식물에서 약효를 찾기 위해 노력하는데 이미 오래전부터 인디언은 몸을 위해서 많은 식물을 섭취했다. 요즘 인기 있는 전립선 건강을 위한 '소팔메토'도 이들이 먹던 것이고 또 하나가 바로 '치클'이다.

껌은 중앙아메리카 인디언이 사포딜라 나무의 껍질에서 채취하여 굳힌 치클(chicle)이 기원이라고 볼 수 있다. 치클은 인디언이 치아와 잇몸을 튼튼하게 하려고 평소에 씹던 것인데,

스페인의 식민지 정복 이후 세계로 확산되었고, 1850년경 미국에서 치클을 이용하여 최초의 껌을 만들게 되었다. 그러나 오늘날 우리가 씹는 껌은 1892년 미국의 리글리 사가 단맛과 박하향을 첨가하여 본격적으로 생산하면서 오늘에 이르게 되었다. 우리나라에는 광복 후 미군에 의해 껌이 전파되었다.

[담배(tobacco)] 연기처럼 허공으로 사라지는 건강

청소년기에는 남들이 피우는 것이 멋있어 보여서 기를 쓰고 배우고 싶어 하는 것 중의 하나가 담배다. 담배 한 모금에 연기와 함께 허공으로 건강이 사라지고 주변 사람들에게 눈총을 받으면서도 피우는 몸에 해로운 담배. 하지만 금연 인구가 쉬이 줄어들지 못하는 것을 보면 금연한다는 것은 얼마나 힘이 드는가를 여실히 보여 준다 하겠다.

담배 하면 재미있는 일화가 떠오른다. 초등학교 시절 시골에서는 여름에 참외나 과일 서리를 많이 했다. 서리한 것을 먹으면 맛은 있지만, 그만큼 소득분배도 뒤따랐다. 바로 모기들이 달려들어서 강제 헌혈을 집행하는 것이다. 하지만 동네에 있는 담배밭에 들어가면 신기하게도 모기가 한 마리도 달려들지 않았다. 담뱃잎의 독성에 모기가 접근하지 못하는 것이다. 그래서 성공적으로 서리를 마치고 나면 곧바로 달려가는 곳이 바로 담배밭이었다.

담배는 1, 2차 세계대전을 거치면서 전 세계적으로 퍼져 나갔다. 담배는 콜럼버스가 아메리카 대륙을 발견했을 때 이미 원주민들이 피우고 있었다고 한다. 그 담배가 15세기에 유럽으로 전해졌다는 것이 정설이지만, 다른 설에는 아메리카에서 담배가 도입되기 전부터 이미 유럽에서 피웠다는 설이 있다. 인류학자 중엔 아시아에서 담배가 아메리카로 전래되었다는 설을 주장하기도 한다.

담배와 관련된 명언 중의 하나로 『파우스트』의 저자이자 독일의 대문호인 괴테가 한 말이 있다. "신대륙에서 유럽으로 건너온 것 중에서 감자는 신의 선물이고 담배는 악마의 저주다."

담배의 어원에 대해서는 고등학교 때 국어책에도 나왔다. 영어로 담배는 'tobacco', 스페인과 포르투갈어에서는 'tobaco'인데 처음 전해졌을 때는 '약초 종류'를 가리키는 말이었으나 후에 담배를 의미하는 말로 바뀌었다. 타바코의 어원은 9세기부터 사용된 아랍어 'tabaq, tabbaq'로 이 말이 1410년경 스페인과 포르투갈에 '약초'라는 의미로 단어가 유입되었고 이후 프랑스어 'tabac', 독일어 'tabak', 포르투갈어과 스페인어 'tobaco', 영어의 'tobacco'가 되었다.

포르투갈어 '타바코'가 담배와 함께 일본에 전해져서 원음에 가까운 '다바코' 가 되었다. 이 '다바코' 가 조선으로 와서 '담바고', '담바구' 가 되었고 다시 '담배' 가 되어서 오늘날까지 이르고 있다는 것이 정설이다.

출처를 알 수 없는 다른 설에는 담배의 향을 '단 방귀(달콤한 방귀)' 라 해서 이 말이 담배가 되었다는 속설도 있다. 언어적 어원이 위와 같다면 다른 어원설도 있다. 『위키 백과사전』에서는 카리브 해의 타이노어인 'tabago' 에서 현재의 말이 유래되었다는 설이다. 이 'tabago' 는 둥그렇게 말은 담뱃잎을 가리키고 다른 한편으로는 담뱃대를 가리키는 말이기도 하다. 또한 서인도 제도 트리니다드의 섬 이름 '타바고' 혹은 위와 유사하게 산토도밍고 원주민의 담뱃대(토바코)에서 단어가 나왔다는 설도 있다.

[개(dog)] 먹어서 미안하다

애완동물로 개를 키우는 사람들이 많다. 그 개가 층간 소음 및 거대한 외모로 주위 사람들에게 공포와 짜증을 유발하기도 하지만, 여전히 사랑스러운 동물임에는 변함이 없다. 이 세상에 사람을 보고 꼬리를 흔들 수 있는 동물이 몇이나 될까? 물론 돼지도 밥 먹을 때 기분이 좋으면 꼬리를 흔든다. 하지만 자기가 원하는 것이 있거나 주인이 무엇을 원하는가를 알아내기 위해 주인과 눈을 맞추고 소통하기 위해 노력하는 동물은 개가 동물 중엔 최고다.

서양에서 수많은 애견이 들어오면서 개의 종류도 많아졌는데, 우리 조상에게 개는 몇 종류가 되지 않았다. 이 개들은 사람들이 사냥할 때 사냥의 충실한 보조자로 유용하게 이용이 되었고 외부인에게서 집, 사람과 가축을 지키는 충견으로 그 역할을 충실히 해 왔다. 그렇지만 우리 조상은 항상 배가 고팠고 먹을 것이 충분하지 못했다. 비싼 소나 돼지를 먹을 수는 없었고 단백질을 섭취해 어떻게든 먹고살아야 했기에 가장 사랑스러운 반려동물이기도 했지만, 유용한 보양식의 재료로 취해야 했던 것이다.

우리나라의 보신탕은 무더위가 기승을 부리는 삼복더위에 지치고 허약해진 육체에 기운을 북돋아 주고 영양을 보충하여 몸을 건강하게 해 주는 음식이다. 보신탕은 개고기가 들어간 개장, 개장국을 의미하는데 일명 영양탕, 사철탕 등으로 불린다. 만드는 방법은 개고기에 된장과 고사리, 파, 부추, 들깨 등 갖은 양념 등을 넣고 삶아 탕을 만든다.

한국의 보양식 문화가 서양에서 파문을 일으킨 경우는 여러 번 있었지만, 프랑스의 대단한 애견가인 여배우 브리짓 바르도가 한국의 보신탕 문화를 비판한 것이 국내에서 몇십 년 전에 파문을 일으켰다. 또한, 1988 서울올림픽 및 2002년 월드 컵 때 모란시장에서 개를 잡는 모습을 몰래 찍어 가서 유럽에 서 방영함으로써 한국은 개를 먹는 야만국(?)으로 소개되기 도 했다.

하지만 어쩌랴. 나라마다 보양식의 문화가 다르니 먹는 음식 에 따라 야만과 문명을 구별하는 것은 문제가 있다 하겠다. 먹을 것이 귀하던 시절의 부모님 세대와 환자들에게 개고기처럼 몸에 좋은 음식이 이 세상에 어디에 있단 말인가? 오죽하면 수술한 환자에게 의사들이 빠른 회복을 위해서 개고기를 권하겠는가.

사랑스러운 반려동물이면서 유용한 식량이 되는 '개(dog)' 란 단어는 어디서 유래하였을까?

영어 'dog'는 게르만 조어 'dukkōn'에서 온 고대 영어 'docga(힘센 개의 종)'에서 파생된 중세 영어 'dogge'에서 왔다. 이 'dog'는 14세기에 'hound'의 아류형으로 쓰이다 16세기에 와서 개를 가리키는 일반어가 되었고 'hound'는 사냥개를 지칭하는 용어로 자리 잡았다. 개(dog)는 개과의 동물(이리, 늑대, 코요테 등)을 지칭하는 용어이기도 하고 특별히 수컷을 지칭하는 용어로 쓰일 때는 암컷은 'bitch'로 지칭한다.

국립민속박물관에 따르면 삼복은 음력 6~7월 사이에 들어 있는 속절(俗節)로 하지 후 셋째 경일(庚日)을 초복, 넷째 경일(庚日)을 중복, 입추 후 첫 경일(庚日)을 말복이라 하며, 이를 삼경일(三庚日) 혹은 삼복이라고 부른다고 밝혔다. 복날은 10일 간격으로 오기 때문에 초복과 말복까지는 20일이 걸린다. 그러나 해에 따라서 중복과 말복 사이가 20일 간격이 되기도 하는데, 이를 월복(越伏)이라고 한다.

복날의 어원에 대해서는 신빙할 만한 설이 없다. 다만 최남선의 『조선 상식』에서 복날은 '더위를 피하는 것이 아니라 더위를 꺾는 날, 즉 더위를 정복하는 날'이라는 뜻이 담겨 있다. 삼계탕과 보신탕은 이러한 복날의 대표 음식으로 알려졌지만, 왜 하필 뜨거운 보신탕과 삼계탕을 삼복더위에 먹는 걸까?

『동의보감』에서 개고기는 성질이 따뜻하고 맛은 시고 짜며 오장을 안정시키고 몸의 허약한 것을 보충하고 혈맥을 튼튼하게 하며 장과 위장, 골수를 채우는 작용이 있고 허리와 무릎을 따뜻하게 하고 양기를 돋우고 기력을 길러 준다고 했다. 닭고기도 성질이 따뜻하고 맛은 달며 오장을 안정시키고 몸을 따뜻하게 하는 작용이 있다고 한다.

삼복더위에 이 따뜻한 성질의 재료로 인삼까지 한 뿌리 넣어서 달여 먹는 이유는 여름철에는 겉으로는 열이 나지만 몸의 안쪽은 차가워지기 때문이다. 한방에서는 사람의 몸도 사계절의 변화와 같은 변화를 겪는다고 보았다. 여름에는 나무나 풀이 울창하게 피어나는 것처럼 몸의 양기가 모두 몸의 표면으로 나오고 속에는 찬 기운만 남는다.

더울수록 찬 음식을 많이 먹게 되니까 속은 점점 더 차가워져서 소화기능이 떨어지고 설사도 잦아진다. 이렇게 되면 몸의 기운도 점점 떨어지고 저항력이 약해져 몸의 표면이 더워진다. 이럴 때 보양식을 먹으면 속이 따뜻해지면서 기운이 생기고 더위를 이길 수 있는 저항력도 생긴다. 예전부터 무더운 복날에 삼계탕이나 보신탕을 먹은 이유는 이렇게 더위와 싸울 힘을 기르기 위해서였다.

4

알고 마셔야 제맛이 나는
커피 이야기

Tea

[커피(coffee)]

[바리스타(barista)]

[커피의 역사]

[카페(cafe)]

[카푸치노(cappuccino)]

[커피(coffee)]

[차(tea)]

차 | Tea

[커피(coffee)] 커피 한 잔의 여유

따스한 봄날에 점심을 먹고 도서관에서 책을 보고 있노라면 책 위의 글자들은 하나둘 사라지기 시작하고 머릿속이 멍해지면서 위아래 눈꺼풀이 진한 키스를 하기 시작한다. 이럴 때 잠을 깨기 위해 100원을 넣고 뽑아 먹는 자판기 커피의 향은 그렇게 달콤할 수가 없었다.

커피를 사랑하여 하루라도 마시지 않으면 입에 가시가 돋는 사람도 있지만, 커피를 조금만 마셔도 밤새 잠을 이루지 못하는 카페인에 민감한 사람들도 많이 있다. 전에는 커피, 크림, 설탕을 각각 두 숟가락씩 넣어 타서 먹는 다방 커피가 유행하였다. 얼마 전만 하더라도 맥심 커피와 초이스 커피가 인스턴트 커피시장을 놓고 박 터지게 마케팅 전쟁을 했다. 이제는 미국의 브랜드 커피가 들어오면서 원두를 가공한 고급 원두커피가 대세가 되었고 테이크아웃 커피를 들고 거리를 활보하는 사람들을 보는 것은 흔한 일이 되었다. 오죽하면 얼마 전 드라마에서 부유한 집의 여주인공이 자기는 원두커피만 마시지 인스턴트 커피는 죽어도 못 마신다고 했을까.

브랜드 커피 전문점이 거리를 하나둘 점령하면서 덩달아 커피를 사랑하여 하루라도 커피를 먹지 않으면 생활이 안 된다는 사람들이 늘어나고 있다. 현재 우리나라에서 가장 많이 소비되는 음료인 커피는 언제부터 마시게 되었을까?

커피의 기원에도 여러 설이 있지만, 커피가 최초로 발견된 것은 약 9세기경으로 추정되는데 유력한 기원설은 바로 양치기 일화다. 에티오피아 양치기 '칼디'의 양들이 어느 날 목장 인근의 나무에 열린 빨간 열매를 먹은 후 자극을 받아 깡충깡충 뛰어다니며 어찌할 줄 몰라 하는 일이 발생했다. 그는 이 현상을 보고 도저히 원인을 찾을 수가 없었다. 그래서 당시 세상의 석학으로 알려진 이슬람 사원 원장에게 가서 사실을 말하고 원인을 물어보았는데 원장도 모르기는 마찬가지였다.

일단 숙제를 떠안은 원장은 백방으로 고민을 거듭하다가 양이 먹었다는 그 열매를 자신도 따서 끓여 먹어 보았는데 머리가 상쾌해졌다. 이후 원장은 예배나 학습 시간에 자기가 마셨던 음료를 제자들에게 마시게 했는데 이전에 없던 현상이 일어났다. 흔히 교육 현장에서는 교육자와 피교육자의 입장이

상반된다. 교육자는 그렇지 않은데 피교육자는 항상 배고프고 춥고 졸리다.

이전의 교육 시간에 졸고 산만하던 제자들의 태도가 바뀐 것이다. 즉, 이 음료를 먹은 제자들은 졸지 않고 기도나 학업에 전보다도 훨씬 더 집중할 수 있었다. 그래서 이 열매가 신비의 영약으로 인식되기 시작했고 주변으로 조금씩 퍼져 나가기 시작하면서 드디어 세상에 알려지게 된 것이다.

기원을 중시하는 원예학자들은 지금도 야생 커피나무종이 자라고 있기 때문에 고대 아프리카 아비시니아(Avysinia) 왕국에서 커피가 유래했다고 주장한다. 그런데 이 지역을 정복한 아랍의 지도자들은 이 열매가 사람들에게 힘을 주는 것이라 믿었고 그 씨를 지금의 예멘 지역으로 가지고 오면서 세계적으로 커피가 확산한 기원으로 본다. 오늘날 세계에서 가장 유명한 커피 중의 하나인 모카커피의 '모카'는 유럽이나 세계 각지로 수출하기 위해서 세계의 커피가 모이던 중심지인 예멘의 항구도시 지명이기도 하다.

처음 발견되었을 때 사람들은 커피를 '위대한 신이 가엾은 인간에게 선물한 신비의 영약'으로 여겼다. 그래서 이슬람 사원에서는 희소성을 유지하고자 귀중한 커피나무의 재배나 수확된 커피의 유통을 엄격하게 통제했다. 그 결과 커피나무는 일부 지역에서만 재배되고 커피가 종교 확장의 수단으로 이용되었다.

십자군 원정 당시 아랍 사람들이 먹는 신비한 음료인 커피를 십자군에 참전한 병사들이 맛을 보고는 이 음료를 고향인 유럽으로 가지고 갔다. 하지만 그때는 전쟁의 앙금이 서로간에 가시지 않았고 종교적인 이념 대립이 심하던 시기라 '우리가 어찌 이교도인 이슬람인이 마시는 음료를 마실 수 있겠는가'라며 배척되었다. 물론 음으로 양으로 조금씩 유입이 됐겠지만, 중동에서 유럽으로 제대로 된 커피를 도입하는 일은 이탈리아의 베네치아 상인들에 의하여 1615년에 최초로 이루어졌다고 한다. 이들이 유럽에 커피를 확산하여 대중화될 수 있는 기반을 마련한 것이다.

　이후 시간이 흐르면서 커피가 널리 일반인들에게 서서히 퍼지게 된다. 16세기 중반에는 터키의 콘스탄티노플에 커피를 파는 오늘날의 카페가 생기기 시작했고, 그 카페들은 학생이나 예술가, 정치가들이 모여서 담화하는 만남의 장소가 되었다. 사람들이 여유 있게 되면서 다른 것에 관심을 두게 된다. 철학과 예술 그리고 정치를 이야기하다 보면 자연히 권력을 비판하는 소리도 나오게 된다. 권력자들은 사람들이 모여서 하는 토론이 반정부적으로 확대될까 두려워서 커피 금지령을 내렸다. 그 결과 성장하려던 커피가 된서리를 맞기도 했지만, 커피를 마시고자 하는 사람들의 욕망은 꺾지 못했다.

　아라비아 내과의사 라제스(Rhazes)가 저술한 의학 서적에서 커피에 관한 내용이 문헌상에서 가장 처음 등장한다. 우리가 즐겨 마시는 커피는 처음에는 의약품으로 사용되다가 나중에 음료로 사랑받게 되었는데 음료로 정착하기 시작한 때는 AD 1000년경부터라고 추정한다.

우리나라에는 1890년 전후에 커피가 소개되었는데, 공식 문헌기록으로는 1896년 아관파천 때 고종 황제가 러시아 공사관에 머물면서 처음으로 커피를 마셨고, 이후 덕수궁에 돌아와서도 커피를 종종 마셔 커피 애호가가 되었다는 기록이 있다.

우리나라는 물론 전 세계적으로도 가장 많이 마시는 커피 관련 다큐멘터리를 보면 항상 나오는 것이 다국적 커피 기업의 노동력 착취 문제다. 그 뜨거운 햇볕 아래서 온종일 커피를 따는 아프리카나 아시아의 농민들은 하루하루를 근근이 연명한다. 온종일 커피를 따도 임금을 적게 주니 배불리 먹을 수가 없다. 그래서 일부 양심적인 소비자들은 다국적 기업의 커피는 먹지 말자고 불매운동을 권한다.

커피의 어원을 살펴보자. 'coffee'는 정열이나 힘이라는 뜻의 아랍어 'quhawah'가 모태인데 16세기에 터키어 'kahve'로 변형되었다. 이 단어가 이탈리아어로 유입되어 'caffe'가 되면서 유럽 각국으로 퍼졌고 영어의 'coffee'가 되었다. 프랑스에선 'café', 독일에선 'kaffee', 덴마크와 스웨덴에선 'kaffe', 폴란드에서는 'kawa' 등으로 다양하게 불린다.

고종 실록에는 커피가 가배차(茶)라고 기록되어 있다. 가배차라는 단어는 고위층에서 사용되었고, 평민계층에서는 가비

차 또는 양탕국으로 불렸다. 이후 역사적으로 일제 강점기와 6.25 전쟁을 겪으며 가배차라는 우리말은 자취를 감춰 버렸고, 미국 군정의 영향으로 커피라는 외래어를 사용하고 있다.

한 수 배워 봐!

세계에서 가장 비싼 커피는 어떤 커피이고 가격은 얼마일까? 흔히 커피는 이탈리아에서 명품 브랜드를 비롯해 수많은 커피가 생산되는데 가장 비싼 커피는 놀랍게도 인도네시아에서 생산되는 코피루왁(Kopi Luwak)으로 인도네시아어로 '코피'는 커피, '루왁'은 사향고양이를 뜻한다. 즉, 긴꼬리 고양이의 배설물에서 골라낸 원두를 볶아 내린 커피가 명품이다. 코피루왁이 인기를 끌게 된 이유는 연간 수확량이 300~500kg으로 양이 적어 비싸다는 점도 있지만, 사향고양이의 소화효소에는 원두를 최적의 상태로 발효시켜 주는 성분이 들어 있어 커피의 맛이 깊고 중후하며 독특하다는 데 있다. 코피루왁이 성공하자 인도에서는 코끼리 똥 커피, 에티오피아에선 염소 똥 커피, 카리브 해에서는 박쥐 똥 커피, 게다가 베트남에서는 당나귀 똥 커피까지 등장했다. 이러다가 동물이란 동물에게 커피를 먹여 그 똥을 비싼 돈 주고 사 먹게 될 지경에 이른 건 아닌지 모르겠다.

그렇다면 코피루왁의 가격은 얼마나 할까? 100g에 약 10만 원이고, 커피 전문점에선 한 잔에 5~7만 원이라니 커피를 구매할 때는 반드시 인증서를 확인해야 하지 않을까?

[커피의 역사] 인류 최대의 음료수가 되기까지

터키에는 '지옥처럼 검고, 죽음처럼 강하며, 사랑처럼 달콤하다' 라는 커피에 대한 속담이 있다. 커피는 카파(kappa)라는 지역에서 처음 유래했다. 정신이 번쩍 나는 효과 때문에 '힘'을 의미했던 커피는 아랍에서 유럽에 전해지면서 지금의 커피라는 단어가 되었다.

머나먼 대륙 아프리카에서 처음 발견된 커피가 어떻게 여러 대륙을 거쳐 오늘날 전 세계에서 가장 사랑받는 인류 최대의 음료수가 된 걸까? 그 긴 여정을 알아보자.

커피의 고향은 아프리카의 에티오피아다. 에티오피아의 아비시니아 고원에 살던 양치기 소년 칼디는 양이 붉은 열매만 먹으면 흥분하여 뛰어다니는 것을 발견했다. 호기심에 그 열매를 먹어 보니 신기하게 기운이 나고, 상쾌해져서 열매를 이슬람 사원으로 가져갔고 사원에서는 커피를 주로 기도할 때 사용했다.

술이나 약으로도 사용했던 이 커피가 메카에서 인기가 있자 다른 이슬람 도시로 빠르게 전파되었다. 신경을 자극하는 성질 때문에 커피는 한동안 금지되기도 했다가, 오스만 제국 때 이스탄불에 '가누스 카프베' 라는 최초의 카페가 만들어지기도 했다.

신기한 붉은 열매에 관한 소문은 시간이 지나면서 홍해를 건너 아라비아의 예멘으로 전파되면서 처음으로 커피나무를 재배하기 시작했다. 지금 사람들이 즐겨 마시는 '모카 커피'는 수출 항구인 '모카 항'의 이름에서 유래되었다. 또 단순히 열매를 그대로 먹거나 통째로 끓여 먹던 커피를 현재 형태로 발전시킨 건 예멘 사람들이었다.

　에스프레소, 카푸치노, 카페오레가 탄생한 건 모두 유럽에서였다. 그만큼 유럽은 커피를 다양한 방법으로 즐겼다. 의사가 치료로 권하면서 커피에 우유를 타기 시작했다. 프랑스의 루이 16세는 값비싼 설탕을 넣어 커피 맛을 한껏 살리고 싶어 했고, 그 시기에 카페도 줄줄이 생기기 시작했다. 이탈리아는 유럽 최초의 카페가 생긴 나라답게 1720년에 생긴 '플로리안'이 현존하는 가장 오래되고 아름다운 카페로 유명하다.

　커피가 점점 유명해지자 커피나무를 몰래 빼돌리는 사람이 생겨났다. 네덜란드 상인들은 당시 식민지였던 인도네시아의 자바 섬에 커피나무를 심어 재배하는 데 성공했다. 이때부터 커피의 양대 산맥은 예멘의 '모카'와 인도네시아의 '자바'가 되었다.

　미국에 있어 커피는 자유이자 독립의 상징이었다. 미국인은 '보스턴 차 사건' 이후에 차 대신 커피를 마시기 시작했다. 당시 미국 사람에게 홍차 대신 커피를 마시는 것은 '자유에 대한 표현'이고, '독립운동'이었던 셈이다. 이후 자연스럽게 커피는 미국의 국민 음료로 자리 잡게 되었다. 지금 미국은 전 세계 커피 소비량에서 1위를 할 정도로 커피를 즐기는 사람들이 많은 나라다.

현재 세계인의 커피를 책임지는 브라질은 파리에서 몰래 들여온 커피나무로 처음 경작하기 시작했다. 커피를 생산하기 위해 유럽 사람들은 수많은 노예를 이용했다. 브라질은 전 세계 커피 생산의 40%를 담당할 정도가 되었다. 하지만 이익의 99%가 모두 미국의 대규모 커피 회사로 돌아갔다. 그래서 '제 값을 주고 커피를 사고, 환경친화적인 커피를 먹자'고 하는 '공정 무역' 운동이 생겨났다.

우리나라 최초의 커피 애호가는 고종 황제였다. 1896년 러시아 공사관에 머무를 때 먹기 시작하면서 고종은 커피광이 되었다. 이후 고종의 커피 시중을 들던 손탁이라는 여자는 우리나라 최초의 커피점을 열었다. 일본은 우리보다 먼저 1877년에 네덜란드 사람이 커피를 전해 주면서 이노우에가 첫 카페를 열었다. 일본은 1969년 세계 최초의 캔 커피를 만들어 팔기도 했다.

네덜란드 사람들 덕분에 17세기 중반에는 거의 모든 유럽에 커피가 알려져서 커피의 유혹에 빠지게 되었다. 처음 유럽 사람들은 커피를 '아라비아 와인'이라고 불렀다.

가톨릭 지도자 중에는 이슬람교도의 커피를 금지하기도 했지만, 교황이 커피 맛을 보고는 크리스트교 음료로 선포하면서 빠르게 확산되었다.

[카페(cafe)] 젊은이들이여, 꿈을 키워라

차 중 단연코 사랑 받는 커피, 유럽에서는 커피를 전문적으로 마시기 위해 카페가 생겨나기 시작했다. 1645년 이탈리아의 물의 도시, 베테치아에서 최초로 '폴로리안' 이라는 카페가 문을 연 것을 필두로 로마, 영국, 파리, 독일 등으로 번져나가기 시작했다.

그 중 1652년 런던에서 문을 연 커피 하우스 '파스카 로제 하우스' 는 터키 상인의 마부이던 보만이 주인으로 알려져 있다. 그에게는 터키 여행에서 데리고 온 그리스 태생의 파스카 로제라는 하인이 있었다. 로제는 아침마다 주인을 위해 커피를 끓였다. 그것이 이웃간에 큰 화제가 되고 결국 주인은 로제를 시켜 커피 하우스를 열게 된 것이다.

커피 하우스는 '페니 대학' 이라고 불리기도 했는데 1페니를 지불하면 입장할 수 있었으며, 1페니의 커피를 즐길 수 있었기 때문이다. 그후 커피 하우스는 급속도로 퍼져 1683년도 런던에만도 3,000여 곳이 있었다고 한다.

사람이 모이면 당연히 말도 오가기 마련, 커피를 마시면서 자연스럽게 많은 사람들이 접촉하게 되고 그러던 중에 서로 얘기가 오가며 사교와 정보를 공유하게 되고 나아가 지식과 교양을 갖출 수 있는 지식인의 문화가 되었다.

당시 영국의 학생들은 기숙사 생활을 하고 있었으며 매일 일정량의 포도주를 받아 마셨다. 학생들은 폭음한 뒤에 술에서 깨기 위해 커피 하우스에 몰려가곤 했다.

커피의 집에서 꿈을 키운 것은 젊은이들만이 아니었다. 1655년 옥스퍼드에서 '티리야드' 라는 커피 하우스가 문을 열었다. 그곳은 학생들과 교수, 교양 있는 신사들의 단골집이 됐다. 그리고 바로 그곳에서 당시 명성이 높은 건축가이며 옥스퍼드 교수이기도 한 크리스토퍼 렌을 중심으로 티리야드 그룹이 형성되었다. 이 그룹에는 때마침 청교도 혁명이 몰아친 폭풍을 피하여 런던에서 옥스퍼드로 피신해 온 많은 과학자도 가세하였다. 1662년에 창립한 영국 왕립 한림원은 이 티리야드 그룹과 1645년 런던의 한 선술집에서 결성된 '보이지 않는 대학'(invisible college)의 대표자인 과학자 로버트 보일의 그룹을 합쳐서 성립하였다.

이처럼 왕립 한림원이 커피 하우스를 산실로, 그리고 프랑스의 아카데미 프랑세즈가 살롱을 모체로 하여 태어났음은 카페나 살롱의 문화, 더 나아가서는 유럽의 차 문화 및 유럽풍의 지성과 문화를 이해하는 데 있어 참으로 많은 시사점을 던져 준다.

커피 하우스는 초창기에는 지식인이 담론하는 사교장이었다. 사람들은 그 단골을 '커피 하우스 인텔리' 라고 불렀다. 시간이 흐르면서 이러한 지식인들의 담론 사교장이 점차 확산하여 지식에 눈을 뜬 민중의 열린 정보센터가 되어 지금은 전 세계적으로 누구나 드나들며 차를 즐기고 담소하며 교류하는 사교의 장이 된 것이다. 그리하여 찰스 2세는 1675년 커피 하우스를 폐쇄하려고 했지만 오히려 역효과를 낳아 파리로 이러한 열기가 퍼져나갔다. 파리의 카페에서 탄생한 새로운 사상은 시민계급을 자극해 프랑스혁명의 원동력이 되기도 했다.

카페라는 단어의 어원은 무엇일까? 카페는 커피 그 자체를 의미한다. 처음에 커피가 유행하기 시작했을 때, 커피를 카프베, 카흐베(kahve)라고 불렀고 커피를 마시는 커피 하우스도 카프베 혹은 카프베 하네라고 부르다가 발음하기 쉽게 점차 카페로 변형되어 지금까지 전해졌다고 본다.

[바리스타(barista)] 커피의 변신은 무죄

소믈리에 못지않게 커피 열풍이 불면서 우리나라 청소년이 관심을 많이 두는 직업이 바리스타(barista)다. '바리스타' 는 처음에는 바 안에서 일하는 사람을 의미했다. 지금은 그 의미가 확장되어 아이스크림, 커피, 음식을 만드는 사람 등에 쓰이며 완벽한 서비스와 소양이 갖춰진 사람을 뜻한다.

이탈리아어로 'bar'는 café를 의미한다. 바리스타는 뜨거운 에스프레소 등을 전문적으로 만들고 서빙하는 사람들을 의미한다. 좀 더 세분하여 자세히 살펴보면 '바리스타'는 좁은 의미로는 에스프레소 커피를 중심으로 커피에 대한 전문적인 경험과 지식으로 좋은 원두를 선택하는 일에서 커피콩의 볶은 상태, 커피 관련 장비의 관리와 활용, 라테 아트 등으로 숙련된 기술로 고급 커피를 만들어 내고 관리하는 사람을 일컫는다. 넓은 의미로는 앞의 내용은 물론이고 완벽한 고객 서비스 제공과 국내외적인 매장, 제품, 고객 및 매출관리 등 커피와 관련된 모든 일을 하는 팔방미인의 사람들이라 하겠다. 한편으로는 이들을 커피 소믈리에라고도 한다.

라테 아트(latte art)는 라떼 또는 핫 초콜릿 등의 음료를 만들 때 표면에 여러 가지 무늬 또는 그림을 만들어 내는 기술을 말한다. 간단한 무늬에서 다양한 그림까지 마시는 사람을 즐겁게 해 주기 위한 바리스타의 작품이다.

칵테일을 만드는 바텐더와는 구분되며 현재 전 세계적으로 '바리스타'의 일반적 개념은 '커피를 만드는 전문가'라고 할 수 있다. 이탈리아에서 '바맨'이란 직업은 여러 명의 바리스타를 관리하는 직종을 말한다. '바리스타(barista)'는 이탈리아어 'bar(바 안에 있는 사람)'에서 탄생한 단어로 'bar'에 사람을 뜻하는 접미사 '-ist'가 합쳐져 탄생한 단어다. 옥스퍼드 사전에서는 'bar', 'barman'이 모태라고 되어 있다.

[카푸치노(cappuccino)] 키스를 부르는 거품 커피

대학 시절 머리도 식힐 겸 시청 앞 버스 정거장 인근에 있는 다방에 들어가게 되었다. 그날 따라 평소에 마시던 것이 아닌 색다른 커피를 마셔 보고자 메뉴판을 보던 중 당시 이름도 생소했던 '카푸치노'를 주문했다. 주문했던 커피가 탁자에 놓인 순간 내 눈을 의심했다. 도대체 커피에 무슨 짓을 했기에 커피가 이 모양이 되었단 말인가?

그것은 '세상에 이런 종류의 커피도 다 있나' 싶을 정도로 윗부분이 거품으로 가득했는데 전혀 상상하지 못했던 모양의 커피였다. 그렇지만 호기심 반 기대 반으로 마신 그 커피의 맛은 지금도 잊을 수 없다. 최근 모 드라마에서 여 주인공의 입술에 묻은 카푸치노의 거품을 남자가 키스로 닦아 주는 달콤한 키스 장면이 나오면서 카푸치노가 관심의 대상으로 떠올라 판매량이 급증했다고도 한다.

카푸치노 커피가 사랑을 받는 또 다른 이유는 바로 바리스타들의 감각이 돋보이는 라테 아트 때문이 아닐까 한다. 간단한 하트에서 조금은 복잡한 무늬까지 마시는 사람의 감정까지 고려한 하나의 예술작품인 라테 아트는 커피를 더욱 소중하게 만들어 준다.

독일어로 '카푸지네(kapuziner)'라 불린 이 독특한 커피 '카푸치노'는 오스트리아의 수도 비엔나에서 세상에 얼굴을 처음으로 선보인 후 점차 이름을 알리기 시작했다. 제2차 세계대전 후에는 에스프레소 머신이 발달하다 보니 자연히 전 세계적으로 퍼져 나가기 시작했는데, 동서양을 막론하고 사람들이 무엇인가 새로운 것을 먹어 보고자 하는 것은 다 똑같은 것 같다.

에스프레소 머신을 구비한 큰 카페나 레스토랑에 'ㅇㅇㅇ에 가면 특이한 커피가 있다'라고 알려지면서 기존 카페와 차별화되면서 유명해지기 시작했고 색다른 커피인 카푸지네는 비약적인 발전을 했다. 이 카푸지네가 다른 나라와 마찬가지로 이탈리아에서도 사람들의 주목을 받으며 유행하였는데, 1950년경 커피에 거품을 만들어 내고 이것을 이탈리아어로 '카푸치노(cappuccino)'라고 명명하면서 오늘날에 널리 통용되는 용어로 자리 잡았다.

'카푸치노' 어원의 유래를 보면 이탈리아 프란체스코회의 카푸친 수도사(Capuchin friars)들의 수도복을 'cappuccini'라 불렀는데 이 옷에서 'cappuccio'가 나왔다고 한다.

우유와 섞인 커피의 색깔이 마치 카푸친 수도사들이 입는 수도복의 색과 비슷해서 그렇게 불렀다고 하는데 'cappuccino'는 이탈리아어 '카푸치오(cappuccio)'에서 유래된 것이다. 즉 우유가 섞인 커피의 색과 수도사들의 후드 색이 비슷했고 우유 거품이 커피 위를 덮고 있는 모양이 마치 수도사들이 몸에 후드를 두른 것과 같아서 'cappuccino'란 이름을 얻게 되었다는 것이다.

한 수 배워 봐!

현대인에게 없어서는 안 되는 기호식품인 커피. 아침에는 모닝커피 한 잔, 점심 먹고 한 잔, 오후에 나른해서 한 잔, 저녁에 수다 떨며 한 잔. 이렇게 하루 밥 세 끼보다 더 자주 마시는 커피 애호가 혹은 중독자가 늘어났다. 커피는 브랜드마다, 종류마다 그리고 첨가하는 토핑마다 칼로리가 다르다. 가령 아메리카노는 10kcal로 다이어트에 도움이 되지만, 휘핑크림이 포함된 캐러멜라테는 약 300kcal로 카르보나라 스파게티와 도넛 1개와 맞먹는다. 카푸치노는 약 200kcal이며, 핫초코는 262kcal로 햄버거 1개와 고기만두 1인분에 해당한다니 커피 한 잔이 한 끼 식사량과 맞먹는다. 다이어트를 생각한다면, 첨가물을 넣지 않고 커피를 마셔 보는 건 어떨까.

[커피(coffee)] 커피 종류에 따라 맛도 다양

　이탈리아를 여행하는 사람들은 그 지역 사람들이 아주 작은 잔에 커피 음료를 마시는 경우를 자주 보는데 "왜 커피를 작은 잔에 마실까?"하고 잘 이해가 안 갈 수도 있지만 그들은 일반 커피가 아닌 에스프레소 커피를 마시는 것이다. 그래서 에스프레소 커피는 양이 적고 아주 진한 이탈리아 커피로 알려져 있다. 에스프레소는 영어 'express(빠르다)'와 동의어로 말 그대로 '빠르게 추출'되고 양이 적으며 맛이 진해 향이 날아가기 전에 빨리 마셔야 제 맛을 음미할 수 있는 커피인 것이다. 에스프레소 커피는 빠르고 순간적으로 추출하다 보니 카페인의 양이 적고, 커피가 가지고 있는 진한(순수한) 맛을 내기 때문에 'heart of coffee'라고도 불린다.

　원래 이 커피는 터키 커피에서 유래되었지만 터키에서 수입하기에는 너무 시간이 오래 걸리기 때문에 빨리 먹고 싶은 욕망에 이탈리아 밀라노에서 1906년 에스프레소 머신이 생산되면서 일반화되기 시작했는데 이때는 수증기의 압력으로 커피가 추출되었다. 이후 시간이 흘러 1940년대 중반 스프링 피스톤 레버 머신이 개발되면서 지금과 같은 에스프레소 커피가 제조되기 시작했다. 오늘날에는 대개 고온에서 대기압의 9~15배의 고압력을 가해 미세하게 분쇄된 커피 가루에 물을 통과시키면서 고농축의 에스프레소 커피를 추출한다. 드립식 커피 추출방법은 최소 1-2분이 걸리는데 에스프레소는18~30초 동안에 커피의 모든 맛을 뽑아낸다. 그래서 드립식 커피보다 3배 정도 더 미세하게 원두를 갈고 130파운드의 고압력이 필요해 일반 커피 기계보다 3-4배의 고가 기계가 필요하다.

에스프레소 커피의 특징은 여과종이에 내리는 드립 커피보다 농도가 짙어서 녹은 고형체의 양이 많다. 그래서 사람들은 커피의 농도가 짙기 때문에 카페인의 함량이 많을 것이라 오해하는데 실은 그렇지 않다. 에스프레소 커피는 최단시간에 뽑아내기 때문에 드립 커피보다 대부분 카페인이 낮다.

에스프레소 커피를 제조하기 위해서는 전용 머신이 필요하다. 이 머신에서 추출하다 보니 에스프레소 한 잔을 "샷(shot)"이라고 하는데 이 용어는 에스프레소 머신의 레버 때문에 생겨났다. 즉, 커피추출을 위해서 스프링 피스톤 레버를 잡아 당겨줘야 적정한 압력으로 고온의 물이 커피 사이를 통과하기 때문이다.

에스프레소 커피는 일반적으로 다른 커피보다 더 오래 볶는다(dark roasts)고 알려져 있는데 이에 이론을 주장하는 이는 커피콩의 종류나 볶은 정도에 상관이 없다고 한다. 에스프레소는 커피 위에 만들어지는 황금색 크림층(Crema)으로 커피가 완벽하게 추출이 되었는지 아닌지를 판단할 수 있다. 일반 커피에서는 나타나지 않는 이 크림층은 커피원두 속의 커피기름이 고온, 고압력의 증기와 만나면서 커피 향을 담아 커피 위로 올라와서 만들어진 것이다. 그래서 이 크레마의 농도에 따라 커피의 향과 맛이 달라지고 때로는 진정한 커피의 풍미를 느낄 수 없는 경우도 있다. 이 커피를 맛있게 먹기 위해서는 기호에 따라 설탕이나 꿀, 초콜릿이나 레몬을 첨가하면 된다.

이 에스프레소는 남부 유럽, 특히 이탈리아, 프랑스, 스페인 등의 사람들이 가장 사랑하고 애용하는 커피이다. 하지만 타 유럽 사람들도 좋아하며 아르헨티나, 브라질 등의 남미 사람들과 북미 사람들 그리고 호주나 뉴질랜드 사람들도 애용하는 세계적인 커피이다.

이 사랑받는 커피에 대해 사람들은 종종 '에스프레소' 란 용어가 커피의 볶은 정도나 특정 커피 빈 종류를 지칭하는 용어로 오해를 한다. 영어 '익스프레스(express 빠르다)' 와 동의어인 이탈리아어인 'espresso' 는 '고속의', '빠른' 의 의미로 커피를 추출하는 방식에서 유래된 용어라 할 수 있다.

기계의 압력으로 18~30초 안에 빠르게 추출하는 커피로 모든 커피 메뉴의 기본으로 설탕이나 크림 등의 다른 첨가물이 없어야 커피의 참 맛을 느낄 수 있지만 쓴맛이 강해 마시기가 힘들 수 있다.

• 마키아토(Caffe Macchiato): 에스프레소와 우유거품이 잘 조화를 이룬 부드러운 커피로 쓴 맛에 익숙하지 않은 사람들에게 추천할 만한 커피이다.

• 콘파냐(Caffe Con Panna): 에스프레소 위에 생크림을 얹은 커피로 달콤한 맛을 좋아 하는 이들이 애용하는 커피이다.

• 캬라멜마키아토(Caramel Macchiato): 캐러멜 시럽으로 부드러움과 달콤한 캐러멜 맛을 동시에 느낄 수 있는 커피이다.

• 카페라테(Caffe Latte): 프랑스에선 카페오레로 불리는데 우유(라떼)를 이용한 커피로 세계에서 많이 팔리는 커피이다.

• 아메리카노(Caffe Americano): 2차 세계대전 중에 유럽의 바리스타들과 미군들이 먹기 좋도록 발명했다는 설이 있는데 에스프레소에 뜨거운 물을 부어 진하고 쓴맛을 줄인 커피이다.

• 라테마키아토(Latte Macchiato): 뜨거운 우유 위에 에스프레소를 첨가한 커피이다.

• 카푸치노(Caffe Cappuchino): 카페라테와 함께 가장 사랑받는 커피로 다양한 라떼아트로 카푸치노가 큰 인기를 끌고 있다.

• 카페모카(Caffe Mocha): 에스프레소와 생크림, 초콜릿 시럽이 완벽하게 조화를 이룬 커피로 단맛이 강해 젊은 층들이 좋아한다.

• 비엔나(Caffe Vienna): 커피위에 휘핑 크림을 첨가한 커피로 오스트리아 빈(Wien)에서 탄생하고 많이 이용하는 커피다. 실제로 이 지역에는 이 커피가 없다고 한다.

[차(tea)] 차가 복잡하다고 티 내지 마

'차(tea)'는 차를 만들 수 있는 나무의 잎이나 새싹 그리고 먹을 수 있는 다른 식물의 꽃이나 줄기를 따서 말렸다가 필요할 때 끓여서 먹는 음료다. 보편적으로 녹차를 가장 흔하게 먹는데 사람마다 자기가 좋아하는 향과 풍미를 좇아서 다양한 차나무 잎과 꽃을 활용하여 우려먹는다. 서양에서는 커피가 보편적이지만, 동양 문화에서는 역시 차다. 특히 중국과 일본에서 차 문화가 발달하였는데 서양에서는 동양의 영향으로 홍차(black tea)가 발달했다.

중학교 때 세계사에서 본 재미있는 일화가 떠오른다. 미국이 영국에서 독립하기 전 홍차에 대한 관세를 영국에서 심하게 올리자 불만을 품은 일부 미국인들이 보스턴 항구에서 홍차를 불태우는 사건이 발생하여 결국 독립 전쟁의 도화선이 되었다. 바로 유명한 '보스턴 차(茶)' 사건인데 그때는 보스턴에서 자동차와 관련된 사건인 줄 알았다. 당시에는 한자에 익숙하지 못했기에 차 하면 자동차인데 내용을 보면 자동차 이야기가 나오지 않아서 의아했던 기억이 있다.

차는 차나무의 잎을 따고 말리고 볶아서 만드는 사람의 정성도 가상하지만, 그 차를 끓여서 주는 사람의 정성과 애정이 담겨 있어서 마시는 사람도 마음을 정결히 하고 정성스럽게 먹어 주어야 하는 음료다. 커피나 탄산음료같이 가볍고 쉽고 편하게 먹는 음료가 아닌 문화와 예절이 깃든 음료라 할 수 있다. 그래서 차와 관련된 예절을 별도로 배울 정도로 동양 문화권에서는 다도를 중히 여겼다.

『열자(列子)』의 탕문편(湯問篇)에는 거문고의 달인 백아(伯牙)와 그 음을 알아주는 종자기(鍾子期) 이야기가 나온다. 백아가 거문고를 타면 종자기는 백아의 속마음을 그 음을 듣고 이해하여 주었다. 하지만 종자기가 죽자 백아는 거문고 줄을 자르고 평생 거문고를 잡지 않았다. 이 일화에서 '지음(知音)'이란 말이 나왔다. 차도 마찬가지로 중국에서 유명한 차의 달인은 자신의 차 맛을 알아주던 친구가 죽자 이후에는 차를 끓이지 않았다고 한다. 그만큼 나를 알아주는 사람을 만난다는 것은 어쩌면 운명일지도 모른다.

이렇게 운치 있고 마시기에 조금은 까다로운 차의 어원은 어디에서 왔을까?

차는 중국에서 시작되어 전 세계로 전파되었다. 중국 민난의 차나무(camellia sinensis)에서 딴 잎으로 만든 차를 'ê'라 했다. 이 말을 네덜란드의 동인도 주식회사가 'thee'로 변형하여 유럽에 전파하였다. 유럽에 건너간 차는 1630년대 중엽부터 프랑스, 독일, 미국의 네덜란드 식민지 그리고 영국으로 확산되었다.

차는 각 나라에 전파되면서 다양한 이름으로 불렸다. 그래서 각 나라에서 사용하는 차에 대한 이름이 다르다. 보통 푸젠 성 쪽인 tea라는 이름과 광둥 성 쪽인 cha라는 이름으로 분류가 된다. 한국과 일본은 cha라는 이름을, 미국과 영국은 tea라는 이름을 사용하고, 독일과 핀란드는 tee라는 이름을 사용한다.

한 수 배워 봐! 차는 중국에서 시작되었고 현재까지 중국인은 하루도 차 없이는 못 사는 민족이다. 차에 관한 한 4천 년의 역사가 있으며, 언제 어디서든 차를 마실 수 있도록 끓는 물이 준비되어 있다. 중국은 어째서 차를 중시하는 걸까?

먼저 중국 음식에는 기름기가 많은데 이 기름기를 차를 마심으로써 제거하기 위해서다. 또한 중국의 물에는 석회 성분이 다량 함유되어 있어서 물을 끓여 마셔야 하는데 찻잎이 석회질을 흡수하고 물을 정수하기 때문에 항상 차를 휴대하여 마신다. 물론 생활의 여유를 즐기기 위해 마시는 점도 크다. 차를 마심으로써 건강도 추구하고 정신을 수양해 인생을 논할 수 있기 때문이다.

음식의 재발견

벗겨봐

1판 1쇄 인쇄 | 2012년 10월 20일
1판 1쇄 발행 | 2012년 10월 25일

지은이 | 김권제
발행인 | 이용길
발행처 | 모아북스 MOABOOKS

관리 | 정 윤
디자인 | 이룸

출판등록번호 | 제 10-1857호
등록일자 | 1999. 11. 15
등록된 곳 | 경기도 고양시 일산구 백석동 1332-1 레이크하임 404호
대표 전화 | 0505-627-9784
팩스 | 031-902-5236
홈페이지 | http://www.moabooks.com
이메일 | moabooks@hanmail.net
ISBN | 978-89-97385-22-5   13810

모아북스 MOABOOKS 는 독자 여러분의 다양한 원고를 기다리고 있습니다.
(보내실 곳 : moabooks@hanmail.net)